ZWISCHEN DEN SEITEN: THRILLER

MARCUS HÜNNEBECK

ÜBER DEN AUTOR

Marcus Hünnebeck wurde 1971 in Bochum geboren und lebt inzwischen als freier Autor in Hamburg. Er studierte an der Ruhr-Universität Bochum Wirtschaftswissenschaften.

Im März 2001 erschien mit *Verräterisches Profil* sein erster Thriller, 2003 und 2004 folgten *Wenn jede Minute zählt* und *Im Visier des Stalkers*.

Dank der Möglichkeiten, die das E-Book-Publishing bietet, veröffentlichte er im Jahr 2013 seine alten Thriller als überarbeitete E-Books. *Im Visier des Stalkers* erhielt aus rechtlichen Gründen den Namen *Die Rache des Stalkers* und schaffte im Juli 2013 den Sprung in die Top 10 der Amazon-Bestseller-Charts. Dem Roman *Verräterisches Profil* gelang dies im Dezember 2013. *Wenn jede Minute zählt* erreichte im Juni 2014 die Spitzenposition der Kindle-Charts und gehörte 2014 zu den zehn meist verkauften E-Books bei Amazon. Die Fortsetzung um den Kommissar Peter Stenzel erschien im Juni 2015 (*Stumme Vergeltung*).

Als Erstausgabe erschien im Juni 2014 *Kainsmal* bei Amazon Publishing. Mit *Die Drahtzieherin* führte er die Serie um Oberkommissarin Katharina Rosenberg fort. Die Trilogie schloss der Roman *Tödlicher Komplize* ab.

Im September 2015 veröffentlichte Egmont-Lyx den ersten Band einer neuen Reihe, der den Titel *Im Auge des Mörders* trägt. Im Mittelpunkt dieser Serie stehen die Journalistin Eva Haller und der Leibwächter Stefan Trapp.

Der zweite Band folgte im September 2016 und heißt *Abschaum*.

In *Sommers Tod* taucht zum ersten Mal Oberkommissar Lukas Sommer auf. *Sommers Schuld* ist sein zweiter Solo-Fall.

Die Namen des Todes bildet den Auftakt einer neuen Serie um den BKA-Kriminalkommissar Robert Drosten und sein Team. *Schuld vergibt man nie* ist der Folgeband. Die Romane sind genau wie der dritte Teil *Rudelfänger* und der vierte Teil *Rudeljagd* unabhängig voneinander zu lesen.

In *Die Todestherapie* ermitteln Lukas Sommer und Robert Drosten zum ersten Mal für eine neue Polizeibehörde namens KEG (Kriminalermittlungstaktische Einsatzgruppe). *Der Wundennäher*, *Der Schädelbrecher*, *Blut und Zorn*, *Die TodesApp*, *Muttertränen* und *Todesschimmer* setzen diese Zusammenarbeit fort. In *Vaters Rache* stößt die Oberkommissarin Verena Kraft zum Team hinzu. *Rachekrieger*, *Der Geisterfahrer*, *Nesthäkchens Schrei*, *Bittere Brut*, *Tödlicher Fake*, *Schreikind*, *Eiskalte Reue*, *Der Schattenbringer*, *Der Mädchenpflücker*, *Feuerqual* und *Totgeschlagen* setzen die Reihe fort. Der Thriller Der Wundennäher war 2018 Finalist beim Kindle Storyteller Award.

Außerdem hat er mit *So tief der Schmerz*, *Kein letzter Blick*, *Wundenherz*, *Zu viel gesehen* und *Zwischen den Seiten* eine Reihe um den Personenfahnder Till Buchinger gestartet.

ÜBER DAS BUCH

Luzies Date mit einem Unbekannten verläuft verhängnisvoll. Viel zu spät erkennt die junge Frau, was der Mann ihr antun will, und sieht nur noch einen Ausweg. Oberkommissarin Miriam Decking und ihr Partner Bastian Dorfer übernehmen die Ermittlungen in dem tragischen Todesfall. Kurze Zeit später wird Dorfer von einem Literaturagenten kontaktiert. Dessen Klient – ein erfolgreicher Thrillerautor – erhält bedrohliche Botschaften. Auf Vermittlung von Decking versucht Personenfahnder Till Buchinger herauszufinden, wer hinter den Einschüchterungen steckt. Rasch zeigt sich eine Verbindung zu der toten Luzie. Als Buchinger tiefer gräbt, setzt er eine Spirale der Gewalt in Gang, die ihn in größte Gefahr bringt.

Zwischen den Seiten: Thriller

1. Auflage, November 2021

Covergestaltung: © cover.artwize.de
Im Cover Design werden zwei Bilder von Shutterstock verwendet.

Lektorat: Ruggero Leò
Korrektorat: Kirsten Wendt

Herausgeber:
Marcus Hünnebeck
Heimweg 6, 20148 Hamburg

ISBN der Printausgabe: 9798755046930

Alle in diesem Roman geschilderten Handlungen und Personen sind frei erfunden. Ähnlichkeiten mit lebenden oder verstorbenen Personen sind zufällig und nicht beabsichtigt.

ZWEI MONATE ZUVOR

1

Luzie erschauderte. Er stand hinter ihr und streichelte ihren Hals. Das raue Leder seiner Handschuhe war leicht kratzig. Ihre Schultern bebten. Sie versuchte, das Schluchzen zu unterdrücken.

»Nicht weinen«, flüsterte er.

Er umklammerte ihren Hals und drückte leicht zu.

»Bitte«, wisperte sie. »Ich werde es niemandem erzählen.«

»Ach, Luzie. Das mit uns beiden wird so schön, das darfst du einfach nicht für dich behalten. Du wirst es in die Welt hinausschreien: Stellt euch vor, was ...«

Ein Hustenanfall unterbrach ihn. Er nahm die Hände von ihrem Hals und trat zwei Schritte zurück.

Luzie saß nackt auf einem Stuhl, die Hände mit Handschellen an den Stuhlbeinen fixiert, ungefähr drei Meter von dem Loch in der Mauer entfernt, in die irgendwann ein bodentiefes Fenster eingesetzt werden würde. Ihr Peiniger hustete in seinen Ellbogen. Es dauerte eine Weile, bis er sich fing und zu ihr zurückkam. Von hinten legte er ihr die Hände auf die Schultern. Wie war sie bloß in diese Situation geraten? Wieso hatten ihre Instinkte nicht angeschlagen? Sich mit einem Mann zu treffen, den sie nur übers Internet kannte – wie verrückt war das? Leider hatte ihr sein Auftreten imponiert, bis er sein wahres Gesicht gezeigt hatte.

»Du wolltest hoch hinaus, und jetzt blickst du über die Dächer der Stadt.«

Seine Hände glitten über ihre Haut und umfassten ihre Brüste. Er würde sie niemals gehen lassen, wie er es versprochen hatte. Stattdessen würde er ihr unerträgliche Dinge antun. Es gab nur einen Ausweg, um das zu verhindern. Würde sie davor zurückschrecken? Sie verlagerte ihr Gewicht auf dem schlichten Stuhl, an den er sie gebunden hatte. Das Holz knarzte.

Sie war eine sportliche Frau. Besonders ihre Beinmuskulatur war äußerst gut definiert. Hätte er sie nicht überrumpelt, hätte sie ihn im Zweikampf ausgeschaltet. Im Fitnessstudio schaffte sie zehn Kniebeugen mit einem Gewicht von fünfundsechzig Kilo auf den Schultern.

Ein letztes Mal durchdachte Luzie ihre Alternativen. Er würde sie vergewaltigen und am Ende garantiert töten. Und wahrscheinlich plante er zuvor die allerschlimmsten Dinge.

Er kniff ihr in die Brustwarzen und lächelte. »Oh Gott, das wird so schön, Luzie.«

Sie atmetet tief durch.

»Gib auf«, sagte er. »Entspann dich. Das hilft uns beiden.«

Sie drückte sich an die Lehne und zwang ihren Körper aufzustehen. Überrascht wich er zurück. »Was zum Teufel? Lass den Scheiß!«

»Wichser!« Luzie lief auf das Loch im Mauerwerk zu und sprang. Für einen Moment schwebte sie in der Luft und starrte ihren entsetzten Peiniger an. Dann riss die Schwerkraft sie in die Tiefe. Schreiend stürzte sie ihrem Tod entgegen.

2

Fassungslos starrte er ihr hinterher, zu keiner Regung imstande. Ihr Schrei hallte durch die Nacht und brach schließlich abrupt ab.

»Scheiße!«

Seine Gedanken überschlugen sich. Warum hatte er nicht damit gerechnet? Er schaute sich um. Normalerweise hätte er nach ihrem Tod in Ruhe aufgeräumt und alle Spuren beseitigt. Erst morgen früh sollten die Bauarbeiter ihre Leiche finden. Nun musste er schnell handeln. Er packte die Lampen ein und blickte sich hektisch um. Ihm blieb nicht einmal die Zeit, um den Boden zu fegen. Er musste verschwinden.

Mit der Tasche in der Hand lief er durchs dunkle Treppenhaus nach unten. Das Licht seines Smartphones wies ihm den Weg. Zum Glück befand sich das Gebäude noch im Rohbau, sonst würde ihm die Flucht niemals reibungslos glücken. So hätte er vielleicht eine kleine Chance. In einigen Monaten sollten die Wohnungen bezugsfertig sein. Bis dahin müssten unter anderem noch Fenster eingesetzt werden. Die hätte Luzie nicht so leicht zerstören können.

Ihr Sprung in den Tod hatte ihn völlig überrumpelt und seinen Plan durchkreuzt.

Auf halbem Weg nach unten hielt er fassungslos inne. Er hatte ihre Sachen im Badezimmer vergessen. Konnte man ihm daraus einen Strick drehen? Er hatte darauf geachtet, nichts von ihr ohne Handschuhe anzufassen. Ihr Handy lag noch oben, ebenso die Spritze, die er benutzt hatte. Es war ziemlich unwahrscheinlich, dass die Bullen darauf eine Spur finden könnten, die zu ihm führte. Er rannte weiter, übersprang jeweils eine Stufe. Atemlos erreichte er das Erdgeschoss und lauschte. Draußen war es still. Kein Sirenengeheul. Falls schon jemand die Leiche gefunden hätte, könnte er sich der Polizei stellen. Er hatte keine Waffe dabei, um potenzielle Zeugen auszuschalten.

Er öffnete die provisorische Tür, die er am frühen Abend mit einem Dietrich geknackt hatte. Eine Stunde, bevor er sich mit Luzie getroffen hatte. Keine Autoscheinwerfer erhellten die Umgebung. Er trat hinaus. Sein Blick fiel auf die zerschmetterte Leiche der nackten Frau.

»Miststück«, flüsterte er leise.

Am liebsten wäre er zu ihr gegangen, um seine Wut an ihr abzureagieren. Stattdessen entfernte er sich schnellen Schrittes vom Tatort. Bis zu seinem Auto waren es rund fünfhundert Meter. Er hatte Luzie zu einem Spaziergang überredet und behauptet, ihr seine neue Wohnung zeigen zu wollen. Sie war ihm wie ein Schlachtschaf gefolgt. Dass viel mehr als ein Schaf in ihr steckte, hatte sie ihm am Ende ihres Lebens leider bewiesen.

3

»Das hätten wir uns alles ersparen können«, sagte Bastian Dorfer missmutig. »Manchmal frage ich mich, warum wir so feuchtfröhlich gefeiert haben, als unsere Suspendierung aufgehoben worden ist. Kannst du dich noch an unsere gute Laune erinnern? Und wie froh unsere Partner waren?«

»Weil es uns im Blut liegt, Menschen, Leute zu finden, die für so was hier verantwortlich sind.« Miriam Decking wandte den Blick von der Leiche ab und schaute zu dem Neubau hoch. Aus einer Etage drang grelles Licht, während alle anderen Stockwerke im Dunkeln lagen. »Weißt du etwas über dieses Bauprojekt? Wie viel neue Gebäude entstehen hier eigentlich?«

»In der HafenCity finden Investoren immer noch ein Plätzchen für das nächste, völlig überteuerte Projekt. Dann kaufen reiche Russen, Asiaten oder Araber die Wohnungen und beziehen sie während ihrer drei Aufenthalte im Jahr. Den Rest der Zeit stehen sie leer, und die Bürokraten wundern sich, warum die HafenCity kein bevölkerter Stadtteil ist.«

»Lass uns hochgehen«, schlug Miriam vor.

»Zwölf Etagen ohne Aufzug. Prächtig!«

»Bewegung tut dir ganz gut.« Sie zwinkerte ihm zu.

»Hast du dich mit meiner Frau verschworen? Die hat mir vor wenigen Tagen ungefähr den gleichen Mist um die Ohren gehauen.«

»Und mir zahlt sie fünfzig Euro, damit ich dich ein bisschen antreibe.« Miriam grinste.

Oben angekommen, besprachen sie sich mit dem Chef der Spurensicherung.

»Hier ist leider ziemlich viel Dreck. Das hat Vor- und Nachteile. Spuren von Stuhlbeinen, nackten Füßen und Schuhabdrücke sind eindeutig zu erkennen. Der Mörder trägt Schuhgröße 44, und seine Sohlen haben ein auffälliges Muster, das wir hoffentlich einer bestimmten Marke zuordnen können. Die Kleidung der Frau liegt als Bündel im Masterbad. Da haben wir auch eine leere Spritze gefunden. Ich schätze, er hat sie im Bad betäubt, ausgezogen und dann nackt an den Stuhl gefesselt.«

»Ausweisdokumente?«, erkundigte sich Miriam.

Der Mann schüttelte den Kopf.

»Wieso hat er sie durchs Fenster geworfen?«, fragte Dorfer.

»Nicht so voreilig«, entgegnete der Spurensicherungsbeamte. »Ich schätze, sie ist vor ihrem Peiniger durchs Fenster geflohen.«

»Was?«, fragten Dorfer und Miriam zeitgleich.

»Es gibt Spuren ihrer Fußabdrücke von der Stelle, wo sich die Stuhlbeine in den Boden gedrückt haben, bis ungefähr einen halben Meter vor der offenen Fensterfront. Dort dürfte sie abgesprungen sein.«

»Moment!«, unterbrach Miriam ihn. »Du glaubst, sie ist zum Loch in der Wand gelaufen und gesprungen, obwohl sie an den Stuhl gefesselt war? Wäre das überhaupt möglich?«

»Für jemanden, der sportlich ist, definitiv. Stellt euch die Alternative vor. Der Mörder hätte sie mit dem Stuhl anheben und durchs Loch werfen müssen. In dem Fall hätten wir eine andere Spurenlage. Wenn unsere unbekannte Tote lieber in den Tod gesprungen ist, als wer weiß was mit sich anstellen zu lassen, hatte sie noch Glück. Wären hier schon doppelverglaste Fenster eingesetzt gewesen, hätte sie keine Chance gehabt, die zu durchbrechen. In der Rechtsmedizin wird die Leiche untersucht. Ich bin mir ziemlich sicher, dass wir keine Vergewaltigungsspuren finden. Der Sprung hat sie zumindest davor bewahrt.«

»Hoffen wir, dass du in diesem Punkt recht behältst. Auch wenn ich mir nicht ausmalen will, wie verzweifelt sie gewesen sein muss«, sagte Miriam.

MITTWOCH

4

Lächelnd hielt Daniel Kern am Ende des Abschnitts inne. Er schaute in die Gesichter seines überwiegend weiblichen Publikums, das der Auflösung der Szene entgegenfieberte.

»Wie es mit Rosa weitergeht, erfahren Sie im Rest des Buchs. Ich danke Ihnen für Ihre Aufmerksamkeit.« Er schlug das Hardcover zu.

Einige Zuhörerinnen stöhnten enttäuscht auf, andere lachten wegen des abrupten Endes der Lesung. Dann setzte Applaus ein. Der 51-Jährige erhob und verbeugte sich. Die Buchhandlung hatte insgesamt zwölf Sitzreihen mit je zehn Stühlen aufgebaut. Lediglich die Hälfte der Plätze war besetzt.

Früher wäre das undenkbar gewesen. Bis vor ein paar Jahren waren alle Kern-Lesungen grundsätzlich ausverkauft. Auf dem Höhepunkt seines Erfolgs hatte er einmal sogar in einer riesigen Veranstaltungshalle vor fünftausend Zuschauern gelesen, zusammen mit handverlesenen Kollegen. Und heute? Sechzig Personen. Kern ließ sich seine Enttäuschung nicht anmerken. Finanzielle Sorgen trieben ihn nicht um. Vielmehr betrübte ihn die Erkenntnis, rechts und links von Konkurrenten überholt zu werden, die weniger Talent als er besaßen.

»Vielen Dank, Herr Kern«, sagte die Buchhändlerin Anna, als der Applaus abebbte. »Das war so unglaublich spannend. Wenn ich das Buch nicht schon verschlungen hätte, würde ich es heute Nacht in einem Rutsch durchlesen.«

»Ich danke Ihnen.« Kern freute sich über das ehrlich klingende Lob. Er setzte sich wieder auf den bequemen Stuhl und trank einen Schluck Wasser.

»Herr Kern steht für Fragen bereit und signiert anschließend Ihre Bücher«, informierte die junge Frau das Publikum. »Sein neuer Thriller kostet neunzehn Euro neunzig, und wir haben genügend Exemplare auf Vorrat. Vielleicht haben Sie ja Lust, jetzt schon ein Weihnachtsgeschenk für Leseratten in Ihrem Freundes- oder Familienkreis zu besorgen.«

Kern blickte verstohlen zu dem Bücherstapel auf dem Nebentisch. Eine junge Auszubildende saß dort, um die Romane zu verkaufen. Vor ihr lagen bestimmt hundert Exemplare seines aktuellen Werks, darüber hinaus noch ein paar ältere Thriller. Kern befürchtete, die Buchhändler würden nach der Lesung die meisten zurück in die Regale räumen müssen.

»Wer hat eine Frage an mich?«, übernahm er das Wort.

Es dauerte einige Sekunden, bis eine etwa fünfzigjährige Frau schüchtern den Arm hob. Kern nickte ihr zu.

»Das war so spannend«, begann sie. »Bei jedem Ihrer Bücher frage ich mich, wie jemand wie Sie auf solche Ideen kommt. Sie wirken so sympathisch.«

Kern grinste, und im Publikum lachten zahlreiche Besucher.

»Der erste Eindruck mag täuschen«, behauptete er und

zwinkerte. »In Wahrheit bin ich ... ach, lassen wir das. Sonst kaufen Sie gleich alle keine Bücher mehr.«

Wieder ertönte amüsiertes Gelächter.

»Um Ihre Frage zu beantworten: Die meisten Geschichten finden mich, nicht umgekehrt. Und zwar oft sehr unvorbereitet. Zum Beispiel, wenn ich den Rasen in meinem Garten mähe. Vielleicht liegt das an den rotierenden Scherenblättern, die meine Fantasie anstacheln. Oder an den hasserfüllten Blicken, die mir Nachbarn zuwerfen, denn ich mähe gern den Rasen. Dabei sind mir schon vier Romanideen gekommen. Ganz plötzlich sind sie da. Im einen Moment schiebe ich gedankenversunken den Mäher vor mir her, in der nächsten Sekunde sehe ich eine Leiche, die mir ihre Geschichte erzählt.«

Kern zuckte die Achseln. Diese Erklärung hatte er länger nicht mehr zum Besten gegeben. Sie hatte mit der Wirklichkeit nicht viel zu tun, klang aber interessant genug. Die Reaktion der Besucher schwankte zwischen Amüsement und Verwunderung. Nun zeigten mehrere Personen auf. Das Eis war gebrochen.

Eine Dreiviertelstunde später warf er erneut einen verstohlenen Blick zum Verkaufstisch. Die Stapel waren kaum kleiner geworden. Zahlreiche Gäste hatten ihre eigenen Exemplare mitgebracht – fast nur Taschenbuchausgaben. Die junge Mitarbeiterin der Buchhandlung war bereits gegangen, weil sie morgen früh zum Unterricht ihrer dualen Ausbildung erscheinen musste.

Kern verabschiedete sich von dem letzten Fan, der sich abwandte und zum Ausgang ging. An der Tür hielt die Frau inne und bedankte sich bei der dort wartenden Buchhändlerin.

Kern überspielte seine trüben Gedanken. Lächelnd

steckte er seinen Signierstift ins kleine Lederetui, das er in seine Anzugjacke schob. Unterdessen schloss Anna die Tür hinter dem Gast.

»Das war großartig«, sagte sie. »Vielen Dank, Herr Kern.«

»Sie haben das prächtig organisiert. Ein paar Zuschauer mehr wären schöner gewesen, aber ich bin zufrieden. Sie hoffentlich auch.«

»Definitiv. Wir hatten achtundfünfzig zahlende Gäste. Das ist heutzutage enorm. Wir stellen leider seit Jahren fest, dass das Interesse an kostenpflichtigen Lesungen nachlässt. Vor zwei Wochen habe ich eine ähnliche Veranstaltung mit Ihrem Kollegen Erik Römling organisiert. Kennen Sie ihn?«

»Römling? Flüchtig. Wir veröffentlichen beim selben Verlag und leben beide hier in Hamburg. Da bleibt es nicht aus, dass man gelegentlich Kontakt hat.«

»Erzählen Sie's keinem, aber zu der Lesung sind nur dreißig zahlende Gäste gekommen. Als er im Vorfeld von den schwachen Vorverkaufszahlen erfuhr, hat er zwanzig Personen auf die Gästeliste setzen lassen.«

Kern lächelte. »Das passt zu ihm. Überraschen kann mich das nicht. Also dieses geringe Interesse an Kulturveranstaltungen. Über Römling weiß ich zu wenig. Wie schon gesagt, wir kennen uns kaum. Die Leute sind nicht mehr bereit, in die Tasche zu greifen. Alles muss kostenlos sein. Wenn Sie wüssten, wie oft ich gefragt werde, ob ich nicht ohne Gage lesen kann, weil das schließlich Werbung für meine Bücher sei.«

Anna nickte betrübt. Dann straffte sie ihre Schultern. »Solange das finanziell zu keinem Verlustgeschäft für uns wird, laden wir sympathische Autoren wie Sie zu uns ein. Und zahlen ein anständiges Honorar. Ich hoffe also, wir können den heutigen Abend so schnell wie möglich wiederholen.«

»An mir wird es nicht scheitern«, versprach Kern. »Eine Lesung in Hamburg ist für mich immer perfekt. In zwanzig Minuten bin ich zu Hause, praktischer geht's nicht.« Sein Blick schweifte über die mittlerweile leeren Stühle. »Hat da jemand ein Buch vergessen?« Er deutete auf die vorletzte Reihe.

Anna ging hin. »Tatsächlich. Eines Ihrer früheren Werke. Der Smiley-Killer.«

»Wirklich? Zeigen Sie bitte mal her. Das war mein erster großer Hit.«

Anna brachte ihm das Taschenbuch.

»Eine Erstausgabe«, stellte er fest. Das schwarze Cover mit dem gelben Smiley, aus dessen Mundwinkel Blut tropfte, war unverkennbar. »Wow. Ob der Fan die Ausgabe signiert haben wollte?« Er schlug das Buch auf. »Was soll das?«

»Stimmt was nicht?«, fragte Anna besorgt.

Er reichte ihr das aufgeschlagene Werk. Jemand hatte unter dem Autorennamen eine Nachricht mit schwarzem Kugelschreiber verfasst.

Genieße die letzten Tage deines Lebens, bevor es dir nicht mehr gehört. Joseph T Ritter

»Wie geschmacklos«, sagte Anna. »Was für ein dummer Mensch!«

Kern runzelte die Stirn. »Ich weiß nicht. Vielleicht ist das nur ein Scherz? Joseph T Ritter ist der Mörder im Buch. Da kennt sich jemand mit meinem Werk aus.«

Die Buchhändlerin öffnete den Mund und schloss ihn wieder. Schließlich sagte sie: »Erhalten Sie solche Botschaften öfter?«

»Gott bewahre!«

»Dann kann es ja bloß ein Scherz sein.« Anna sah ihn verunsichert an.

Wie sollte er reagieren? Das Ganze herunterspielen?

Der Buchhändlerin schien etwas durch den Kopf zu gehen. »Woran denken Sie?«

»Ich habe zu Beginn der Lesung Fotos mit meinem Handy geschossen. Hauptsächlich von Ihnen. Aber eins vom Publikum.«

»Ich erinnere mich«, sagte Kern. »Bin gespannt, wer auf dem Platz gesessen hat.«

Anna ging zu ihrer Handtasche, die sie in ein Bücherregal gestellt hatte, und holte ihr Smartphone heraus. Sie entsperrte das Display mit ihrem Daumenabdruck und öffnete die Bildergalerie.

»Hier ist es«, sagte sie schließlich.

Kern trat hinter sie und schaute ihr über die Schulter. Anna vergrößerte den Bildausschnitt.

»Seltsam. Er hat sich geduckt. Sehen Sie das?« Sie deutete auf eine männliche Person im Publikum. Der dunkelblonde Mann beugte sich nach vorn – als würde er seinen Schuh zubinden.

»Erstaunlich«, bestätigte Kern. »Als wollte er nicht fotografiert werden.«

»Und jetzt?«, fragte Anna.

»Würden Sie mir das Buch überlassen? Falls wir gerade bloß paranoid sind, sorge ich dafür, dass der rechtmäßige Besitzer es zurückbekommt, sobald er sich bei Ihnen meldet. Dazu brauche ich nur seine Adresse.«

»So machen wir's.«

»Würden Sie mir das Bild weiterleiten? Für den Fall der Fälle. Ich werde es nicht öffentlich benutzen. Nirgendwo posten. Dafür fehlt uns die Einwilligung der Anwesenden. Aber ich hätte gern ...« Kern brach ab.

»Mach ich«, sagte sie. »An die Handynummer, über die wir vor der Lesung Kontakt hatten?«

»Das wäre perfekt.«

Sie leitete das Foto weiter. Sekunden später brummte sein Telefon in der Anzugjacke.

»Angekommen«, sagte er. »Dann mach ich mich jetzt auf den Weg nach Hause. Sie auch? Oder bauen Sie erst die Stuhlreihen ab? Ich könnte Ihnen helfen.«

»Das erledigt morgen früh die Kollegin, die um halb neun Dienstbeginn hat. Parken Sie auf unserem Mitarbeiterparkplatz?«

»Ja.«

»Dann lassen Sie uns gemeinsam gehen. An der Seite eines Thrillerautors fühle ich mich gleich viel sicherer.« Anna lächelte ihn auf recht zweideutige Weise an.

Ob er Chancen bei ihr hätte? Bis vor ein paar Monaten hätte er ihre Flirtsignale erwidert. Aber seit er Clarissa kennengelernt hatte, gab es dafür keinen Grund mehr.

»Ich würde bei Gefahr wie ein Löwe brüllend weglaufen ... äh, ich meine, mich vor Sie werfen.« Er vermied einen zu langen Augenkontakt.

Anna schmunzelte. »Ein wahrer Held. So habe ich Sie eingeschätzt.«

»Wir Schreibtischtäter sind die wirklichen Helden«, erwiderte er.

Sie gingen zum Ausgang. An der Tür schaltete Anna die Lichter aus. »Draußen muss ich noch das Rollgitter hinunterlassen. Verlangt die Versicherung, seit hier einmal eingebrochen wurde.«

Sie traten hinaus in die kalte Novembernacht. Anna verschloss die Tür von außen und streckte sich dann nach dem Rollgitter, das sie mit Schwung hinunterzog. Es rastete in die Verankerung am Boden ein, und die Buchhändlerin verriegelte es.

»Irgendwie beruhigend, dass auch eine Buchhandlung ein lohnendes Einbruchsziel abgibt«, sagte Kern.

»Bücher wurden keine gestohlen«, erwiderte sie.

»Unsere Kassenbestände bringen wir jeden Abend zur Bank. War ein ziemlich sinnloser Einbruch.«

Täuschte er sich, oder begegnete sie ihm kühler, seit er nicht auf ihren Flirt eingestiegen war? Er beschloss, das Thema zu wechseln. »Sie kommen ursprünglich nicht aus Hamburg, stimmt's? Irre ich mich, oder höre ich einen leichten saarländischen Akzent heraus?«

Nun lächelte sie. »Sie sind gut! Eigentlich bilde ich mir ein, akzentfrei zu sprechen.«

»Fast. Wann sind Sie nach Hamburg gezogen?«

»2005. Ich liebe diese Stadt. Allerdings nicht das Wetter. Dieses Jahr war es besonders schlimm, oder? Ein paar Wochen schönes Wetter im Sommer und ansonsten grau in grau.«

»Als gebürtiger Hamburger war ich ganz zufrieden. Jedes Jahr ohne Sturmflut ist ein gutes Jahr.«

Anna lachte. Sie gingen zum etwa einhundert Meter entfernten Mitarbeiterparkplatz, auf dem noch zwei Fahrzeuge standen. Das Licht einer Straßenlaterne fiel auf die Autos. Plötzlich blieb Kern stehen.

»Scheiße!«

»Was ist?« Anna schaute ihn überrascht an.

»Meine Windschutzscheibe.«

Sie folgte seinem Blick. »Was ist das?«

Ein gelber Smiley-Sticker prangte auf der Scheibe. Langsam näherten sie sich.

»Was hat das zu bedeuten?«, fragte sie.

»In dem Buch warnt der Killer seine Opfer vor, indem er ihnen Sticker auf die Autos klebt. Drei Tage später sterben sie.« Kern schaute sich um. Niemand hielt sich in ihrer Nähe auf. »Sie kennen meinen Roman nicht, oder?«, erkundigte er sich.

»Nein«, gestand sie. »Thriller lese ich selten. Aber Ihre neusten Werke hab ich alle ...«

»Keine Ahnung, was ich jetzt tun soll.« Er trat an die Windschutzscheibe und berührte den Sticker. »Scheiß drauf!« Kern knibbelte den gelben Aufkleber ab, der sich leicht lösen ließ.

»Sollten wir nicht besser ...?«

»... die Polizei rufen?«, vollendete er ihre Frage. »Das hier ist nicht einmal Sachbeschädigung. Und die Inschrift im Buch? Ist juristisch keine Drohung. Die Polizei würde gar nichts machen.« Er zerknüllte den Sticker und warf ihn zu Boden. »Nur ein dummer Scherz! Jemand, dem mein Buch nicht gefallen hat. Wenn Sie wüssten, welche Zuschriften ich manchmal bekomme. Da beschweren sich Leser über den Ausgang des Romans, weil sie sich ein anderes Ende gewünscht haben. Ja! So wird es sein! Die Aktion eines unzufriedenen Lesers.«

Anna schaute ihn skeptisch an. »Glaub ich nicht.«

Kern dachte kurz nach. »Ich auch nicht«, sagte er leise. Ratlos zuckte er die Achseln. »Aber wegen so etwas ... nein ... Ich mache mich nicht verrückt.« Er gab sich einen Ruck. »Danke für den tollen Abend. Mir hat es gefallen. Und jetzt fahre ich nach Hause, trinke ein Glas Rotwein und vergesse das hier.« Er hielt das Buch hoch.

Anna schien etwas einwenden zu wollen, schwieg jedoch und rang sich ein Lächeln ab. »Ich fand die Lesung sehr spannend. Sobald Ihr neuer Roman auf dem Markt ist, wiederholen wir das.«

Unvermittelt hörte Kern ein ratterndes Geräusch. Auf dem Bürgersteig näherte sich ein Skateboardfahrer. Er trug eine schwarze Jacke und hatte sich die Kapuze über den Kopf gezogen. Ein Schal verdeckte die untere Hälfte seines Gesichts. Den Blick hatte er zu Boden gerichtet.

»Hey!«, rief Kern.

Der Skater reagierte nicht. Er hielt die rechte Hand in

der Jacke. Aus Schutz vor der Kälte, oder versteckte er darin etwas? Vielleicht sogar eine Waffe?

Kern packte die Buchhändlerin am Arm. »Hey!«, rief er erneut.

Der Skater war keine zehn Meter mehr entfernt und hob den Kopf. Die Kapuze und der Schal verbargen zu viel von seinem Gesicht. Ihre Blicke trafen sich. War das der kamerascheue Zuschauer?

Kern zog Anna an sich. Der Skateboardfahrer nahm die Hand aus der Jackentasche. Sie war leer. Ohne ihnen einen weiteren Blick zuzuwerfen, fuhr er an ihnen vorbei. Dabei erkannte Kern weiße, kabellose Kopfhörer in den Ohren des Mannes. Hatte er deswegen nicht auf seine Rufe reagiert?

»Scheiße!«, fluchte Kern. »Was für ein Idiot.« Er ließ den Arm der Buchhändlerin los.

»Oh Gott!«, stöhnte die. »Mein Herz rast. Darum lese ich im Regelfall keine Thriller. Diese Nervenanspannung ist nichts für mich.« Sie lachte befreit auf.

Kern stimmte in das Lachen ein. Er schaute dem Skater nach. Der Mann bog um eine Ecke und verschwand aus ihrem Sichtfeld. »Normalerweise reagiere ich nicht so paranoid. Entschuldigung. Das war alles ein bisschen viel. Wird Zeit, dass ich nach Hause komme.«

5

Daniel Kern parkte den Wagen in der Garagenauffahrt. Den Platz in der Garage belegte sein Oldtimer, ein dunkelgrünes Jaguar-Modell, den er nur zu sehr seltenen Anlässen herausholte und der zu wertvoll war, um ihn auf der Straße der Witterung oder anderen schlechten Einflüssen auszusetzen.

Er schaltete den Motor aus und blieb eine Weile im Fahrzeug sitzen. Obwohl es noch nicht einmal Mitternacht war, brannte in vielen Häusern der Nachbarschaft kein Licht. Die ruhige Seitenstraße wirkte wie ausgestorben.

Sollte er heute Abend seinen Literaturagenten anrufen oder ihn erst morgen früh über den Vorfall informieren? Alexander Weber gehörte zu den Menschen, die in jeder Nacht mit fünf Stunden Schlaf auskamen und trotzdem immer topfit wirkten. Bestimmt hatte er sich noch nicht schlafen gelegt. Kern angelte sein Handy aus der Anzugjacke und wählte die Nummer des Mannes, der seine geschäftlichen Interessen seit langer Zeit vertrat. Das Freizeichen erklang für wenige Sekunden, dann meldete sich der Mittvierziger bereits mit munterer Stimme.

»Daniel! Wie war die Lesung?«

Obwohl sie in dieser Woche noch nicht telefoniert hatten, hatte Weber den heutigen Termin präsent. Diese Eigenschaft schätzte Kern an seinem Agenten.

»Hallo, Alexander. Knapp sechzig Besucher. Ich hab sie anständig unterhalten.«

»Nicht schlecht. Wir hatten achtzig Prozent Eintrittsbeteiligung vereinbart. Bleibt bei einem Preis von zehn Euro eine schöne Summe hängen. Zumal die An- und Abfahrt kaum Zeit in Anspruch genommen hat.«

Kern brummte zustimmend. »Aber deswegen rufe ich nicht an.«

»Sondern?«

»Es ist was Seltsames passiert.«

»Während der Lesung? Erzähl!«

»Eher danach.« Kern berichtete von der Botschaft und dem Aufkleber. Weber hörte ihm zu, ohne Zwischenfragen zu stellen. Den Zwischenfall mit dem Skater verschwieg Kern, um nicht paranoid zu klingen.

»Verrückt«, sagte Weber schließlich. »Machst du dir Sorgen?«

»Sollte ich? Was denkst du?«

»Nein«, antwortete Weber, ohne zu zögern.

»Was macht dich so sicher? Mir gefällt die Botschaft in dem Buch nicht. Vor allem in Verbindung mit dem Namen meiner Romanfigur. Wieso nutzt jemand die Identität eines Mörders?«

»Eines *fiktiven* Mörders. Der Smiley-Killer war dein Durchbruch. Damals warst du zwar nicht mein Klient, und ich hätte garantiert finanziell mehr aus dem Bestseller rausgeholt, aber das Buch hat dich an die Spitze befördert. Nein. Ich glaube, da will dich bloß jemand ärgern. Dich verunsichern.«

»Ist ihm gelungen. Wer sollte das tun?«

»Vielleicht ein Konkurrent?«

»Dein Ernst? Kann ich mir nicht vorstellen.«

»Wenn du wüsstest! Wir schwimmen in einem Haifischbecken. Klar, die ganz großen Zeiten liegen anscheinend hinter uns, aber im Vergleich zu vielen anderen Verlagsautoren verkaufen sich deine Bücher nach wie vor sehr gut. Die Neider warten bloß darauf, dass du endgültig abstürzt. Vermutlich haben sie Angst, dass wir noch einmal die Kurve kriegen und wieder durchstarten.«

»Ich habe keinen Konkurrenten im Publikum erkannt. Ein erfolgreicher Kollege wäre mir aufgefallen.«

»Daniel, für so etwas beschäftigt man einen Studenten oder einen Arbeitslosen. Drückt ihm fünfzig Euro plus die Eintrittskarte in die Hand und gibt ihm genaue Instruktionen. Natürlich taucht man da nicht persönlich auf. Aus Selbstschutz.«

»Hm«, brummte Kern.

»Du machst dir wirklich Sorgen?«

Kern dachte nach. »Keine Ahnung«, sagte er nach einer Weile. »Da hat sich jemand Mühe gegeben. Das alte Buch ist eine Erstausgabe. Dann die Botschaft, unterschrieben mit dem Namen des Mörders. Und der Sticker auf meiner Windschutzscheibe. Ist das nicht alles ein bisschen viel für einen Streich?«

»Da hat sich jemand gedacht ›wenn schon, denn schon‹.«

»Scheiße, Alexander, je länger ich darüber nachdenke, desto weniger witzig finde ich es.«

»Folgender Vorschlag, damit du dich besser fühlst: Ich hab einen Freund, der Hauptkommissar beim LKA ist. Wenn du willst, frage ich ihn morgen nach seiner Meinung. Habe mich eh viel zu lange nicht mehr bei ihm gemeldet. Das wären dann zwei Fliegen mit einer Klappe. Je nachdem, wie er es einschätzt, können wir uns weitere Schritte überlegen. Einverstanden?«

»Ja, das klingt gut. Danke.«

»Mach dir keine Sorgen. Geh ins Bett, schlaf dich aus, und morgen früh sieht die Welt besser aus. Ich melde mich, sobald ich mit Bastian gesprochen habe.«

Kern beendete das Telefonat und dachte über Webers Vorschlag nach. Er stieg aus dem Wagen und verriegelte ihn. An der Haustür blieb er stehen und schaute sich um. Niemand lief die Straße entlang. Kern betrat sein Haus. Links neben der Tür hing eine Alarmanlage. Er gab den fünfstelligen Zutrittscode ein. Danach aktivierte er die Alarmfunktion wieder und verriegelte das Schloss.

Fünf Minuten später saß er vor seinem PC und tippte auf Facebook den Namen *Joseph T. Ritter* ein. Die Ergebnisliste lieferte ihm nur eine exakte Übereinstimmung. Kern klickte auf das Profil. Sechs Fotos zeigten unterschiedliche Schauplätze, auf keinem davon war eine Person zu identifizieren.

Kern öffnete sein Postfach. Zunächst überprüfte er die neuen Mails, von denen ihn keine beunruhigte. Dann verfasste er selbst eine Nachricht, die er an Weber schickte.

Ich habe gerade aus einer Eingebung heraus auf Facebook nach Joseph T. Ritter gesucht. Da gibt es ein neues Profil. Ohne Gesicht, nur mit verschiedenen Fotos von Landschaften und Gebäuden. Aber wenn ich mich nicht total irre, sind das Orte aus meinen Romanen. Nicht bloß aus dem Smiley-Killer, zu dem passt aber definitiv das zweite Foto. Wäre nett, wenn du das morgen ebenfalls erwähnen könntest. Ich folge deinem Ratschlag und gehe jetzt ins Bett. Informier mich bitte, sobald du mit deinem LKA-Freund gesprochen hast. Ich bin sehr auf seine professionelle Meinung gespannt.

Kern kopierte den Link zum Profil in die Mail und schickte sie ab. Er reckte sich und dachte über die letzten Stunden nach. Dann griff er zum Handy. Im Chatprogramm öffnete er Clarissas Nummer.

Bist du noch wach? Ich bin nämlich wieder zu Hause.

Ihre Antwort ließ nicht lange auf sich warten.

Facetime? Aber nur zur Warnung: Ich liege ungeschminkt im Bett.

Er lächelte und baute die Videoverbindung auf.

»Hi«, begrüßte Clarissa ihn. »Schön, dich zu sehen.«

»Hey. Ich hab dich hoffentlich nicht geweckt?«

Wie angekündigt lag sie bereits im Bett und hatte sich ihre dicke Decke bis zum Hals gezogen.

»Ich habe noch gelesen und auf deine Rückmeldung gewartet.«

»Welches Buch?«

»Leider kein Thriller. Sorry. Ich lese gerade eine Biografie. Wann schreibst du mal eine? Die würde ich sofort verschlingen.«

»Besser nicht«, antwortete Kern. »Ich hab zu viele Leichen im Keller, über die du nicht Bescheid wissen solltest.«

»Mein Interesse ist geweckt.« Sie lächelte. »Wie war die Lesung? Tut mir leid, dass ich nicht kommen konnte. Aber mitten in der Woche einen Babysitter zu organisieren ist manchmal schwierig.«

»Macht nichts. Wärst du dagewesen, hätte ich Angst gehabt, du würdest dich langweilen.«

»Während ich deiner tollen Stimme lausche? Vergiss es. Wahrscheinlich wäre ich vor Eifersucht geplatzt, weil dich die Buchhändlerinnen angehimmelt haben.«

Er dachte an Anna und ihre Flirtversuche.

»Habe ich also recht«, sagte Clarissa. »War sie hübsch?«

»Zehn Jahre zu jung«, erwiderte Kern. Er zwinkerte.

»Als würde euch Männer der Altersunterschied stören.«

Kern erzählte ihr von der Lesung, verschwieg aber die Details, die Clarissa beunruhigen könnten. »Wie war dein Abend?«, fragte er schließlich.

»Nicht so schön wie deiner.«

»Klingt nach Ärger. Ist etwas passiert? Lass mich raten. Hat dein Ex ...«

»Ja«, unterbrach sie ihn. »Er hat angerufen. Gegen acht. Zum Glück war Leon im Bett und hat unseren Streit nicht mitbekommen.«

»Was wollte Martin?«

»Sich über den neuen Brief meiner Anwältin aufregen. Den sie nur verschickt hat, weil der Idiot einfach nicht die geforderten Unterlagen rausrückt.«

»Noch immer nicht? Unfassbar.«

»Das ist unsere dritte Aufforderung. Ich habe keine Ahnung, was er seit seinem Jobwechsel verdient. Aber er hat uns bislang nur die Lohnabrechnungen aus der alten Firma geschickt.«

»Was dafür spricht, dass er durch den Wechsel mehr Gehalt bekommt.«

»So ist es.«

»Tut mir leid, Süße.«

Clarissa lächelte. »Nicht deine Schuld. Na ja. Martin hat mich übel angeschrien. Warum ich uns keine neue Chance geben würde, allein schon Leon zuliebe. Und ihm stattdessen ständig meine Anwältin mit ihren unverschämten Forderungen auf den Hals hetzen würde.«

»Er macht sich noch immer Hoffnungen auf eine Versöhnung?«

»Was nach zwei Jahren Trennung wirklich dumm ist. So wie ich ihn kenne, war er seitdem unzählige Male auf Tinder unterwegs. Eine gute Freundin von mir hat dort sein Profil entdeckt. Bestimmt trifft er mehrmals im Monat willige Frauen.«

»Moderne Zeiten. ›Mit einem Wisch ist alles weg‹ hatte früher eine andere Bedeutung.«

Clarissa lachte herzhaft. Es freute ihn, ihre trüben Gedanken vertrieben zu haben.

»Du hast ihm noch nichts von uns erzählt?«, vergewisserte er sich.

»Ich hab Angst, dass er sich dann bei dir meldet und Stunk macht.«

»Würde mich nicht stören.« Kern dachte an die Ereignisse des Abends. Die Botschaften würden zu einem eifersüchtigen Ex passen. Allerdings kam dieser Martin Fährenbach nicht als Verdächtiger infrage, solange er nichts von Clarissas neuer Beziehung wusste. »Du weißt, mir ist es egal. Wir sind jetzt seit fünf Monaten ein Paar, und wenn du nicht vorhast, mir bald einen Arschtritt zu verpassen ...«

»Das würde ich niemals tun«, versprach sie. »Ich bin so glücklich mit dir.«

»Und ich mit dir.«

»Vielleicht sag ich's ihm bald. Andererseits ist der Scheidungstermin in acht Wochen. Ich will Martin keine Chance geben, das mit uns in den Dreck zu ziehen. Wenn wir erst mal geschieden sind, wird alles einfacher. Auch wenn mich jetzt schon der Gedanke nervt, weiter seinen Nachnamen zu tragen. Aber ich muss. Leon zuliebe.«

»Es wird deinem Ex nicht gelingen, irgendetwas von uns in den Dreck zu ziehen.«

»Hoffentlich. Ich freue mich so auf unser Wochenende.«

»Ich mich auch«, sagte Kern. »Achtundvierzig Stunden Fleischeslust. Grr.«

Erneut lachte sie herzhaft. »Hab nichts dagegen.« Sie gähnte. »Sorry. Ich sollte langsam die Augen zumachen. Der Wecker klingelt um zehn vor sechs.«

»Süße Träume.«

Clarissa küsste Zeige- und Mittelfinger und legte sie kurz aufs Kameraauge. »Bis morgen. Ich liebe dich.«

»Und ich liebe dich. Gute Nacht.«

Kern beendete das Telefonat. Er dachte an Martin

Fährenbach. Clarissa hatte ihm mehrere Fotos ihres Ex gezeigt. Ein attraktiver Mann, sportlich durchtrainiert. Er würde vermutlich keine Schwierigkeiten haben, eine neue Partnerin zu finden. Trotzdem hing er noch immer an ihr. Machte ihn das zu einem gefährlichen Rivalen? Oder würde er von ganz allein aufgeben?

Er dachte an seine gescheiterten Beziehungen zurück. Meistens waren die Trennungen von ihm aus gegangen. Die wenigen Male, bei denen die Frau die Initiative ergriffen hatte, hatten deutlich mehr wehgetan. Insofern verstand er Clarissas Ex. Trotzdem war der Schmerz bei Kern nach Wochen oder spätestens Monaten verschwunden. Ungewöhnlich, wie sehr sich Fährenbach eine zweite Chance wünschte. Aber bestimmt würde er das Interesse an Clarissa verlieren, sobald er einsah, dass sie frisch verliebt war.

DONNERSTAG

6

Bastian Dorfer blätterte durch das Fax, das er wenige Minuten zuvor bekommen hatte. Seit zwei Monaten suchten sie nach dem Mann, der für Luzie Haas' Tod verantwortlich war. Alle Spuren hatten ins Leere geführt. Haas hatte einer Freundin von einem Treffen mit einem Verehrer erzählt, aber keine Einzelheiten nennen wollen. Ohnehin war sie ein zurückgezogener Mensch gewesen, ohne nennenswerte soziale Bindungen, von ihren Eltern abgesehen, die jedoch nichts von der Verabredung gewusst hatten.

»Das kann einfach nicht wahr sein!«, fluchte er.

»Schon wieder eine Sackgasse?«, folgerte Miriam.

Sie hatten bei den Mobilfunkbetreibern Listen aller Mobilfunknummern angefordert, die zum Mordzeitpunkt in der Nähe des Tatorts eingebucht waren. Nun hatte sich auch der letzte Betreiber zurückgemeldet und die Anschlüsse, die über ihn abgerechnet wurden, identifiziert. Die Spezialisten der Datenverarbeitung hatten die Liste mit verschiedenen Datenbanken abgeglichen. Keine der Nummern führte sie zu einem Verdächtigen. Der Mörder hatte am Tatort kein Handy bei sich gehabt, in dem eine SIM-Karte gesteckt hatte.

Der Staatsanwalt wollte am frühen Nachmittag mit ihnen neue Erkenntnisse durchsprechen. Ausgerechnet den ersten Fall, den sie nach der Aufhebung ihrer Suspendierung übernommen hatten, konnten sie nicht lösen.

»Kannst du mal in der Akte nach den Mobilfunkdaten von T-Mobile …«

Das Klingeln seines Handys unterbrach ihn. Dorfer griff zum Smartphone und schaute aufs Display. »Was für eine Überraschung«, murmelte er erfreut.

»Wer ruft dich an?«, fragte Miriam.

»Ein alter Freund. Alexander Weber. Von dem habe ich lange nichts gehört.« Dorfer nahm das Gespräch entgegen. »Hey, Alexander. Wie geht's?«

»Hi, Bastian. Prächtig. Und dir? Du warst ja vor ein paar Monaten ein richtiger Star, als du den Hamburger Filz trockengelegt hast.«

»Erinnere mich nicht daran. Hätte ich gern drauf verzichtet.«

»Ich wollte mich damals eigentlich bei dir melden, aber irgendwie kam immer was dazwischen. Du kennst das ja.«

»Umso schöner, heute von dir zu hören. Hat dein Anruf einen bestimmten Grund?«

»Mich würde deine Meinung zu etwas interessieren, das gestern einem Klienten passiert ist. Ich halte die Sache für harmlos, aber vielleicht …«

»Erzähl!«

»Ich dachte eher an ein gemeinsames Mittagessen. Hast du gegen zwölf Zeit? Ich lade dich ein und rechne es über die Agentur ab.«

»Darf ich meine Partnerin Oberkommissarin Decking mitbringen, ohne gierig zu wirken? Ihr kennt euch noch nicht. Du wirst sie mögen.«

»Das würde mich sehr freuen. Was hältst du von der Bullerei?«

»Solange du bezahlst, hab ich nichts dagegen.«

Weber lachte. »Ich kümmere mich um einen Platz. Tim und ich sind alte Freunde. Falls er da ist, kommt er bestimmt an unseren Tisch.«

»Welchen Promi kennst du eigentlich nicht?«, fragte Dorfer. Zwar würde er es nicht zugeben, dennoch beeindruckte es ihn, dass sein Freund den Starkoch offenbar duzte.

»In Hamburg? Vermutlich jeden, der irgendwann einmal ein Buch veröffentlicht hat. Ich freue mich auf euch.«

Weber beendete das Gespräch. Lächelnd legte Dorfer das Handy beiseite und schaute zu Miriam, die ihn neugierig musterte.

»Du hast mir eine Einladung in die Bullerei zu verdanken. Und falls der Mälzer heute in seinem Restaurant vor Ort ist, lernen wir ihn wohl kennen.«

7

Dorfer betrat vor Miriam das Restaurant.

»Da sitzt er«, sagte er und steuerte zielstrebig einen Tisch an, an dem ein attraktiver Mann saß.

Der erkannte seinen Freund, lächelte breit und erhob sich. Sofort fiel Miriam sein dunkelblauer Anzug auf, der ausgesprochen gut saß und in dessen Brusttasche stilecht ein weißes Tuch steckte. Das leicht ergraute, ehemals schwarze Haar des Mannes war schulterlang, die blank polierten schwarzen Lederschuhe rundeten sein Outfit perfekt ab.

Auf dem Weg zum Tisch ließ Dorfer seiner Partnerin den Vortritt und stellte sie vor.

»Alexander, das ist Miriam Decking. Miriam, das ist Alexander Weber, Hamburgs erfolgreichster Literaturagent.«

»Andere würden dir jetzt widersprechen«, erwiderte Weber lächelnd. »Schön, dich kennenzulernen, Miriam. Und ich hoffe, Duzen ist okay.«

»Immer«, sagte sie.

Nachdem sie sich kurz umarmt hatten, nahm der Literaturagent Dorfer deutlich länger in den Arm.

»Das tut gut, dich endlich mal wieder zu treffen. Ist ja eine Ewigkeit her.«

»An mir hat's nicht gelegen«, sagte Dorfer.

Weber grinste. »Ich akzeptiere den Tadel und gelobe Besserung. Sind gerade keine einfachen Zeiten im Literaturzirkus. Setzt euch. Tim ist heute übrigens nicht da. Er zeichnet eine Sendung in München auf. Tut mir leid. Ich hätte euch gern miteinander bekannt gemacht.«

Sie nahmen Weber gegenüber Platz. Eine Kellnerin kam an den Tisch, brachte ihnen Speisekarten und erkundigte sich nach ihren Getränkewünschen.

»Zuallererst musst du mir von eurem Coup erzählen«, bat Weber, sobald die Kellnerin gegangen war. »Ich hab euch beide sogar im NDR gesehen, richtig?«

Dorfer nickte. »Kann sein. Wir haben eine kleine Gruppe kriminell agierender Polizisten im LKA auffliegen lassen. Das mediale Interesse war riesig.«

»Hat es Tote gegeben?«, hakte Weber nach. »Oder habe ich das falsch in Erinnerung?«

»Mehrere«, erwiderte Miriam. »Uns hätte es auch fast erwischt. Zur Belohnung sind wir dann wochenlang suspendiert worden.«

»Krass!«, sagte Weber. »Aber das hat sich offensichtlich aufgeklärt.«

»Am Ende erhielten wir vom Innensenator eine Belobigung. *Oberkommissarin* Decking steht kurz vor ihrer Beförderung zur Hauptkommissarin«, erklärte Dorfer. »Spätestens zum Jahresende.«

»Gratuliere«, sagte Weber.

»Dafür, dass wir lange Zeit im Präsidium als Nestbeschmutzer betrachtet wurden, ist das ein gerechter Ausgleich«, meinte Miriam.

»Klingt für mich nach einem spannenden Buchprojekt.

Ich habe Kontakte zu erstklassigen Ghostwritern. Falls ihr …«

Dorfer hob abwehrend die Hände. »Unter gar keinen Umständen. Klar, am Ende hat sich alles zu unseren Gunsten entwickelt, aber ich bin mir sicher, es gab in höchsten Kreisen Bemühungen, uns loszuwerden. Wir knabbern seit zwei Monaten an einem ungelösten Mordfall, und der Wind, der uns deswegen ins Gesicht bläst, wird rauer. Wenn wir über den alten Fall ein Buch veröffentlichen würden, säßen wir noch vor dem Veröffentlichungstag auf der Straße. Wir stehen unter Beobachtung.«

»Unglaublich!«, murmelte Weber. Er schüttelte den Kopf, ehe er einen Blick auf die Speisekarte warf. »Die Steaks sind fantastisch«, empfahl er. »Ihr könnt nehmen, was ihr wollt. Die Agentur bezahlt.«

Fünf Minuten später stießen sie miteinander an.

»Erzähl uns doch mal, weswegen du uns sprechen wolltest. Was ist gestern passiert?«, erkundigte sich Dorfer.

»Kennt ihr Daniel Kern?«, fragte Weber.

»Ich hab von ihm gehört«, antwortete Miriam. »Aber keins seiner Bücher gelesen.«

»Mir sagt der Name auch etwas«, erklärte Dorfer.

»Kern ist einer der erfolgreichsten deutschen Autoren. Seine verkaufsstärksten Zeiten liegen ein paar Jahre zurück, trotzdem hält er sich gut. Früher war er ein gern gesehener Gast in Talkshows, das hat sich inzwischen ein bisschen verlaufen. Liegt nicht zuletzt an seinem Charakter, er ist nicht gerade der redseligste Talkgast. Er gibt zwar routiniert zu seiner eigenen Arbeit Auskunft, bringt sich aber nicht in die Gespräche mit den anderen Gästen ein. Na ja. Auf jeden Fall hatte er gestern Abend eine Lesung in einer Hamburger Buchhandlung.«

Weber erzählte, was seinem Klienten widerfahren war, und erwähnte auch das Profil in den sozialen Medien, das Kern gefunden hatte.

»Ich habe heute Morgen noch einmal mit ihm telefoniert. Daniel behauptet, alle fünf Schauplätze, die auf den Fotos zu sehen sind, stammen aus seinen Büchern. Außerdem hat er mir von einer neuen Beziehung erzählt, von der ich vorher nichts wusste. Eine alleinerziehende Mutter, die gerade mitten im Scheidungsprozess steckt. Ihr Ex-Partner kommt mit der Trennung wohl nicht zurecht. Daniel und seine Freundin haben sich bislang nicht öffentlich geoutet, aber er hält den Noch-Ehemann potenziell für verdächtig. Falls er irgendwie von der Beziehung erfahren hat.«

»Das klingt schon alles sehr ungewöhnlich«, bekannte Miriam. »Die Botschaft in dem Buch, der Sticker auf dem Wagen. Ein Zuschauer, der sich wegduckt, wenn er fotografiert wird.«

»Wollt ihr das Foto sehen?«, fragte Weber. »Ich habe es mir von Daniel schicken lassen.«

»Zeig her!«, bat Dorfer.

Weber öffnete die Bildergalerie seines Smartphones und vergrößerte die Aufnahme. Miriam musterte sie nachdenklich.

»Sieht fast so aus, als hätte er sich die Schuhe gebunden.«

Weber nickte. »Ich streite nicht ab, dass es Zufall sein könnte. Genau deswegen wollte ich mich mit euch treffen, um eure professionelle Meinung zu hören.«

»Gesondert betrachtet, würde mich jeder einzelne Punkt nicht beunruhigen«, sagte Miriam. »Die Botschaft kann ein misslungener Scherz sein, ebenso der Aufkleber. Das Profil in den sozialen Medien ist nicht bedrohlich, und vielleicht ist die Person auf dem Bild einfach nur kamerascheu. Oder sie hat sich wirklich im denkbar ungünstigsten Moment die Schuhe zugebunden.«

»Aber zusammengenommen verändern die einzelnen Punkte das Bild«, fuhr Dorfer fort.

Miriam nickte zustimmend, während Weber die Stirn runzelte.

»Ihr haltet es für bedenklich?«, vergewisserte er sich. »Damit habe ich jetzt nicht gerechnet. Denn ehrlich gesagt ...« Der Agent zuckte hilflos die Achseln. »Kern macht sich gern mal auf skurrile Weise interessant. Oder versucht es zumindest.«

»Zum jetzigen Zeitpunkt können wir leider nichts für deinen Klienten tun«, sagte Miriam. »Es ist noch nichts passiert, was strafrechtlich von Belang wäre.«

»Ist schon mal einer deiner Klienten Opfer von Stalking geworden?«, fragte Dorfer.

»Ich erinnere mich an zwei Vorfälle. Junge, attraktive Schriftstellerinnen, die das Interesse der falschen Männer geweckt haben. Beide Fälle sind einigermaßen harmlos ausgegangen. Einmal mussten wir die Polizei hinzuziehen, danach hat der Verehrer aufgegeben. In der anderen Sache ging es sogar ohne Polizei. Da reichte die Drohung, rechtliche Schritte zu unternehmen.«

»Das funktioniert leider nicht immer so schnell«, sagte Miriam. »Insofern haben die beiden Autorinnen Glück gehabt.«

»Könntet ihr mit euren Mitteln herausfinden, wer das Facebook-Profil eröffnet hat?«, fragte Weber.

»Momentan geht das nicht«, antwortete Dorfer. »Tut mir leid. Das wäre schon unter normalen Umständen eine kritische Bitte, aber wie gesagt, wir stehen unter Beobachtung.«

»Kein Problem.« Weber klang ehrlich.

Dorfer schaute zu Miriam. »Könnte sich Till der Sache

annehmen?«

»Von wem sprichst du?«, fragte Weber.

»Von meinem Freund. Till Buchinger. Er ist Personenfahnder. Hauptsächlich sucht er nach verschwundenen Menschen, manchmal hilft er ihnen beim Untertauchen. Wir haben ihm in diesem spektakulären Fall neulich das Leben einer Zeugin anvertraut.«

»Für ihn gehört es zum täglichen Brot, sich in den sozialen Medien zu bewegen, um Personen aufzuspüren«, fügte Dorfer hinzu.

»Klingt sehr spannend«, sagte Weber.

»Ich weiß allerdings nicht, ob er deinem Klienten weiterhelfen kann. Er ist kein Personenschützer«, schränkte Miriam ein.

»Hast du seine Kontaktdaten?« Weber griff in sein Jackett und zog ein dünnes Notizbuch heraus, das er auf einer leeren Seite aufschlug. Aus einer weiteren Tasche angelte er einen Kugelschreiber. Beides schob er ihr zu.

Miriam notierte Tills Homepage, seine Handynummer und die E-Mail-Adresse.

»Ich überlasse Kern die Entscheidung«, kündigte Weber an. »Hast du eine Vorstellung, welchen Stundensatz dein Freund verlangt? Kern weiß so etwas gerne vorher. Wir haben damals wegen meiner Beteiligung lange gefeilscht.«

»Das ist bei Till völlig individuell«, erwiderte sie. »Ich erzähle ihm von unserem Treffen. Dann nimmt er bestimmt nicht den Höchstsatz.«

»Prima. Aber am Finanziellen wird's ohnehin nicht scheitern. Kern gehört zu den Klienten, die mit Geld umgehen können. Er hat einen Teil seiner Einnahmen klug investiert. Ich schätze, selbst wenn er irgendwann keine Ideen mehr hat, muss er sich über seinen Lebensabend keine Sorgen machen. Bin gespannt, was er von dem Vorschlag hält.«

8

Clarissa Fährenbach öffnete den Kühlschrank. Sie holte die Butter, die Tomaten und das Hackfleisch heraus und stellte alles neben den Herd. Ihr Blick fiel auf die Uhr. Leon würde in zwanzig Minuten nach Hause kommen. Sie hatte also noch genügend Zeit, um das Mittagessen zuzubereiten. Ihr Chef hatte ihr kurz vor Feierabend eine Kalkulation auf den Schreibtisch gelegt und um eine fundierte Einschätzung gebeten. So war sie eine halbe Stunde später als geplant von der Arbeit aufgebrochen. Zum Glück hatte sie alles, was sie benötigte, bereits gestern eingekauft. Sie füllte Wasser in den großen Kochtopf. Ihr Blick fiel dabei aus dem Fenster.

Martins Wagen hielt soeben am Straßenrand. Besorgt runzelte Clarissa die Stirn. »Was will der denn hier?«, flüsterte sie leise.

Sie wich ein Stück vom Fenster zurück. Von seiner Position aus könnte Martin sie nicht entdecken. Ihr Noch-Ehemann stieg aus dem Fahrzeug und ging zielstrebig auf den zwei Meter vorm Hauseingang stehenden Briefkasten zu.

»Ist das sein Ernst?« Die Wut über diese Dreistigkeit

mischte sich mit der Sorge vor einer bevorstehenden Eskalation.

Mit einem Schlüssel öffnete er den Briefkasten. Nun reichte es ihr. Sie trocknete sich die Hände an einem Spültuch ab und verließ die Küche. Im Flur steckte sie den Haustürschlüssel ein. Dann trat sie wutentbrannt nach draußen und entschied, die Tür nicht zuzumachen.

Martin prüfte unterdessen die im Briefkasten liegende Post.

»Was erlaubst du dir?«, rief sie. »Dazu hast du kein Recht!«

»Ich will nur prüfen, ob du mir wichtige Briefe unterschlägst«, antwortete er.

»Ich denke, du hast deinen Briefkastenschlüssel verloren?«

»Ups.« Er grinste arrogant. »Hab ihn wohl wiedergefunden.«

Offenbar versuchte er, seine Macht zu demonstrieren. Clarissa näherte sich ihm und streckte die Hand aus. »Gib mir meine Post und verschwinde vom Grundstück.«

»Unsere Post, unser Grundstück«, antwortete er. Zögerlich reichte er ihr die drei Briefe, die sie ihm fast aus den Fingern riss.

»Was redest du für ein dummes Zeug? Wir werden in wenigen Wochen geschieden.«

»Da ist das letzte Wort noch nicht gesprochen.«

»Natürlich ist es das.«

»Wie willst du das Haus finanzieren?«, fragte er spöttisch. »Das funktioniert niemals.«

»Sieht unsere Bank anders. Sie haben mir grünes Licht gegeben. Ich kann hier drinbleiben. War wohl damals gut, dass ich die Hypotheken auf meinen Namen aufgenommen habe. Hätte nie gedacht, dass ich mal von deiner früheren Geschäftspleite profitiere.«

Seine Augenbrauen zogen sich zusammen. »Sehr witzig! Ohne mich packst du das nicht. Und jetzt rück die Post raus, die du mir unterschlägst.«

»Spinnst du? Für dich kommt hier nichts an. Du hast einen Nachsendeantrag.«

»Das kann nicht sein! Ich warte auf einen dringenden Brief aus Italien. Gib ihn mir.«

»Martin! Was soll das? Verschwinde.«

Die Kühle des Novembertages kroch ihr in die Knochen. Sie wandte sich von ihm ab, um ins Haus zurückzukehren. Plötzlich schoss Martin an ihr vorbei.

»Hey!«, rief sie.

Er erreichte die Haustür, schlüpfte in den Flur und warf die Tür zu, ehe sie es verhindern konnte.

»Ich fass es nicht!« Clarissa brauchte ein paar Sekunden, bis sie endlich den Schlüssel ins Schloss eingeführt hatte. Ihre Hand zitterte vor Erregung.

»Scher dich hier raus!«, schrie sie.

Martin stand an der Türschwelle zum Wohnzimmer und schaute sich um. »Mir gefällt dein Ton nicht«, sagte er leise. »Was verschweigst du mir?«

»Verschwinde!« Ihre Gedanken rasten. Versuchte er gerade, die Wahrheit über sie und Daniel zu erfahren, weil er es irgendwie mitbekommen hatte? Aber wie sollte das möglich sein? Bislang hatten sie ihre gemeinsamen Wochenenden immer nur bei Daniel verbracht. Er wusste zwar, wo sie wohnte, war jedoch nie hier gewesen. Falls Martin sie nicht heimlich verfolgte, konnte er nichts von ihrer neuen Beziehung wissen.

»Was verschweigst du mir?«, wiederholte er.

»Verschwinde!«, entgegnete sie erneut. »Mein Leben geht dich nichts mehr an.«

»Da irrst du dich, mein Schatz! Wir sind verheiratet. Du

bist die Mutter meines Kindes. Dein Leben geht mich für den Rest deiner Tage etwas an.«

»Davon träumst du!«

»Das wird sich zeigen. Wenn ich herausfinde, woher dein neues Selbstbewusstsein kommt, kann ich die Ursache dafür beseitigen. Du wärst wieder die alte Clarissa. Die mir immer viel besser gefallen hat.«

»Das wagst du nicht.«

»Ah!« Er grinste triumphierend. Dann verwandelte sich sein Gesicht von einer Sekunde auf die andere in eine Maske des Zorns. »Von wem lässt du dich ficken?«, zischte er.

Sein Stimmungsumschwung erschütterte sie.

Er trat einen Schritt vor. Zwischen ihnen lag der Zugang zur Küche. Clarissa schoss vor. Er reagierte blitzschnell und versuchte, ihr den Weg abzuschneiden. Sie spürte seine Hand an ihrer Schulter, schaffte es jedoch, sie abzuschütteln. Clarissa rannte zur Arbeitsfläche, zog ein Fleischermesser aus dem Holzblock, fuhr herum und streckte es ihm drohend entgegen.

Auf halbem Weg zu ihr blieb er abrupt stehen. »Spinnst du?«

Um ihre Drohung zu untermauern, ging sie einen Schritt auf ihn zu. Martin wich zurück. Seine defensive Haltung verschaffte ihr ein unglaublich befriedigendes Gefühl.

»Du gehst zu weit!«, warnte er sie.

»*Du* bist zu weit gegangen. Ich habe dich nicht hereingebeten.«

»Das ist immer noch mein Haus!«, schrie er.

»Ist es nicht! Ich zahle die Hypotheken und kümmere mich um alles. Du begehst Hausfriedensbruch.«

»Ruf doch die Bullen!«

»Genau das werde ich tun!«

»Dann kannst du gleich erwähnen, dass du mich mit einem Messer bedrohst.«

»Ich schütze mich vor dir. Oder glaubst du, die Polizei würde das anzweifeln?«

Er öffnete seinen Mund, sagte jedoch nichts. Wie hatte sie sich bloß in einen Mann verlieben können, der so einfältig aussah?

»Ich will den Briefkastenschlüssel haben«, forderte sie.

»Um mir wichtige Post zu unterschlagen? Vergiss es!«

»Alles klar. Du willst es nicht anders.«

Ihr Handy lag auf der Arbeitsfläche. Ohne den Blick von ihm abzuwenden, machte sie einen Schritt zur Seite und tastete danach.

»Was hast du vor?«, fragte er.

»Ich rufe die Polizei.«

»Du blöde Schlampe!« Er griff in seine Hosentasche und angelte nach seinem Schlüsselbund, von dem er einen einzigen Schlüssel löste, den er ihr vor die Füße warf. »Da hast du ihn.«

»Jetzt verschwinde!«

»Falls du hiervon deiner Anwältin erzählst, werde ich alles abstreiten. Ich werde behaupten, du hättest dir das eingebildet. Wenn der Verdacht im Raum steht, du könntest verrückt sein, bin ich sehr gespannt, wer das Sorgerecht zugesprochen bekommt.«

»Raus!«, schrie sie.

Martin wandte sich ab und verließ die Küche. Sekunden später fiel die Haustür krachend zu. Rasch ging sie zum Fenster und schaute hinaus. Er stapfte zu seinem Auto. An der Fahrertür blieb er stehen und zeigte ihr den Mittelfinger, bevor er einstieg. Er startete den Motor, jagte ihn erst im Leerlauf hoch und fuhr dann mit quietschenden Reifen davon.

Clarissa legte das Messer beiseite. Ihre Hand zitterte

noch stärker als bei der Konfrontation. Um sich zu beruhigen, setzte sie sich auf den Boden. In wenigen Minuten würde ihre Nachbarin Leon nach Hause bringen. Bis dahin musste sie sich unter Kontrolle haben.

Leider öffnete dieser Gedanke ihre Tränenschleusen. Clarissa schluchzte hemmungslos. Wie hatte ihre Ehe bloß so desaströs ausgehen können? Der Hass in Martins Augen jagte ihr im Nachhinein noch einen Schauer über den Rücken.

Hatte er von ihrer neuen Beziehung erfahren? Sie hielt es für unmöglich, doch es wäre eine Erklärung für seine schwelende Wut. Vor allem, falls er glaubte, Daniel sei der Grund für ihre Scheidung.

Clarissa strich sich die Tränen mit den Fingern weg und stand auf. Sie schaute nach draußen. Noch war von dem Auto der Nachbarin nichts zu sehen. Schnell lief sie ins Badezimmer und spritzte sich kaltes Wasser ins Gesicht. Vorsichtig tupfte sie es ab. Sollte sie Daniel von dieser Auseinandersetzung erzählen? Wie würde er darauf reagieren?

Sie wollte ihre Beziehung nicht gefährden, und Daniel die Konfrontation zu verschweigen wäre ebenso gefährlich, wie ihm davon zu berichten.

»Ich hasse dich«, flüsterte sie ihrem Spiegelbild zu – meinte damit allerdings ihren Noch-Ehemann.

Von der Straße drang das Geräusch eines Automotors an ihr Ohr. Ihr blieb nicht genug Zeit, um das Augen-Make-up zu erneuern. Sybille würde ihren derangierten Zustand garantiert bemerken.

Clarissa verließ das Badezimmer und trat vor die Haustür. Leon ging mit dem Nachbarmädchen Emma in eine Klasse, und die beiden verstanden sich ausgesprochen gut. Da Emmas Mutter Sybille wegen ihres Zweitgeborenen in Elternzeit war, hatte sie angeboten, die Kinder jeden Mittag abzuholen, falls Clarissa die Hinfahrt übernehmen könnte. Da Clarissa oft unpünktlich Feierabend machte, hatte sie sich sofort darauf eingelassen.

Der rote Mittelklassewagen hielt vor dem Haus gegenüber. Leon winkte ihr zu, und sie erwiderte die Geste mit übertriebener Fröhlichkeit.

»Hallo, Clarissa«, rief Sybille und näherte sich ihr mit den beiden Kindern. Zwei Meter vor ihr blieb sie stehen.

»Hallo, Mami«, sagte Leon.

Clarissa nahm ihren Sohn in den Arm. »War die Schule schön?«

»Ja«, erwiderte der Junge. »Und jetzt hab ich ganz viel Hunger.«

»Das Essen braucht noch ein bisschen. Aber im Kühlschrank liegen Apfelspalten. Nimm dir ein oder zwei.«

»Emma, geh mit Leon. Vielleicht gibt er dir was ab«, sagte Sybille.

Die Kinder liefen ins Haus.

»Alles in Ordnung?«, fragte Sybille.

»Martin war vorhin hier. Wir haben uns übel gestritten. Es ging so weit ...« Clarissa hielt inne und blickte über die Schulter. »Ich habe ein Messer aus dem Messerblock gezogen, weil ich Angst vor ihm hatte.«

Die Nachbarin riss erschrocken die Augen auf. »Oh Gott! Hat er dir etwas getan?«

»Nein. Aber ich frage mich, wozu er in der Lage wäre. Du kennst ihn jetzt viele Jahre. Muss ich Angst vor ihm haben? Immerhin überlasse ich ihm jedes zweite Wochenende Leon.«

Sybille dachte gründlich nach, ehe sie antwortete. »Ich will keinen Hehl aus meiner Abneigung gegen ihn machen«, sagte sie leise. »Nicht ohne Grund hab ich dir zur Trennung geraten. Aber eins weiß ich genau. Seinem Jungen würde er niemals etwas antun. Mir ist immer das Herz aufgegangen, wenn ich die beiden beim Spielen beobachtet habe. Ich bin mir sicher, er würde nichts machen, was Leon schadet.«

»Also würde er auch mir nichts antun«, folgerte Clarissa. »Weil ich Leons Mutter bin.«

Sybille nickte. »So weit würde er nicht gehen. Da bin ich mir ziemlich sicher.«

9

Daniel Kern reichte Till die Hand. »Danke, dass Sie so kurzfristig Zeit für mich haben.«

Till erwiderte den kräftigen Händedruck. »Keine Ursache. Was ich von Oberkommissarin Decking erfahren habe, hat mein Interesse geweckt.«

Till führte den Autor in die Besucherecke des Büros. »Setzen Sie sich. Möchten Sie einen Kaffee? Oder lieber ein Wasser?«

»Im Moment gar nichts. Danke.« Der Autor nahm Platz. Er musterte unverhohlen das Büro. »In meiner Fantasie sah es hier ganz anders aus. Ich hätte eher einen Einrichtungsstil wie bei einem Film mit Humphrey Bogart in der Hauptrolle erwartet.«

Till lächelte. »Ich bin kein Privatdetektiv.«

»Das ist mir bei meinen Internetrecherchen über Sie aufgefallen«, erklärte Kern. »Nirgendwo fällt das Wort Detektiv. Aber macht das wirklich einen so großen Unterschied? Sie jagen verschwundene Menschen statt Ehebrecher.«

»Ein wichtiger Punkt. Offenbar haben Sie sich gezielt über mich informiert.«

»Direkt nach dem Telefonat. Man findet nicht so wahnsinnig viel über Sie. Aber das, was ich gefunden habe, lässt Sie wie einen Helden dastehen. Eigentlich sollte ich ein Buch über Sie schreiben.«

Till hob abwehrend die Hände. »Besser nicht. Ich bin ganz froh, wenn mich die Klienten über Empfehlungen finden und nicht aufgrund reißerischer Artikel ... oder sogar Romane. Das wäre zu viel. Reden wir lieber über Sie.«

»Ich habe Ihnen das Buch mitgebracht«, sagte Kern. Er zog es aus einer braunen Ledertasche und reichte es Till. »Auf der Titelseite finden Sie die Botschaft.«

Till schlug das Buch auf und las die bedrohlich klingenden Zeilen. »Joseph T. Ritter?«

»So heißt der Antagonist in dem Roman. Ein Halbamerikaner. Deutscher Vater, amerikanische Mutter. Damals habe ich noch auf den amerikanischen Markt geschielt und die Namen entsprechend ausgesucht. Zu einer Hollywood-Verfilmung ist es trotzdem nicht gekommen.«

»Bedauerlich«, erwiderte Till. Er blätterte die Seiten des Buchs durch, ohne auf weitere Einträge zu stoßen. »Sie hatten mir ja am Telefon von dem Facebook-Profil berichtet. Ich hab's mir angesehen und bin auf eine E-Mail-Adresse gestoßen, die auf den Namen Joseph T. Ritter läuft.«

»Hilft Ihnen das weiter?«

»Ich schätze nicht. Die Adresse gehört zu einem Anbieter, bei dem man sich leicht eine Fake-Identität einrichten kann.«

»Warum ist so etwas überhaupt noch erlaubt? Heutzutage gibt es so viele elektronische Möglichkeiten, Identitäten zu verifizieren. Ich versteh's nicht.« Kern seufzte. »Haben Sie vielleicht doch einen Kaffee für mich?«

Till nickte. Er ging zum Vollautomaten und bereitete zwei Tassen Kaffee zu. Als er sich umdrehte, massierte sich

Kern die Schläfen. Till setzte sich wieder in die Besucherecke.

»Kopfschmerzen. Koffein wird helfen.« Kern lächelte. »Ein paar Sachen wissen Sie noch nicht. Die habe ich meinem Agenten nicht mitgeteilt, weil ich nicht ... na ja ... paranoid klingen wollte.«

»Das wäre?«, fragte Till.

Der Autor nippte am Kaffee und starrte ins Leere. »Ich weiß selbst nicht, ob das etwas bedeutet. Nach der Lesung bin ich mit einer Buchhändlerin zum Parkplatz der Buchhandlung gegangen. Plötzlich näherte sich ein Skateboardfahrer auf dem Bürgersteig. Er trug eine Kapuze und war mit einem Schal vermummt. Er hat uns erschreckt, ich fühlte mich bedroht, aber vielleicht waren meine Nerven zu angespannt.«

»Er hat Sie nicht angesprochen oder berührt?«

Kern schüttelte den Kopf. »Und als ich dann zu Hause war, habe ich erst mit Weber gesprochen, bevor ich meine Freundin angerufen habe. Nach dem Telefonat bildete ich mir ein, auf meiner Terrasse ungewöhnliche Geräusche zu hören. Als ich nachgeschaut habe, war da nichts Beunruhigendes.« Er vermied den Blickkontakt zu Till. »Ich glaube, ich hab mir das eingebildet, aber ...« Hilflos zuckte er die Achseln.

»Gut, dass Sie mir davon erzählen. Ich behalte das im Hinterkopf. Sonst noch was?«

»Ich bin jetzt seit fünf Monaten mit einer neuen Partnerin zusammen. Clarissa. Sie ist Mutter eines sechsjährigen Sohnes, lebt in Scheidung. Ihr Ex gehört zu der eifersüchtigen Sorte Männer und akzeptiert die Trennung nicht. Da frage ich mich ... Verstehen Sie mich nicht falsch. Ich will niemanden verdächtigen, der nichts ... aber irgendwer ...« Erneut zuckte er mit den Achseln.

»Ich kann Ihren Gedankengang nachvollziehen«, sagte Till. »Kennt dieser Ex Sie? Sind Sie sich begegnet?«

»Nein. Clarissa meint, er weiß nicht über uns Bescheid. Ich frage mich bloß, wie sicher sie sich sein kann, wenn er so eifersüchtig ist, wie sie es andeutet.«

»Vorerst würde ich den Ex nicht verdächtigen«, sagte Till.

Kern schaute ihn überrascht an. »Würde mich für Clarissa freuen. Aber wie kommen Sie zu einem so schnellen Urteil? Sie klingen ziemlich überzeugt.«

»Bevor ich Ihnen das verrate, gestatten Sie mir noch zwei Fragen. Auf Ihrem Auto war ein Smiley-Sticker?«

»Ja. Das ist eine weitere Anlehnung an mein Buch. Der fiktive Joseph T. Ritter hat seine zukünftigen Opfer tagelang terrorisiert. Unter anderem mit solchen Stickern. Im Buch wurde er allerdings anders beschrieben als der, der auf meiner Windschutzscheibe klebte.«

»Haben Sie ein Foto vom Sticker?«

»Nein. Ich hab ihn abgekratzt. Tut mir leid. Aber die Buchhändlerin hat ihn auch gesehen.«

»Wird nicht nötig sein, mir das von ihr bestätigen zu lassen. Haben Sie das Foto von der Lesung dabei?«

»Das, auf dem sich der Besucher nach vorne beugt?«

Till nickte. Kern entsperrte sein Handydisplay und zeigte es ihm.

»Leiten Sie es mir bitte weiter. Ich will versuchen, mit einer Bildbearbeitungssoftware Details zu erkennen. Aber bevor Sie das tun, verrate ich Ihnen gern, wie ich zu meiner Einschätzung komme, was den Noch-Ehemann Ihrer Freundin betrifft. Der Mann, der Ihnen diese Botschaften schickt, hat sich viel Mühe gegeben, einen persönlichen Bezug zu Ihnen beziehungsweise einem Ihrer Frühwerke herzustellen. Passt das zu einem eifersüchtigen Ex-Partner?«

»Klingt nicht so«, bestätigte Kern. »Allerdings

zerschlägt sich damit meine einzige Spur. Ich habe keine Ahnung, wer mich auf diese Weise ärgern will und ob ich das überhaupt ernst nehmen muss.«

»Waren Sie je in ein Verbrechen verwickelt und sind straffrei davongekommen?«

Kern grinste. »Ich mag Ihre unverblümte Art. Nein, war ich nicht. Ich bin ein harmloser Zeitgenosse, der seine dunklen Fantasien in Büchern auslebt. Meine größte Straftat sind Geschwindigkeitsüberschreitungen. Und selbst die halten sich in Grenzen und lassen sich an einer Hand abzählen.«

»Vorbildlich! Wie sieht es mit durchgeknallten Fans aus?«

»Kennen Sie den Roman *Misery* von Stephen King?«

»Ich erinnere mich an die Verfilmung mit Kathy Bates und James Caan. Großartiger Film.«

»Oh ja, aber das Buch ist mindestens genauso gut. Seit der Veröffentlichung hat jeder Autor, mit dem ich darüber gesprochen habe, Angst vor Menschen, die sich selbst als ›größten Fan‹ titulieren. Das ist eine Formulierung mit leichtem Beigeschmack.«

»Wie sieht's mit Ihren ›größten Fans‹ aus?«, fragte Till.

»Ich schätze, die sind alle in Ordnung. Manchmal kriegt man Zuschriften von unzufriedenen Lesern, die sich darüber ärgern, weil ihnen eine Wendung in meinem Roman nicht gefällt. Aber bei keiner dieser Rückmeldungen ist mir je ein kalter Schauer über den Rücken gelaufen. Falls ein durchgeknallter Fan dahintersteckt, hat er sich vorher nie sonderlich auffällig verhalten.«

»Dann können wir das aus unseren Überlegungen streichen.«

Kern nickte. »Haben Sie eine andere Idee?«

»Nach allem, was ich jetzt von Ihnen erfahren habe, bleibt am Ende nur noch jemand übrig, der glaubt, eine

Rechnung mit Ihnen offen zu haben. Fällt Ihnen spontan eine Person ein, auf die das zutrifft?«

»Bevor ich darauf antworte, sollten wir uns zuerst einig werden. Übernehmen Sie den Fall? Ihr Honorar haben Sie mir ja schon am Telefon mitgeteilt. Damit kann ich leben, zumal sich Ihre Kosten steuerlich als Recherche absetzen lassen. Behauptet zumindest mein Steuerberater.«

»Ich kann Ihnen nicht versprechen, wahnsinnig viel herauszufinden«, warnte Till. »Wir haben das Profil in den sozialen Medien und eine E-Mail-Adresse. Ich würde vorschlagen, wir befristen unsere Zusammenarbeit auf eine Woche und sehen danach weiter. Erziele ich keine Fortschritte, würde ich Ihnen auch die Möglichkeit eines frühzeitigen Abbruchs einräumen.«

»Das klingt sehr fair.«

Kern streckte ihm die Hand entgegen. Mit einem Handschlag besiegelten sie ihre Zusammenarbeit. Danach trank der Autor seinen Kaffee zu Ende.

»Mir fallen drei Personen aus meiner Vergangenheit ein, die glauben könnten, eine Rechnung mit mir offen zu haben. Obwohl das Schwachsinn ist.«

»Darf ich diesen Teil des Gesprächs mit meinem Handy aufzeichnen?«, fragte Till. »Das würde mir das weitere Vorgehen erleichtern.«

Kern nickte.

Till entsperrte sein Telefon und wischte übers Display, bis er bei der gesuchten App ankam. Er startete sie. »Legen Sie los. Welche Personen könnten den Eindruck haben, sie hätten eine Rechnung mit Ihnen offen?«

»Da fällt mir zunächst Ruprecht Sessa ein.«

»Wer ist das?«, fragte Till.

»Mein ehemaliger Agent. Er war übrigens auch der Mann, der mir den Verlagsvertrag für *Smiley-Killer* besorgt hat.«

»Wann und wie endete Ihre Zusammenarbeit?«

»Vor mittlerweile vierzehn Jahren«, antwortete Kern nach kurzer Bedenkzeit. »Oder sind es schon fünfzehn? Danach hatte ich zwei Jahre eine Art Übergangsagent, der jedoch aus Altersgründen sein Geschäft aufgab und mich an Alexander Weber weiterreichte. Die Trennung ging von mir aus. Sessa hatte zu seinen Gunsten falsch abgerechnet. Das konnte ich nicht tolerieren. Er behauptete, es wäre ein Versehen eines Praktikanten gewesen. Eine billige Ausrede. Da ich ohnehin unzufrieden war, kündigte ich den Vertrag.«

»Hat Sessa eine Homepage, auf der ich mich über ihn informieren kann?«

»Sie werden im Internet viel über ihn finden«, bestätigte Kern. »Er gibt regelmäßig Interviews. Manchmal ist er im Fernsehen Gast in Kultursendungen. Sessa ist überzeugt von sich. Wenn sich ein Autor von ihm trennt, ist das für ihn wie eine Majestätsbeleidigung.«

»Damit kann ich arbeiten. Wie heißt die zweite Person?«

»Philip Detsch. Über ihn werden Sie im Internet fast nichts finden. Detsch ist ein klassischer Strippenzieher. Er entwickelt Geschäftsideen und sucht sich dann geeignete Leute, um sie umzusetzen. Der Mann dürfte Mitte vierzig sein. Er lebt in einer großen Villa in Harvestehude.«

»Wie ist Ihre Verbindung zu ihm?«

»Er hat mich vor zwei Jahren kontaktiert und mir vorgeschlagen, ein Geschäftsmodell zu entwickeln, das meine Homepage für überwiegend kostenpflichtige Anwendungen geöffnet hätte. Ich wäre prozentual beteiligt gewesen. Mir erschien das lukrativ und seriös, bis ich mit einem Freund darüber sprach. Der riet mir dringend ab, denn er hatte gehört, dass Detsch schon diverse Künstler kontaktiert hatte. Detsch ist das Gegenteil eines seriösen Geschäftsmanns. Er ist sogar zweimal wegen Computerkriminalität verklagt, aber in beiden Fällen freigesprochen worden. Ich sagte ihm ab, woraufhin er mich am Telefon bedrohte. Behauptete, ich würde einen schweren Fehler begehen. Aber nach diesem sehr unangenehmen Telefonat habe ich nie wieder von ihm gehört.«

»Wissen Sie, ob er die Geschäftsidee mit jemand anderem realisiert hat?«

»Ich habe das nicht weiter verfolgt.«

Till erkundigte sich nach Kontaktmöglichkeiten und der genauen Adresse des Mannes. Kern erinnerte sich noch an die Einzelheiten.

»Wer ist die dritte Person?«, fragte Till.

»Yannick Wydra. Ein junger Autor. Ende zwanzig. Wydra schickte mir vor anderthalb Jahren sein Manuskript und bat mich um eine Einschätzung. Er sagte, es hätte eine ähnliche Thematik wie mein damaliges Buchprojekt, das der Verlag schon angekündigt hatte und das letztes Jahr erschienen ist. Er wollte meinen Segen dafür. Nur deswegen sichtete ich das Manuskript und stellte fest, dass es tatsächlich viele Parallelen gab.«

»Zufall?«

»Muss so sein. Denn außer mir, einigen Verlagsmitarbeitern und Alexander Weber kannte niemand meine Geschichte. Ich schrieb Wydra zurück, es täte mir leid, aber ich wäre schon auf den ersten Seiten auf viele Parallelen gestoßen. Meine Mail endete mit der Einschätzung, wegen der Übereinstimmungen würde sich kein Verlag für das Manuskript interessieren. Und selbst, wenn er es ohne Verlag veröffentlichen würde, könnte ich nicht ausschließen, dass mein Verleger versuchen würde, den Vertrieb zu verhindern. Wydra war darüber erbost. Hasserfüllt. Er warf mir vor, ihn plagiiert zu haben. Was Quatsch war, denn mein Buch war ja seit fast einem Jahr fertig. Irgendwann gab er auf.«

»Wie lange hat das gedauert?«, fragte Till.

»Bestimmt drei Monate.«

»Erinnern Sie sich noch an seine Mailadresse?«

Kern tippte sich an die Schläfe. »Ist alles hier gespeichert. Und der Rest findet sich auf meinem PC.« Er lächelte.

FREITAG

10

Mia Fürst saß vor ihren beiden Bildschirmen und trank eine Tasse Tee. Kritisch beäugte sie die Änderungen, die sie vorgenommen hatte. Erfüllten sie ihren Zweck?

»Wenn du das siehst, pustet es dir das Hirn weg«, sagte sie leise und lächelte. Mia war sehr zufrieden mit ihrer Arbeit. Daniel Kern würde Augen machen.

Sie speicherte den Entwurf ab, öffnete die App ihres Musikstreaming-Anbieters und startete ihre Playlist. Ein harter Gitarrensound setzte ein. Sie wippte ihren Kopf leicht auf und ab.

In ungefähr einer Stunde würde sie ihn anrufen. Bis dahin könnte sie ihre Entwürfe perfektionieren. Ein bisschen daran feilen, um den bestmöglichen Eindruck zu erwecken.

»Du wirst dich wundern.«

Sie begutachtete die neuen Fotos, die sie hochgeladen, aber bislang nicht freigeschaltet hatte. Die Collage aus fünf Bildern würde ihn beeindrucken. Damit rechnete er nicht.

»Mia, du bist einfach wunderbar.«

Sie lehnte sich in ihrem Stuhl zurück und entlastete die

verspannten Nackenmuskeln, indem sie den Kopf in den Nacken legte und an die Decke starrte.

Das Klingeln an der Wohnungstür riss sie aus ihren Gedanken. Mia schaute auf die Uhr. Für die Post war es viel zu früh. Freitags kam der Paketbote nie vor zwei. Außerdem hatte sie nichts bestellt. Also stoppte sie die Musikwiedergabe und wartete. Vielleicht würde der Besucher jemand anderen belästigen. Sekunden später zerstörte ein zweites Klingeln diese Hoffnung.

»Hat man denn nie seine Ruhe?« Sie stand auf und ging in den Flur, wo sie zuerst einen Blick in den Spiegel warf. Ihr kurzes, schwarzes Haar war zerzaust. Sie glättete es mit den Fingern, bevor sie durch den Türspion schaute. Im Hausflur stand niemand. Mia nahm den Hörer der Gegensprechanlage in die Hand.

»Hallo?«, fragte sie.

»Guten Morgen, Frau Fürst. Jan Kellner. Entschuldigen Sie die Störung. Ich komme im Auftrag der Hausverwaltung und benötige eine Unterschrift von Ihnen.«

»Können Sie das Schreiben nicht einfach in den Briefkasten werfen?« Sie ärgerte sich, überhaupt zur Tür gegangen zu sein.

»Nein. Das ist leider sehr dringend. Allen Mietern, die wir heute nicht erreichen, droht eine saftige Nachzahlung. Hat mit dem Urteil des Bundesfinanzhofes zu tun, von letzter Woche. Sie haben bestimmt davon gehört.«

Mia brummte lediglich. Tagesaktuelle Nachrichten interessierten sie nicht.

»Eine Unterschrift erspart Ihnen vierhundertsiebzehn Euro und dreiundachtzig Cent«, fuhr er fort.

»Meinetwegen.« Mia betätigte den Türöffner. Sie entriegelte das Türschloss und wartete an der Tür.

Ein Mann kam die Treppe hoch. Er trug Mütze, Schal und Handschuhe. Offenbar war es draußen ziemlich kalt. In den Händen hielt er ein Klemmbrett, in dem eine Unterschriftenliste steckte.

»Gut, dass ich Sie erreicht habe. Ist schließlich eine Menge Geld. Ihr Name steht in Zeile vier.«

Sie nahm ihm das Brett ab. Einige der Unterschriftsfelder waren bereits ausgefüllt. Mia überflog den Text, der auf ein Urteil des Bundesfinanzhofes verwies.

»Haben Sie einen Kugelschreiber?«, fragte sie.

»Natürlich«, sagte der Mann. »In meiner Jackentasche.« Er griff in die rechte Tasche.

Mia warf noch einmal einen Blick auf die Unterschriften. Unter anderem entdeckte sie das Gekritzel ihrer Nachbarin, die in Zeile achtzehn gegengezeichnet hatte. Aber wie konnte das sein? Julia verließ normalerweise gegen sechs Uhr morgens die Wohnung, weil sie einen weiten Anfahrtsweg zur Arbeit hatte.

»Sammeln Sie die Unterschriften erst seit heute?«, fragte Mia.

»Ja«, antwortete der Mann. »Wir mussten das kurzfristig organisieren.«

Sie schaute auf und sah im letzten Moment, wie er ein Stromschockgerät aus der Jackentasche zog. Gedankenschnell wich sie einen Schritt in die Wohnung zurück, um die Tür zuzuwerfen. Doch der Unbekannte war schneller. Er überbrückte die Distanz zwischen ihnen und presste ihr das Gerät an den Hals. Ehe sie aufschreien konnte, durchzuckte sie ein Stromschlag.

11

Er fing die Frau auf, bevor ihr Kopf auf den Boden schlug.

»Entschuldigen Sie die Unannehmlichkeit«, sagte er und kicherte.

In aller Ruhe lauschte er. Im Hausflur waren keine Schritte zu hören. Langsam schloss er die Tür. Mia hatte ihn kurz vor dem Stromschlag durchschaut. Was hatte ihr Misstrauen geweckt? Konnte das seine Pläne ruinieren? Er würde sie später danach fragen. Zunächst müsste er die wenigen Minuten ausnutzen, die sie bewusstlos wäre.

In aller Ruhe schaute er sich um. Neben dem Wohnzimmer, in dem sich auch ihr Arbeitsplatz befand, verfügte die Wohnung noch über ein Schlafzimmer, eine Küche und ein Bad. Für seine Zwecke kamen nur zwei Räume infrage. Er könnte es ihr bequem machen und sie ans Bett fesseln. Oder er würde ihr weniger Komfort bieten und sie an der Badheizung fixieren.

Er wog beide Möglichkeiten gegeneinander ab und breitete schließlich vor der Heizung ein paar Handtücher aus. Dann hob er sie vom Boden auf und trug sie in den kleinen, tageslichthellen Raum. Vorsichtig legte er sie auf die Handtücher und zog einige Kabelbinder aus der Jackentasche, mit denen er ihr die Hände über dem Kopf an die Heizrohre band. Sollte sie sich als widerspenstig erweisen, könnte er die Temperatur hochdrehen. Das würde schnell unangenehm werden. Allerdings hoffte er auf ihre Kooperation.

Er zog Mantel, Schal, Mütze und Handschuhe aus. Dann setzte er sich auf den Badewannenrand und musterte die junge Frau. Sie war hübsch. Für ihre Arbeit im Homeoffice trug sie eine Jogginghose und ein viel zu weites Sweatshirt, trotzdem erkannte er ihre gute Figur. Ein Pluspunkt für die folgenden Stunden.

Während er sie beobachtete, durchdachte er die nächsten Schritte. Auf Kern warteten einige Überraschungen, mit denen er niemals rechnen würde. Die Abwärtsspirale würde sich für ihn nun schneller drehen. Viel schneller, als er sich jemals hätte ausmalen können.

Mia stöhnte. Es dauerte ein paar Sekunden, bis sie verwirrt die Augen aufschlug. Ihre Erinnerung kehrte offenbar rasch zurück. Sie schaute sich um und zog dabei an den Handfesseln.

»Hallo, Mia«, sagte er.

Sie zuckte zusammen. »Hilfe!«, schrie sie.

Er kniete sich neben sie und hielt ihr den Mund zu. »Die erste und wichtigste Regel solltest du in deinem eigenen Interesse verinnerlichen: Niemals schreien! Wenn du das verstehst, dann nickst du, und ich nehme meine Hand weg.«

Sie nickte. Er schaute ihr in die Augen, bevor er seinen Teil des Versprechens einhielt.

»Was wollen Sie von mir?«, fragte sie leise.

»Dir wird nichts passieren, wenn du keinen Quatsch anstellst. Ich hab es nicht auf dich abgesehen, du bist nur ein Bauer in diesem Schachspiel.«

»Ich kriege gleich Besuch«, behauptete sie. »Meine Eltern kommen.«

Er seufzte. »Ach, Mia. Glaubst du wirklich, ich würde hier auftauchen, ohne deinen Tagesablauf zu kennen? Du erwartest keine Besucher und hast heute nichts mehr vor. Hör auf, mich anzulügen. Das ist ein gut gemeinter Tipp.«

»Was wollen Sie?«

»Ich wiederhole es noch einmal. Dir wird nichts passieren, wenn du dich an meine Spielregeln hältst. Ob du mich nach deiner Freilassung bei der Polizei identifizierst, spielt keine Rolle. Es geht nur um die nächsten Stunden und um deine Zugriffsmöglichkeiten.«

»Wovon reden Sie?«

»Du bist die Webdesignerin von Daniel Kern. Außerdem betreust du seine Social-Media-Auftritte. Genau deswegen bin ich hier. Ich entschuldige mich für die Unannehmlichkeiten, die dir durch mein unerwartetes Auftauchen entstehen. Wahrscheinlich zahlt er dir dafür nicht genug. Aber leider ließ sich das nicht verhindern. Ich setze mich jetzt an deinen Arbeitsplatz. Mach nicht den Fehler und schrei um Hilfe. Das müsste ich unterbinden. Auf sehr schmerzhafte Weise. Hast du mich verstanden?«

Sie nickte.

»Wirst du meine Warnung ernst nehmen?«

»Ja«, versprach sie.

»Ich hoffe, ich kann mich auf dich verlassen. Es würde mir leidtun, wenn ich dir grässliche Schmerzen zufügen müsste. Du bist eine sympathische junge Frau, die unabsichtlich in diesen Konflikt geraten ist.«

Er verließ das Bad und ging ins Wohnzimmer. Mia schien sich an seine Forderung zu halten. Umso besser. Er würde es wirklich bedauern, falls er ihr bereits in ihrer Wohnung wehtun müsste. Im Verlauf der nächsten Stunden würde er sie an einen sicheren Ort bringen. Wo niemand ihre Schreie hören könnte.

Dann würden die Karten neu gemischt. Aber bis dahin wäre es besser, wenn sie sich an die festgelegten Regeln hielte.

Er setzte sich an ihren Arbeitsplatz. Der Bildschirmschoner ihres Rechners war angesprungen. Er berührte die Maus, und das System verlangte die Eingabe eines Entsperrcodes.

Hätte sie mitgedacht, hätte sie ihn darauf hingewiesen. Dennoch wollte er sich seine Unzufriedenheit nicht anmerken lassen. Er kehrte ins Bad zurück und lächelte. »Wie lautet der Code für den Bildschirmschoner?«

Mia schaute nur zu Boden.

»Verkauf mich nicht für dumm. Nenn mir den Code!«

Trotzig schüttelte sie den Kopf.

»Du hast mir doch zugehört, oder? Mein Versprechen gilt nur, solange du kooperierst. Sag ihn mir!«

»Nein!«

Er schaute sich um. Am Waschbecken stand ein Trinkglas, in dem eine elektronische Zahnbürste steckte. Über der Waschmaschine hing ein weißer Schrank. Er öffnete ihn und sah seine Vermutung bestätigt. Darin lagerte Mia Putzutensilien.

»Was haben Sie vor?« Mia klang ängstlich.

Er antwortete nicht, sondern holte eine Flasche Essigreiniger heraus. Am Waschbecken griff er zum Glas, entfernte die Zahnbürste und füllte es zur Hälfte mit dem Reiniger.

»Ich hab dich gewarnt!«

»Nein!«, stöhnte sie. »Bitte nicht.«

Er hockte sich zu ihr, packte ihr mit der freien Hand unters Kinn und öffnete gewaltsam ihren Mund. »Ich hoffe, das hier wird dich nicht töten. Allerdings bin ich mir nicht sicher.«

Sie sagte etwas. Er ließ sie los. »Ich hab dich nicht verstanden.«

»Drei sieben eins zwei«, wiederholte sie.

»Bist du dir sicher?«

Sie nickte. »Ich schwöre es. Drei sieben eins zwei.«

»Falls du mich anlügst, ist das dein Ende.« Er stand wieder auf und schüttete ihr den Essigreiniger auf den Hinterkopf. Sie schrie erschrocken auf und schauderte. Die Flüssigkeit lief ihr in den Nacken.

»Das hättest du dir wirklich ersparen können.« Mit dem Glas in der Hand verließ er das Badezimmer. Er setzte sich erneut auf ihren Stuhl und gab den Code ein. Im nächsten Moment hatte er Zugriff.

»Danke«, rief er.

Sie hatte am Social-Media-Auftritt von Daniel Kern gearbeitet. Er lächelte aufgrund des Zufalls. Aus seiner Hosentasche zog er einen Stick und steckte ihn in einen freien USB-Anschluss. Auf dem Speicher waren Bilddateien, die er im Laufe des Tages hochladen würde. In aller Ruhe bereitete er den Upload vor. Sobald er die Dateien veröffentlichte, würde die Hölle losbrechen. Rasch würden die Bullen auf die Idee kommen, sich bei Mia zu melden. Und bestimmt würde es nicht lange dauern, bis sie sich Zugang zur Wohnung der freiberuflichen Webdesignerin verschafft hätten.

Bis dahin müsste er verschwinden. Und auch Mia dürfte nicht mehr hier sein, denn sie könnte den Bullen zu viele Anhaltspunkte verraten. Sobald die Dämmerung hereinbräche, würden sie die Wohnung verlassen.

Er ging zurück ins Badezimmer. »Wir müssen jetzt ein paar Stunden Zeit totschlagen. Soll ich dir einen Kaffee oder einen Tee zubereiten?«

»Nein. Ich will nichts.«

Er konnte es ihr nicht verdenken. Bestimmt lief ihr noch immer der Essigreiniger über den Rücken. Er nahm sich ein

Handtuch von der Stange neben dem Waschbecken und hockte sich zu ihr.

»Ich reibe dich ein bisschen trocken. Halt still!«

Er tupfte ihr Haar ab und rieb ihr über den Rücken. Ob sie bemerkte, wie sehr ihn ihre Hilflosigkeit erregte?

12

Manchmal frustrierte Till seine Arbeit. Er hatte in den vergangenen vierundzwanzig Stunden fast gar nichts herausgefunden. Nicht einmal Anhaltspunkte, die er für weitere Recherchen nutzen könnte. Sein Gespür sagte ihm, dass er erfolglos bleiben würde – egal, wie tief er grub. Er schaute auf seine Uhr. Es wäre fair, seine Einschätzung Daniel Kern mitzuteilen. Dann könnte der Bestsellerautor noch immer entscheiden, ob Till versuchen sollte, das Unmögliche zu schaffen.

Er wählte die Handynummer des Autors, der sich rasch meldete.

»Till Buchinger hier. Ich habe erste Zwischenergebnisse, die Sie kennen sollten.« Er aktivierte den Lautsprecher und legte das Telefon auf den Schreibtisch, um die Hände frei zu haben.

»Sie klingen nicht euphorisch«, stellte Kern fest.

»Für Euphorie gibt's leider keinen Grund. Die E-Mail-Adresse hat mich nicht weitergebracht. Mit einem richterlichen Beschluss könnten wir bei dem Anbieter in Erfahrung bringen, auf welche Identität das Postfach freigeschaltet wurde. Aber ich bin sicher, dass derjenige nicht seine korrekten Daten angegeben hat. Und zum jetzigen Zeitpunkt würde die Polizei eine solche richterliche Anordnung nicht bekommen. Also habe ich Informationen über die drei Männer gesucht, die Sie mir genannt haben. Fangen wir mit Ihrem alten Agenten an. Ruprecht Sessa. Über ihn findet man viel im Netz, und mir scheint, er surft gerade auf einer Erfolgswelle.«

»Wirklich?« Kern klang überrascht.

»Er hat für zwei seiner Klienten in den letzten Monaten hochdotierte Verträge abgeschlossen, die in einschlägigen Blättern erwähnt wurden.«

»Mein Beileid an die Kollegen. Die werden wahrscheinlich schnell feststellen, auf wen sie sich eingelassen haben.« Die Verbitterung in Kerns Stimme war nicht zu überhören. Offenbar nagte der Abrechnungsbetrug noch an ihm.

»Über Sie hat er sich übrigens vor vier Jahren sehr positiv in einem Interview geäußert. Damals ging es um empfehlenswerte deutsche Krimiliteratur, und Sie waren der Erste, den er erwähnt hat. Mit dem Zusatz, dass es ihm eine große Ehre gewesen sei, Sie ein Stück Ihres Weges begleitet zu haben.«

»Oh. Damit hätte ich nicht ... na ja ... Was sagt das schon?«

»Ich halte ihn nicht für verdächtig. Auffällig wäre es gewesen, wenn Sessa vor wenigen Monaten ein solches Interview gegeben hätte. Das hätte den Beigeschmack eines Ablenkungsmanövers gehabt. Dafür ist es jetzt zu lange her. Außerdem spricht sein aktueller Erfolg gegen eine Beteiligung. Für mich klingt es nicht so, als würde er jetzt schmutzige Wäsche waschen wollen. Er hat dazu keinen Grund.«

»Hoffentlich haben Sie recht.«

»Kommen wir zu Philip Detsch. Über ihn ist es fast unmöglich, Informationen zu finden. Er gibt keine Interviews, hat keine eigene Homepage und auch keine Profile in den sozialen Medien. Detsch ist als Geschäftsführer verschiedener Firmen eingetragen. Außerdem sitzt er in insgesamt sechs Aufsichtsräten. Die Erfolgsbilanzen dieser Firmen sehen unterschiedlich aus. Manche stehen sehr gut da, bei anderen ist das nicht der Fall.«

»Macht er irgendetwas mit Autoren zusammen?«

»Dazu habe ich keine Anhaltspunkte gefunden. Aber da Detsch öffentlichkeitsscheu ist, kann ich das nicht endgültig verneinen.«

»Und Wydra?«, fragte Kern.

»Bei ihm bin ich auf ein interessantes Detail gestoßen. Er hat vor vier Monaten auf Instagram ein Bild gepostet, das auch Joseph T. Ritter hochgeladen hat.«

»Wow! Also ist es Wydra, und Sie haben ihn überführt.«

»Nicht so voreilig. Ich habe das Motiv näher unter die Lupe genommen und es bei verschiedenen professionellen Grafik-Anbietern gefunden.«

»Das heißt?«

»Wydra und der Administrator hinter dem Ritter-Profil könnten zufällig dieselbe Bildlizenz gekauft haben.«

»Kling in meinen Ohren nach einem zu großen Zufall.«

»Ist nicht gesagt. Wenn Sie nach Fotografien sogenannter *Lost Places* suchen, erscheint das Bild beim größten Anbieter für solche Lizenzen auf der ersten Seite. Klar, von den drei Namen, die Sie mir genannt haben, gibt es nur zu Wydra diese Überschneidung. Aber deswegen können wir ihn nicht automatisch als Hauptverdächtigen einstufen. Ist Ihnen über Nacht noch jemand eingefallen, den ich überprüfen könnte?«

»Nein«, sagte Kern. »Ich wüsste nicht, wer sonst noch einen Grund hätte, mir zu schaden. Oder mich zu verängstigen. Und das ist unserem geheimnisvollen Unbekannten bestens gelungen. Ich habe verdammt unruhig geschlafen.«

»Nehmen Sie sich das nicht so zu Herzen. Vielleicht ist

der Spuk schon wieder vorbei. Oder gab es in den letzten vierundzwanzig Stunden neue Vorkommnisse?«

»Dann wüssten Sie davon. Was schlagen Sie jetzt vor?«

»Ich befürchte, ich kann Ihnen nicht weiterhelfen. Wenn Sie wollen, beenden wir heute unsere Zusammenarbeit, und ich schicke Ihnen eine Rechnung über einen Tagessatz. Ansonsten könnte ich bei den drei Personen nachbohren. Allerdings würden die dadurch zwangsläufig von Ihrem Verdacht erfahren.«

»Bloß nicht. Ich will mich nicht bei denen in Erinnerung rufen, falls sie wirklich unschuldig sind.«

»Also beenden wir den Auftrag vorzeitig. Ich fasse die Informationen schriftlich zusammen und sende Ihnen das mit der Rechnung zu.«

»Sie sind ein echter Ehrenmann! Sie hätten mich auch finanziell bluten lassen können. Okay. Machen wir das so. Sind Sie für mich verfügbar, falls noch etwas vorfällt?«

»Rufen Sie einfach an.«

»Tausend Dank.« Kern beendete die Verbindung.

13

Er schaute aus dem Wohnzimmerfenster. Draußen setzte die Dämmerung ein. Seit Stunden gingen immer wieder Nieselschauer nieder. Fehlte nur noch Nebel für perfekte Hamburger Herbstverhältnisse. Für seine Bedürfnisse war das Wetter ideal. Bei Dunkelheit und Regen würden die meisten Passanten nicht auf ein Paar achten, bei dem der Mann die Frau stützen musste. Zum Auto waren es ohnehin nur wenige Schritte, aber genau diese Meter stellten für den Plan das größte Risiko dar. Sobald Mia im Wagen saß, hatte er nichts mehr zu befürchten.

Sollte sie sich allerdings weigern, müsste er sie in ihrem Badezimmer töten. Hoffentlich ließ sich das vermeiden, es wäre eine zu große Verschwendung. Außerdem müsste er dann überlegen, wie er sich zuvor an ihr vergehen könnte, ohne dass die Nachbarn ihre Schreie hörten.

Er ging ins Bad, wo sie seit Stunden in ihrer unbequemen Haltung ausharrte.

»Können Sie mich bitte losmachen?«, fragte Mia leise. »Ich muss dringend zum Klo.«

»Bevor ich darüber nachdenke, musst du eine Entscheidung treffen.«

»Welche?«

»Das verrate ich dir gleich.« Er verließ das Badezimmer.

»Hey«, rief sie ihm hinterher. »Es ist wirklich dringend.«

Aus einem Schrank holte er ein Trinkglas, dann entnahm er einer Schublade unterhalb des Herds ein Fleischermesser. Mit diesen Gegenständen kehrte er ins Bad zurück. Angsterfüllt starrte sie aufs Messer.

»Was haben Sie vor?«, flüsterte sie.

»Ich will dir noch immer nichts antun«, behauptete er. »Schrei also wegen des Messers nicht los, sondern hör zu, was ich dir vorschlage. Leider kann ich mein Versprechen, dir keine Schmerzen zuzufügen, nur einhalten, wenn du ein Wagnis eingehst.«

»Sie haben es mir versprochen.«

»Es liegt an dir.«

»Was wollen Sie von mir? Ich habe alles getan, was Sie verlangt haben.«

»Genau deswegen ist dir bis jetzt nichts zugestoßen. Ich werde in ein paar Minuten von deinem Account Dateien hochladen, die Kerns Karriere zerstören. Daraus folgt unweigerlich, dass die Bullen hier auftauchen. Klar, ich könnte die IP-Adresse verschleiern, aber sie werden dahinterkommen, von wessen Computer das Material hochgeladen worden ist. Du hast mein Gesicht gesehen und könntest eine Personenbeschreibung abgeben.«

»Das werde ich nicht tun«, behauptete sie.

Er lächelte. »Natürlich wirst du das. Lüg mich nicht an. Wir haben es nicht nötig, uns anzulügen. Bleiben wir ehrlich zueinander. Ab einem gewissen Zeitpunkt ist es auch okay, wenn du mich den Bullen beschreibst. Aber noch wäre es zu früh. Deswegen habe ich zwei Möglichkeiten. Ich kann dich von hier wegbringen oder ...«

»Ich komme mit«, unterbrach sie ihn. »Egal wohin.«

Er lächelte. »Gut zu wissen. Allerdings sehe ich da ein kleines Problem. Was sollte dich daran hindern, draußen auf der Straße um Hilfe zu schreien?«

»Das Messer«, antwortete sie sofort. »Wegen des Messers werde ich das nicht tun. Ich schwöre.«

»Das klingt vernünftig. Aber ich kann dich damit nicht die ganze Zeit bedrohen. Du könntest versuchen, dich loszureißen und wegzulaufen.«

»Nein!«, sagte Mia. »Das mache ich nicht.«

»Ich würde dir gern glauben. Allerdings nicht ohne Sicherheit.« Er zog aus seiner Hosentasche ein kleines, braunes Fläschchen, das zur Hälfte gefüllt war.

»Was ist das?«, erkundigte sie sich.

»Wie viel Kilo wiegst du? Zweiundsechzig?«

Sie runzelte die Stirn. »Kommt hin.«

Er lächelte zufrieden. »Für so etwas habe ich einen Blick. Das hier sind sogenannte K.-o.-Tropfen.«

»Nein«, wisperte Mia entsetzt.

»Hör mir zu. Ich kann die Dosis genau auf dein Körpergewicht abstimmen. Deswegen meine Frage. Diese Tropfen in Wasser eingenommen sorgen innerhalb weniger Minuten dafür, dass du dich benebelt fühlst. Wie in Watte gepackt. Ich würde dich losbinden, in mein Auto setzen und mit dir wegfahren. In meinem Versteck werden wir höchstens achtundvierzig Stunden sein. Keine Sekunde länger. Danach fahre ich dich an die Elbe und lasse dich frei. Du kannst die Bullen alarmieren und ihnen alles erzählen. Bevor du dazu kommst, habe ich die Stadt längst verlassen.«

»Ich will das nicht«, sagte sie.

»Aber du musst. Denn ansonsten ...« Er hielt ihr das Messer vors Gesicht.

Sie zuckte zusammen und weinte. »Ich will das nicht«,

schluchzte sie. »Männer geben Frauen diese Tropfen, um sie zu missbrauchen.«

»Das stimmt. Aber ich hätte dich in den vergangenen Stunden immer wieder vergewaltigen können, richtig? Wenn ich dich kneble, hören dich die Nachbarn nicht. Darum geht es mir also offenbar nicht. Ich will Daniel Kern zerstören. Nur das zählt. Seine Karriere. Sein Leben. Nicht dich. Glaub mir.«

»Wie soll ich Ihnen glauben? Sie haben mir versprochen, mir nichts anzutun, wenn ich mich an Ihre Spielregeln halte.«

»Genau so wird es kommen. Ich konnte dir diesen Punkt nicht gleich zu Anfang verraten, denn ich wusste, wie du darauf reagiert hättest. Aber ich verstehe deine Zweifel.«

»Ich muss pinkeln«, erinnerte sie ihn.

»Wie lautet deine Entscheidung? Wirst du die Tropfen nehmen?«

14

Clarissa Fährenbach schaute nervös auf die Uhr. In wenigen Minuten würde Martin Leon fürs Wochenende abholen. Unmittelbar danach würde sie zu Daniel aufbrechen. Ihre Tasche stand bereits gepackt unter dem Schlafzimmerbett.

Allerdings warnte ihre innere Stimme sie davor, dass ihr Ex einen hinterhältigen Schachzug geplant haben könnte, um ihr Wochenende zu ruinieren. Nur hatte sie keine Vorstellung davon, was das sein könnte.

Um nicht die ganze Zeit hilflos aus dem Küchenfenster zu starren, ging sie ins Kinderzimmer, in dem Leon am Boden mit Lego spielte.

»Bist du so weit?«, fragte Clarissa.

»Ist Papa da? Hab ihn nicht gehört.«

»Noch nicht. Aber es dauert bestimmt nicht mehr lange.«

»Ich bin fertig.« Mit konzentrierter Miene löste er ein paar Bausteine voneinander.

Bis Clarissa sich in Daniel verliebt hatte, waren diese Momente die schwierigsten gewesen. Ihren Sohn für achtundvierzig Stunden in dem Wissen ziehen zu lassen, ihn das ganze Wochenende schrecklich zu vermissen. Dank ihrer neuen Beziehung konnte sie die Auszeit genießen, obwohl sie selbst in Daniels Armen ihren Sohn vermisste. Hoffentlich hatte ihre Partnerschaft eine Zukunft, denn es gab nichts, was sie sich mehr wünschte, als Zeit zu dritt zu verbringen. Daniel und Leon würden sich garantiert gut verstehen und ...

Das Klingeln an der Haustür riss sie aus ihren Zukunftsträumen.

»Ich mach auf!« Leon sprang auf und rannte an ihr vorbei in die Diele.

Clarissa blieb an der Schwelle zum Kinderzimmer stehen und wartete.

»Oma?«, drang Leons überraschte Stimme zu ihr. »Oma!«, wiederholte er glücklich.

Was hatte das zu bedeuten?

Mit zwiespältigen Gefühlen ging sie in die Diele. Ihre Schwiegermutter Johanna hatte das Haus nicht betreten. Sie hockte an der Türschwelle vor ihrem Enkel und umarmte ihn.

»Es ist so schön, dich zu sehen«, sagte sie. »Bist du fertig?«

»Wo ist Papa?«

»Der hat noch ein bisschen zu tun und holt dich später bei Opa und mir ab.«

»Hallo, Johanna«, begrüßte Clarissa ihre Schwiegermutter, die sich erhob und sie kühl musterte. »Hallo, Clarissa.«

»Warum hat mir Martin nicht Bescheid gegeben, dass du Leon abholst?«

»Ihm ist ganz kurzfristig was dazwischengekommen. Außerdem freue ich mich, auch mal wieder Zeit mit meinem Enkel zu verbringen. Früher warst du froh, wenn ich ihn ein paar Stunden abgeholt habe. Heute muss ich um jede Minute betteln.«

»Das stimmt nicht. Ruf mich einfach an, wenn ihr was mit eurem Enkel unternehmen wollt. Normalerweise lässt sich das immer einrichten.«

»M-hm.« Johanna schien ihr nicht zu glauben.

»Brauchst du Ersatzkleidung? Oder was anderes? Martin hat alles bei sich, aber ...«

»Nicht nötig. Er holt den kleinen Schatz nicht allzu spät bei uns ab.«

»Okay. Komm her, mein Liebling. Ich wünsche dir ein fantastisches Wochenende. Sei schön brav!«

»Bin ich immer.«

Leon nahm Clarissa in den Arm. Sie bedeckte ihn mit Küssen, bis er sich lachend abwandte.

»Hab dich lieb.«

»Ich dich auch, Mama.«

Gemeinsam mit seiner Großmutter verließ er das Haus. Obwohl es Clarissa schwerfiel, blieb sie an der Haustür stehen und winkte, bis der Wagen losfuhr.

»Scheiße!«, fluchte sie schließlich. Ihre innere Stimme behielt offenbar recht. Hektisch schaute sie sich um. Von Martins Auto war nichts zu sehen. Allerdings wäre er kaum so dumm und würde in unmittelbarer Nähe parken.

Sie schloss die Tür, blieb aber in der Diele stehen.

»Du mieser Kerl. Was hast du vor?«

Clarissa zweifelte nicht eine Sekunde an ihrer Intuition. Martin würde an einem Leon-Wochenende nichts Berufliches dazwischenkommen lassen. Dafür war ihm die Zeit mit seinem Sohn zu kostbar. Er hatte etwas anderes vor, und für sie gab es nur eine logische Erklärung. Martin wollte herausfinden, wer ihr neuer Partner war. Oder wusste er das bereits und wollte heute einen massiven Schritt unternehmen, der ihre neue Beziehung in den noch wackligen Fundamenten erschüttern würde?

»Was mache ich jetzt?«

Sollte sie Daniel anrufen, eine Migräne vortäuschen und ihr Wiedersehen auf morgen früh verschieben? Das wäre die einfachste Lösung, allerdings wäre dann Martin der Sieger ihrer Auseinandersetzung.

»Nein!«, rief sie. »Das lasse ich mir nicht bieten! Du versaust mir nicht länger mein Leben!«

Sie würde wie geplant zu ihrem Wochenende aufbrechen. Aber auf dem Weg zu Daniel würde sie den Rückspiegel sehr genau im Auge behalten. Es würde ihrem Ex nicht gelingen, sie heimlich zu beobachten. Dafür kannte sie sich in Hamburg zu gut aus.

15

»Tut mir leid«, sagte der elfjährige Robin zu seinem besten Freund. »Aber ich muss jetzt nach Hause.«

»Wir sind mitten im Spiel«, beschwerte sich Felix.

»Du hast meine Mutter nicht gehört. Mama klang am Telefon stinksauer.« Robin schnappte sich seine Jacke und zog sie über. Dann setzte er sich den Fahrradhelm auf.

»Na toll! Das hätte ein neuer Rekord werden können.«

»Beim nächsten Mal.« Robin riss die Wohnungstür auf und rannte in den Flur.

»Ich hoffe, du kriegst keinen Ärger«, rief ihm Felix hinterher. Er schloss die Tür wieder.

Ärger kriege ich in jedem Fall. Fragt sich nur, wie schlimm es wird.

Robin sprintete die zwei Etagen im Höchsttempo herunter. Wie hatte er bloß die Zeit vergessen können? Sie hatte ihn noch heute Morgen an ihren Termin erinnert und ihm gesagt, wann er spätestens zu Haus sein müsste, um auf seine Schwester aufzupassen. Inzwischen war er fünf Minuten zu spät dran und würde mindestens zehn weitere benötigen.

Aus seiner Jacke zog er den Schlüsselbund. Er hatte sein Fahrrad an einen Laternenmast vor dem Haus angekettet.

Wenn er sich richtig beeilte und rote Ampeln ignorierte, würde er den Heimweg eventuell in sieben Minuten schaffen.

Robin lief zu seinem Fahrrad und löste das Schloss. In der nächsten Sekunde saß er bereits auf dem Sattel und trat in die Pedale.

16

Nach einem halben Kilometer bog Clarissa Fährenbach das erste Mal in eine Seitenstraße ein, obwohl sie dadurch einen Umweg in Kauf nahm. Sie reduzierte ihre Geschwindigkeit und setzte nach einigen Metern den Blinker, als würde sie einparken wollen. Stattdessen starrte sie in den Rückspiegel. Von der Hauptstraße folgte ihr kein Auto.

Sie zählte bis fünf, ehe sie den Blinker deaktivierte. Dann fuhr sie im normalen Tempo weiter. Nachdem sie mehrmals abgebogen war, erreichte sie wieder ihre ursprüngliche Strecke. Sie würde noch mindestens ein solches Manöver ausführen. Derzeit sah es allerdings so aus, als hätte sie sich völlig umsonst Sorgen gemacht. Vielleicht hatte Martin an diesem Freitag wirklich länger im Betrieb zu tun gehabt. Da sie fast nichts über seinen neuen Job wusste, konnte sie das nicht mit hundertprozentiger Sicherheit ausschließen.

Als sie sich einer Kreuzung näherte, sprang die Ampel von Grün auf Gelb. Statt abzubremsen, wie sie es bei den letzten Rotschaltungen getan hatte, gab sie Gas und fuhr in allerletzter Sekunde über die Haltelinie. Hinter ihr hielten die Fahrzeuge vorschriftsmäßig an. Mittlerweile war sie davon überzeugt, dass ihr niemand folgte. Sie erwog, keine weiteren Umwege mehr zu fahren. Bestimmt erwartete Daniel sie bereits sehnsüchtig. Je schneller sie bei ihm ankäme, desto besser würde es ihr gehen.

Clarissa blickte noch einmal in den Rückspiegel. Weit hinter ihr entdeckte sie einen stahlgrauen Wagen, wie Martin ihn fuhr.

»Scheiße!«, fluchte sie.

War er das?

Ohne den Blinker zu setzen, bog sie bei nächster Gelegenheit ab. Statt auf den Verkehr vor sich achtete sie mehr auf den Rückspiegel.

17

Robin atmete schwer. Trotz der niedrigen Temperaturen lief ihm Schweiß von der Stirn, den er hektisch wegwischte. Zum Glück regnete es momentan nicht, trotzdem waren die Straßen noch feucht, und er geriet zweimal heftig ins Rutschen, als er abbremsen musste. Nie und nimmer würde er den Heimweg in weniger als zehn Minuten schaffen. Alles schien sich gegen ihn verschworen zu haben. Ständig blockierten Autos, Fußgänger oder andere Radfahrer den Weg. Mehrfach musste er anhalten und verlor wertvolle Zeit. Seine Mutter würde ihn heute noch zweimal anschreien. Einmal bei seiner verspäteten Ankunft und ganz sicher ein zweites Mal, wenn sie von ihrem Termin zurückkehrte.

Bei dem Gedanken daran traten ihm Tränen in die Augen. Verschwommen sah er aus einem Hauseingang fünfzig Meter entfernt einen Mann mit Kinderwagen kommen. Auch der würde ihm wieder den Weg versperren.

Um nicht noch mehr Zeit zu verlieren, fuhr er zwischen zwei parkenden Autos auf die Straße, ohne vorher einen Blick über die Schulter zu werfen.

Aus dem Augenwinkel sah er ein dunkles Fahrzeug, das ihm entgangen war. Er riss den Lenker herum und schlingerte.

18

Clarissa starrte in den Rückspiegel. Plötzlich nahm sie seitlich eine Bewegung wahr. Sie löste den Blick vom Spiegel. Ein Junge mit knallgelbem Schutzhelm schoss auf seinem Fahrrad vom Bürgersteig zwischen zwei parkenden Autos auf die Straße.

Panisch trat sie die Bremse. Der Radfahrer reagierte ebenfalls. Er riss den Lenker zur Seite. Durch die abrupte Bewegung kam er ins Schlingern und verlor auf der feuchten Straße die Kontrolle. Gleichzeitig hielt sie mit quietschenden Reifen an. Der Junge stürzte aus ihrem Sichtfeld. Lag er unter dem Fahrzeug? Hatte sie ihn angefahren? Zumindest hatte sie keine Erschütterung gespürt. Sie aktivierte die elektronische Handbremse, löste den Gurt und stieg aus. Von hinten näherte sich das stahlgraue Auto. Am Steuer saß nicht Martin, sondern eine ältere Frau.

Clarissa ging zu dem Jungen, der am Boden lag.

»Geht's dir gut?«, fragte sie ihn.

»Nein«, jammerte er. »Mein Knie. Ich hab mir mein Knie angestoßen. Meine Mutter ...« Er schluchzte und rieb sich über die schmerzende Stelle.

»Kannst du aufstehen?«, erkundigte sich Clarissa.

Die Fahrerin des anderen Autos kam zu ihnen. »Ist hier alles in Ordnung?«

»Ich habe ihn zum Glück nicht angefahren«, sagte Clarissa. »Aber er hat sich beim Sturz das Knie gestoßen.«

Der Junge erhob sich mit zittrigen Beinen. Die Jeanshose war im Kniebereich gerissen. In seiner Jackentasche setzte das Läuten eines Telefons ein.

»Das ist bestimmt Mama.«

»Geh ran!«

Der Junge starrte sie mit erschrocken aufgerissenen Augen an. Dann ergab er sich seinem Schicksal und zog das Telefon aus der Tasche. Er wirkte dabei wie ein Hund, der Prügel erwartete.

»Hallo, Mama.«

Clarissa verstand zwar keine Worte, aber sie hörte das Schreien einer Frau. Wenn diese Mutter wüsste, was beinahe passiert wäre, würde sie ihren Sohn garantiert nicht anmeckern.

»Ich hatte einen Unfall«, sagte der Junge. Wieder weinte er.

»Gib mir mal dein Handy«, bat Clarissa ihn.

Er reichte es ihr und schien erleichtert, die Verantwortung abgeben zu können.

19

Es klingelte an Tills Bürotür. Er arbeitete an dem Bericht, den er an Kern schicken würde, bevor er in ein hoffentlich arbeitsfreies Wochenende starten würde. Till prüfte den Videomonitor und sah Miriam vor dem Haus stehen. Er drückte ihr auf, ging zum Eingang und öffnete ihr auch die zweite Tür. Sie gaben sich zur Begrüßung einen Kuss.

»Ich brauche noch ein paar Minuten«, erklärte er. »Hab mich zeitlich ein bisschen verkalkuliert. Soll ich dir einen Kaffee machen?«

»Davon hatte ich heute schon genug.« Sie steuerte die Besucherecke an und setzte sich seufzend. »Woran arbeitest du? An der Kern-Sache?«

»Ich schreibe einen Abschlussbericht. Wir haben uns darauf geeinigt, die Zusammenarbeit zu beenden.«

Miriam war überrascht. »So rasch? Wieso das?«

»Er hatte mir ja drei Personen genannt, die glauben könnten, eine Rechnung mit ihm offen zu haben. Ich habe versucht, etwas über sie herauszufinden. Aber da ist nichts, was einen Verdacht erhärten würde. Außerdem hatte ich nicht den Eindruck, mehr zu erfahren, falls ich irgendwo tiefer bohren würde. Mir fehlt der Ansatzpunkt. Selbst wenn einer der drei für die Botschaften und den ganzen Rest verantwortlich ist, sind die beiden anderen unschuldig. Wie würden sie auf Recherchen reagieren? Sie sind eh nicht gut auf Kern zu sprechen, und jetzt beschuldigt er sie noch. Das ist ziemlich dünnes Eis.«

»Du klingst nicht überzeugt«, stellte Miriam fest.

Till nickte. »Ich war hin- und hergerissen. Die Person, die sich als Joseph T. Ritter ausgibt, hat sich viel Mühe gegeben. Erst mit dem Social-Media-Profil. Dann taucht er vermutlich bei der Lesung auf. Sorgt dafür, nicht fotografiert zu werden. Klebt den Sticker aufs Auto. Wird jemand, der solchen Ärger verursacht, einfach wieder verschwinden? Mein Bauchgefühl sagt Nein.«

»Sehe ich genauso. Deswegen verstehe ich nicht, wieso ihr die Zusammenarbeit schon beendet. Nur, weil die zu Unrecht Beschuldigten verärgert reagieren könnten?«

»Zum einen das, zum anderen könnten wir bei allen drei Männern völlig falschliegen. Kern hat mir die Namen spontan genannt, vielleicht fallen ihm in einer Woche noch andere Personen ein.« Till setzte sich zurück an den Schreibtisch. »Kern muss abwarten, was als Nächstes passiert. Wenn sich daraus neue Rückschlüsse ergeben würden, könnte ich wieder tätig werden.«

»Oder im schlimmsten Fall wir«, brummte Miriam.

»Nicht auszuschließen. Aber er sucht ja keinen Personenschützer. Da wäre ich der Falsche. Ich schicke ihm die Informationen zu, die ich über die Männer herausgefunden habe. Bin fast fertig. Gib mir noch zwei Minuten.«

»Lass dir Zeit. Ich sehe dir gern bei der Arbeit zu.« Miriam stand auf, reckte sich, ging zum Schreibtisch und schaute ihm über die Schulter, während er tippte. »Moment!«, sagte sie plötzlich.

Überrascht drehte er sich um. »Was ist?«

»Yannik Wydra. Was hat er damit zu tun?«

»Du kennst ihn?«

»Ich bin mir ziemlich sicher. Sein Name taucht in den Ermittlungen um den Mordfall Haas auf.«

»Die Frau, die vor ihrem Peiniger aus dem zwölften Stock gesprungen ist?«, vergewisserte sich Till.

»Genau. Zwei Ypsilon im Namen fand ich so ungewöhnlich. Deswegen ist er hängen geblieben.«

»Verdächtigt ihr ihn?«

»Nicht so richtig. Wydra hat in den Wochen vor dem Mord mit Haas gechattet. Drei Tage vor ihrem Tod hörte die Kommunikation auf. Wir haben ihn befragt, aber er hatte ein Alibi.«

»Wasserdicht?«

Sie antwortete nicht sofort. »Im Prinzip ja.«

»Du klingst unsicher.«

»Wydra war im Ausland. Paris. Er konnte das belegen. Hatte entstempelte Zugtickets, außerdem eine Hotelrechnung für eine Woche. Er war allein dort. Hat sich für ein neues Buchprojekt inspirieren lassen. Für mich klang es nach einem normalen Urlaub, den er von der Steuer absetzen will. In welcher Verbindung steht er zu Kern?«

Till berichtete, was zwischen den Männern vorgefallen war. »Wydra wirft Kern ein Plagiat vor. Ein haltloser Vorwurf, denn Kern hatte sein Werk deutlich früher geschrieben.« Till erzählte Miriam von den Übereinstimmungen in den sozialen Medien. »Aber selbst das Bild, das Wydra und Joseph T. Ritter gepostet haben, sagt nicht viel aus.«

»Zeig mir mal bitte sein Profil.«

Till rief die Seite auf.

»Ja, das ist der Mann, mit dem wir uns unterhalten haben«, bestätigte Miriam.

»Man könnte von Paris nach Hamburg zurückkehren,

einen Mord begehen und wieder nach Frankreich fahren«, sagte Till.

»Wir haben im Hotel angerufen. Aber natürlich konnte niemand an der Rezeption sagen, ob ihr Gast jede Nacht in seinem Zimmer geschlafen hat. Sie haben uns aber seine grundsätzliche Anwesenheit bestätigt. Deswegen haben wir Wydra als Verdächtigen ausgeschlossen.«

»Wie und worüber haben die beiden gechattet?«, fragte Till.

»In einem Forum, in dem man sich über Bücher, Filme und Serien austauscht. Wydra und Haas hatten ... Scheiße, warum ist mir das nicht schon gestern eingefallen?«

»Was meinst du?«

»Luzie Haas mochte auch Bücher von Kern. Er ist nicht ihr absoluter Lieblingsautor, aber ...« Miriam zuckte ratlos die Achseln. »Dieser Wydra hingegen war nicht so angetan von Kerns Werk. Hat ihn als Dilettanten bezeichnet.«

»Kern war nie Bestandteil eurer Ermittlungen?«

»Nein. Keine Sekunde. Haas war kein Fangirl, das in Kontakt zu ihm stand. Lass mich mal bitte an deinen Arbeitsplatz.«

Till räumte den Sessel, und Miriam setzte sich. Ihre Finger schwebten über der Tastatur. Sie dachte kurz nach, ehe sie eine Adresse im Internet aufrief. Kaum hatte sich die Seite aufgebaut, gab sie im Suchfeld den Benutzernamen von Luzie Haas ein. *Luziebuchliebhaberin.* In ihrem Profil suchte sie nach *Daniel Kern.* Der Name tauchte in der Auflistung der Autoren auf, die sie gelegentlich las. Allerdings hatte Haas andere, meist amerikanische Schriftsteller als Favoriten angegeben.

»Hat das was zu bedeuten, oder ist das nur ein dummer Zufall?«, fragte sie nachdenklich.

»Geh mal zu Kerns Fanpage«, schlug Till vor. »Er

besucht regelmäßig Buchmessen. Vielleicht gibt es ein Foto von ihm und dem Mordopfer.«

»Bei solchen Suchen bist du schneller als ich«, sagte Miriam. Sie überließ Till den Platz.

Der rief die Seite auf und scrollte durch eine Vielzahl von Bildern. Insgesamt suchten sie eine halbe Stunde, bis Miriam vorschlug, das Ganze abzubrechen.

»Ich frage am Montag Bastian, was er von der Sache hält. Vielleicht ist das bloß ein Zufall, aber ...« Sie ließ den Satz unvollendet.

»Und ich werde Kerns Auftritte im Internet im Auge behalten. Auf meine Kosten. Lass mich eben den Bericht abschließen, dann können wir nach Hause.«

20

Vor Mias Augen füllte er die Tropfen in das Glas.

»Du wirst das Mittel kaum schmecken. Vielleicht macht es das Wasser ein bisschen bitter. Mehr nicht.«

»Welche Garantie habe ich, dass Sie mich nicht töten?«, fragte seine Gefangene.

»Du hast nur mein Wort. Aber wenn das mein Plan wäre, hätte ich es schon längst getan. Mir geht es nicht darum, dein Leben zu zerstören. Ich will Kern vernichten, nicht dich.«

»Wieso?«

»Das ist eine persönliche Sache, die dich nichts angeht. Trinkst du jetzt, oder hast du es dir anders überlegt?«

»Geben Sie her!«

»So ist brav.« Er kniete sich neben sie. Mit einer Hand hielt er das Glas fest, mit der anderen umfasste er ihr Kinn. »Mach den Mund auf.«

Sie gehorchte. Er führte ihr das Glas an die Lippen und drückte ihren Kopf sanft in den Nacken. Sie trank alles leer und verzog nach dem letzten Schluck das Gesicht.

»Und jetzt?«, fragte sie leise. »Was passiert mit mir?«

»Die Wirkung setzt in ein paar Minuten ein. Ich lade in

der Zwischenzeit Dateien hoch und bringe dich dann in deine vorübergehende Unterkunft. Bis gleich, mein Schatz.«

Er drückte ihr einen Kuss auf die Wange und inhalierte ihren Körpergeruch. Sie wich kaum merklich zurück. Langsam stand er auf. Ihre Gefügsamkeit eröffnete ihm zahllose Möglichkeiten, was er mit ihr anstellen könnte. So viel mehr, als wenn er sie einfach in ihrem Badezimmer erstochen hätte.

Er setzte sich an ihren Arbeitsplatz. Zunächst löschte er Kern als Administrator der Fanpage. Danach änderte er das Passwort. Kern war nun außerstande, die Uploads mit wenigen Klicks rückgängig zu machen. Er müsste sich jemanden suchen, der die ganze Seite vorübergehend stilllegen könnte. Das würde vermutlich ein paar Stunden dauern. In aller Ruhe fuhr er fort. Er lud die vorbereiteten Fotos hoch und verschickte anschließend eine E-Mail an ausgewählte Journalisten.

Zufrieden kehrte er ins Badezimmer zurück. Mias Kopf hing auf der Brust.

»So, mein Schatz, wird Zeit, dein neues Zuhause kennenzulernen.«

»Wohin bringen Sie mich?«, fragte sie lallend.

»Es wird dir gefallen.«

Die Versuchung, ihr in den Schritt zu greifen oder ihre Brüste zu berühren, wuchs sekündlich. Noch könnte sie ihm allerdings seine Pläne ruinieren. Er musste sich gedulden. Also zerschnitt er lediglich die Kabelbinder und half ihr auf.

»Ich ziehe dich gleich für das Wetter draußen warm an. Dafür habe ich einen Stuhl in die Diele gestellt. Erst ziehen wir dir Stiefel an, dann eine Jacke, einen Schal und eine Mütze. Wehr dich nicht, okay?«

»Ja«, sagte sie leise.

Er führte sie in die Diele und dirigierte sie auf den

Stuhl. Sie nannte ein schönes Paar Lederstiefel ihr Eigen, das bis zu den Knien reichte. Es würde ihm gefallen, sie nur mit den Stiefeln bekleidet zu sehen. Mühsam streifte er sie ihr über, statt schlichte Schuhe zu wählen. Kaum hatte er das erledigt, zog er ihr die restlichen Kleidungsstücke über und machte sich dann selbst fertig.

»Jetzt geht's los«, flüsterte er ihr ins Ohr, während er sie stützte.

Er schaute durch den Spion nach draußen. Der Hausflur war dunkel. Vorsichtig öffnete er die Tür und lauschte. In diesem Moment ging das Licht an, und unten erklang eine Stimme. Lautlos zog er sich zurück und schloss die Tür.

»Wir müssen uns ein bisschen gedulden«, sagte er. »Sei leise. Ich will dir nicht wehtun.«

Er hielt sie am Handgelenk fest, während er gleichzeitig sein Ohr an die Holztür legte. Wer redete da?

21

Julia Palmen stieg langsam die Stufen zu ihrer Wohnung hoch, während sie mit ihrer Freundin Bea telefonierte.

»Wir könnten uns in der Schanze treffen«, schlug Julia vor.

»Essen oder feiern?«, fragte Bea.

»Warum nicht beides? Bei uns in der Kantine gab es wieder mal nichts Vernünftiges. Ich hab heut Mittag bloß einen Salat gegessen.«

Bea schien zu überlegen. »Weiß nicht. Wir können essen gehen, aber sei nicht sauer, falls ich nur eine Kleinigkeit bestelle. Der Winter hat noch nicht richtig angefangen, und ich hab seit dem Sommer schon zwei Kilo zugenommen.«

»Okay, dann machen wir das so.« Julia erreichte ihre Etage. Ihr Blick fiel auf die Wohnung ihrer Nachbarin Mia. Ob sie wohl Lust hätte, sich ihnen anzuschließen? »Nur wir beide, oder soll ich noch Mia fragen?«

»Die Webdesignerin, die neben dir wohnt?«, vergewisserte sich Bea.

»Genau. Ihr habt euch ja beim letzten Mal gut verstanden.«

»Ehrlich gesagt, nicht so richtig. Mir wäre ein Zweierabend lieber.«

»Hab ich was verpasst?«

»Ich finde sie ein bisschen anstrengend. Sie erzählt so viel von ihren ach so prominenten Kunden. Ey, ganz ehrlich? Sie betreut Autoren und Musiker, von denen ich noch nie gehört habe. Wenn sie irgendwelche Influencer als Kunden hätte. Aber Schriftsteller? Wie langweilig. Und die Musiker machen die falsche Mucke.«

Julia lächelte. Sie konnte Bea verstehen. Mias Begeisterung für ihre Auftraggeber war manchmal wirklich übertrieben. Trotzdem konnte man mit ihr gut feiern. »Und wenn ich sie dazu verpflichte, nicht über ihren Job zu sprechen?«

»Dann wäre sie herzlich willkommen. Aber wie willst du das anstellen?«

»Ich überleg's mir. Um acht Uhr bei dir?«

»Wir sehen uns.«

Julia beendete das Telefonat. Konnte sie von Mia verlangen, nicht über ihren Job zu sprechen? Oder war das eine Forderung, die ihre Freundschaft belasten würde? Julia zögerte. Schließlich beschloss sie, den Abend lieber mit Bea allein zu verbringen.

22

Wenn er alles richtig verstanden hatte, würde die Nachbarin vielleicht Mia fragen, ob sie Lust auf einen Partyabend hätte. Er musste umgehend die verdammte Wohnung verlassen. Die Frau durfte ihren Aufbruch nicht mitbekommen, sonst käme sie womöglich auf die Idee, Mia im Hausflur abzufangen.

Er stützte seine Gefangene ab, die sehr schläfrig wirkte. Hoffentlich stolperte sie nicht über ihre eigenen Füße. Fast geräuschlos öffnete er die Tür. Das war jedoch erst der leichte Teil. Sie traten hinaus. In diesem Moment erlosch das Licht. Er tastete nach dem Lichtschalter und betätigte ihn.

Vorsichtig zog er die Tür zu, die leise klackte, als das Schloss einrastete. Er stützte Mia und drückte sie gleichzeitig an sich.

»Jetzt gehen wir die Treppe runter. Du solltest aufpassen, nicht zu fallen.«

»Wieso?«, fragte sie kaum verständlich.

Sie meisterten die ersten Stufen mühelos. Allerdings dauerte das alles viel zu lang.

»Wieso?«, wiederholte sie.

Sein Puls raste. Er befürchtete, jemandem zu begegnen. Im schlimmsten Fall müsste er sie einfach den Absatz hinunterstoßen und zum Ausgang rennen.

»Sei ruhig!«

Stufe um Stufe näherten sie sich der Haustür. Als sie es fast geschafft hatten, erlosch erneut das Flurlicht. Mia stolperte, doch er konnte ihren Sturz im letzten Moment verhindern. Ohne weitere Schwierigkeiten erreichten sie die Tür. Er öffnete sie und schaute hinaus. Der Wagen parkte nur wenige Schritte entfernt. Ein Paar lief Arm in Arm am Haus vorbei, die Frau warf ihm einen Blick zu. Sekunden später beugte sie sich zu ihrem Partner und sprach mit ihm.

Er erreichte die Beifahrerseite. Mit der freien Hand tastete er nach dem Schlüssel und entsperrte das Autoschloss. Das Paar drehte sich nicht zu ihm um. Entweder hatten sie nichts Auffälliges bemerkt oder versuchten, Ärger zu vermeiden.

Er öffnete die Beifahrertür und setzte Mia umständlich auf den Sitz. Rasch warf er die Tür zu, lief um das Fahrzeug herum und sprang hinters Steuer.

»Fast geschafft«, sagte er, während er sich über sie beugte und zum Gurt griff. Als sie angeschnallt war, startete er den Motor, löste die Handbremse und parkte aus. Nun konnte er der Versuchung nicht länger widerstehen. Er legte seine rechte Hand auf ihren Oberschenkel und glitt langsam zu ihrem Schritt.

»Das wird so schön mit uns beiden.« *Und vergiss alles, was ich dir versprochen habe*, fügte er in Gedanken hinzu.

23

Clarissa lag nackt unter der kuschlig warmen Decke. Daniel hatte es auf perfekte Art geschafft, ihre Stimmung aufzuheitern. Er hatte ihr angemerkt, dass etwas nicht stimmte. Also hatte sie ihm von dem Beinahe-Unfall und dem anschließenden Telefonat mit der Mutter berichtet. Warum es fast zu dem Zusammenstoß gekommen wäre, hatte sie ihm allerdings verschwiegen.

Nach dem Sex waren ihre Gedanken an Martin jedoch wieder geballt auf sie eingeprasselt. Daniel würde ihr garantiert anmerken, dass sie nicht ganz bei ihm war. Wäre es nicht besser, in die Offensive zu gehen? Egal, was sie damit riskierte?

Aus dem Badezimmer vernahm sie die Toilettenspülung und kurz darauf den Wasserhahn. Sekunden später kehrte er zu ihr zurück. Er hatte sich eine Pyjamahose angezogen, sein Oberkörper war noch nackt.

»Hey«, sagte er. »Lange nicht gesehen.«

Sie lächelte. Gleichzeitig kämpfte sie gegen ihre Tränen an, denn sie befürchtete, ihre Vergangenheit könnte ihre Zukunft ruinieren, die schon lange nicht mehr so rosig ausgesehen hatte. Er legte sich zu ihr ins Bett und streichelte ihr Gesicht. Eine einzelne Träne lief ihr die Wange hinab.

»Clarissa?«, fragte er überrascht.

Rasch strich sie sich über die Augen. »Alles gut«, sagte sie schnell. »Ich bin so verdammt glücklich.«

»Und warum weinst du dann und versuchst, dich zusammenzureißen?«

Sie schaute ihn an. »Ich hab Angst«, gestand sie.

»Wovor?«

»Mein Ex macht mir gerade Ärger.«

»Erzähl mal! Versucht er, den Scheidungstermin aufzuschieben?«

»Er ist gestern Mittag unangekündigt bei mir zu Hause aufgetaucht und hat den Briefkasten geöffnet. Der ist von außen zugänglich. Mit einem Schlüssel, den er angeblich verloren hatte. Als ich ihn an der Haustür zur Rede stellte, zwängte er sich an mir vorbei in den Flur.«

»Was hat er da gemacht?«

»Mir vorgeworfen, ich würde ihm Post unterschlagen. Totaler Quatsch, er hat einen Nachsendeantrag. Für ihn kommen gar keine Briefe mehr bei mir an. Und dann wollte er herausfinden, wer mein neuer Partner ist.«

»Also weiß er von uns?«

»Nein. Das war ein Schuss ins Blaue. Ich hab ihm nichts erzählt. Weder gestern noch irgendwann.«

»Ist er dann gegangen?«

Clarissa nickte. Die Episode mit dem Messer verschwieg sie aus Scham. »Heute hat er zum ersten Mal seit der Trennung Leon nicht abgeholt. Dafür stand meine Schwiegermutter vor der Tür, um ihn zu sich zu holen. Total ungewöhnlich. Er hat mir nicht Bescheid gegeben. Johanna, also meine Schwiegermutter, meinte, er hätte beruflich zu tun. Ich kann mir das nicht vorstellen. Die Zeit mit Leon ist ihm heilig. Er war kein richtig toller Ehemann, aber er ist ein fantastischer Vater.«

»Was bedeutet sein Verhalten?«

Sie zuckte mit den Achseln. »Ich habe geglaubt, er würde mir ...«

Daniels Handy klingelte auf dem Nachttisch.

»Entschuldige«, murmelte er. »Ich gucke nur, ob das wichtig ist. Dann reden wir weiter.«

Er drehte sich von ihr weg, und Clarissa nutzte die Gelegenheit, um sich erneut die Tränen wegzuwischen.

»Das ist Weber. Mein Agent. Was will der an einem Freitagabend von mir?«

»Geh ruhig ran«, sagte sie. »Ich bin in der Zwischenzeit im Bad.« Sie schlug die Bettdecke beiseite und stand auf.

Daniel warf ihr einen Luftkuss zu. »Du bist so wunderschön.«

Sie lächelte. Innerlich fühlte sie sich erleichtert. Es war richtig, ihm davon zu erzählen. Aber vielleicht wäre es besser, die Gründe für den Beinahe-Unfall zu verschweigen. Er sollte sie nicht für paranoid halten.

24

»Ungewöhnliche Uhrzeit«, begrüßte Kern den Anrufer.

»Bist du gehackt worden?«, fragte Weber, ohne auf die Begrüßung einzugehen.

»Wie kommst du darauf?«

»Vor fünf Minuten hat mich ein Journalist angerufen. Auf deiner Fanpage sind Bilder von misshandelten Frauen zu sehen. Bei allen Fotos ist ein frauenverachtender Kommentar hinterlegt.«

»Das kann nicht sein«, sagte Kern. Er schlug die Bettdecke beiseite. »Ich geh eben in mein Arbeitszimmer. Moment!«

»Beeil dich! Der Mist muss von deiner Fanpage runter. Je weniger Leute das sehen, desto besser.«

»Entschuldige, ich lag schon im Bett.«

»Um diese Uhrzeit?«

»Ich hab Besuch. Warte. Ich bin da. Muss nur eben den Mac hochfahren.« Er drückte den Einschaltknopf und gab einige Sekunden später sein Passwort ein. »Dauert nicht mehr lange.«

Kern öffnete den Browser und rief seine Fanpage auf.

Es war schlimmer, als Weber es beschrieben hatte. Unter jedem Bild stand ein abfälliger Kommentar.

Du hast jeden einzelnen Schlag verdient, war noch einer der netteren Bilduntertitel.

»Wieso lässt Facebook überhaupt zu, dass solche Sachen hochgeladen werden?«, fragte er besorgt.

»Das würde vermutlich irgendwann gelöscht, aber bis das passiert, dauert es zu lange. Bist du dran?«

»Klar. Warte.« Er versuchte, die Option der Beitragslöschung aufzurufen, doch sie wurde ihm gar nicht angezeigt. »Scheiße!«, fluchte er. »Was soll das?«

»Daniel? Was ist los?«

»Ich leg dich beiseite und aktiviere den Lautsprecher.«

Kern probierte verschiedene Sachen aus, aber nichts davon funktionierte. Er war nicht mehr der Administrator seiner eigenen Seite. »Alexander, ich komm nicht rein. Bleib dran. Ich rufe über die andere Leitung meine Webdesignerin an.«

Hektisch griff er zum Festnetztelefon. Da er häufig mit Mia Fürst telefonierte, hatte er ihre Rufnummer abgespeichert. Das Freizeichen erklang, und damit Weber alles mithören konnte, aktivierte er an diesem Gerät ebenfalls die Mithörfunktion. Nach dreißig Sekunden Freizeichen sprang lediglich der Anrufbeantworter an.

»Hallo, Mia, ruf mich dringend zurück. Die Fanpage ist gehackt, und ich bin als Administrator rausgeschmissen. Melde dich, egal zu welcher Uhrzeit.« Kern beendete das Gespräch. »Das gibt's überhaupt nicht. Ich erreiche sie sonst immer. Selbst abends am Wochenende. Wenn sie unterwegs ist, schickt sie mir zumindest eine kurze Nachricht. Da stimmt was nicht.«

»Vielleicht ist sie irgendwo, wo sie nicht rangehen kann. Kino? Theater?«

»Dann wäre ihr Telefon ausgeschaltet und ich sofort auf

der Mailbox gelandet. Außerdem hätte sie etwas im Status von WhatsApp gepostet. Ich guck mal eben nach ... nein, nichts.«

»Hast du noch eine andere Rufnummer von ihr?«, fragte Weber.

»Nein, sie hat nur einen Mobilfunkanschluss. Und jetzt? Soll ich bei Facebook anrufen?«

»Mach das. Ich versuche unterdessen, meinen Freund im LKA zu erreichen. Eins habe ich dir bislang noch nicht erzählt. Der Journalist, der mich angerufen hat, wurde wegen einer E-Mail auf deine Fanpage aufmerksam. Der Absender war ein gewisser *Joseph T. Ritter*. Ich gehe davon aus, dass mehrere Journalisten so eine Nachricht bekommen haben.«

»Das darf einfach nicht wahr sein. Hört der Albtraum nie auf?«

»Ich ruf dich wieder an, wenn ich Bastian erreicht habe.«

»Bis gleich.«

Kern bemerkte, dass Clarissa in einen Bademantel gehüllt auf der Türschwelle stand.

»Du bist bleich wie ein Gespenst«, sagte sie besorgt. »Was ist passiert?«

25

Überrascht blickte Miriam auf ihr klingelndes Telefon. »Was will Bastian? Wir haben keine Rufbereitschaft.« Sie nahm den Anruf entgegen und aktivierte den Lautsprecher, damit Till mithören konnte.

»Was gibt's? Ich bin schon bei Till.«

»Entschuldige, dass ich euren Freitagabend störe. Alexander Weber hat gerade angerufen. Kerns Fanpage wurde gehackt, und Kern kann seine Webdesignerin nicht erreichen, was angeblich sehr ungewöhnlich ist. Sie machen sich Sorgen. Auf der Internetseite sind Bilder von misshandelten Frauen aufgetaucht. Ich habe unsere Schnittstelle informiert. Die Seite wird bald vorübergehend gesperrt. Aber ich frage mich, ob es nicht sinnvoll sein könnte, bei der Webdesignerin nach dem Rechten zu sehen. Inoffiziell.«

»Es ist Freitagabend. Könnte die Frau nicht ausgegangen sein?«

»Kern behauptet, sie sei immer erreichbar, oder ihr Handy sei ausgeschaltet und man würde in ihrem WhatsApp-Status sehen, wo sie gerade sei. Diesmal hat es dreißig Sekunden lang geklingelt, bis die Mailbox ansprang. Der Status gibt keinen Aufschluss. Zurückgerufen hat sie in den letzten Minuten auch nicht. Und da ist noch etwas. Der Agent wurde als Erster auf die Bilder der Fanpage aufmerksam, weil ihn ein Journalist angerufen hat. Dieser Mann hatte zuvor eine E-Mail von Joseph T. Ritter erhalten. Ritter wollte wissen, was der Journalist davon halten würde, dass Kern jetzt sein wahres Gesicht zeige.«

»Na super!« Miriam roch bereits den bevorstehenden Ärger und verstand den Grund für Dorfers Anruf. »Du willst mich dabeihaben, sonst hättest du dich nicht gemeldet.«

»Wäre das möglich? Ich hab ein mieses Bauchgefühl. Aber ich will da noch keinen offiziellen Einsatz raus machen. Sonst müssten wir auch den üblichen Ablauf einhalten. Oder kriege ich Stress mit deinem Freund, wenn ich dich für ein paar Stunden ausleihe?«

Miriam sah Till an.

»Spricht irgendwas dagegen, dass ich mitkomme?«, fragte der.

»Da es kein offizieller Einsatz ist, wäre es okay«, antwortete Dorfer.

»Ich hab übrigens auch was rausgefunden, wollte das aber erst am Montag mit dir besprechen«, sagte Miriam. »Es gibt in der Sache Kern vielleicht eine Übereinstimmung zur Mordermittlung Haas. Kern hat Till drei Personen genannt, die eventuell das Gefühl haben könnten, eine Rechnung mit ihm begleichen zu müssen. Unter ihnen tauchte der Name Yannick Wydra auf. Erinnerst du dich?«

Dorfer brauchte nur einen kurzen Augenblick, um den Namen zuzuordnen. »Dieser Möchtegernautor, der während des Mords in Paris war?«, vergewisserte er sich.

»Genau der. Ich wollte am Montag mit dir besprechen, was wir mit der Information anfangen. Am liebsten würde ich ihm noch mal auf den Zahn fühlen.«

»Hab nichts dagegen. Viele Spuren haben wir in der

Sache nicht mehr. Und sein Alibi klang zwar gut, aber letztlich ist es nichts wert, weil er ganz allein in Paris unterwegs war.«

»Seh ich genauso. Gib mir die Adresse. Wir treffen uns vor Ort.«

Till reichte ihr Zettel und Kugelschreiber. Dorfer nannte Miriam die Anschrift.

»Ich schätze, wir brauchen zwanzig Minuten«, überschlug Till. »Eventuell ein bisschen länger.«

»Dann bin ich früher da und warte auf euch.«

26

Mia Fürst lebte in der zweiten Etage eines vierstöckigen Mehrfamilienhauses. Falls die Anordnung der Klingelschilder der Wohnungsaufteilung entsprach, brannte bei ihr kein Licht. In der Wohnung daneben bot sich ein anderes Bild.

»Ich bin schon seit fünf Minuten hier. Rechts habe ich eine junge Frau mal kurz am Fenster gesehen«, erklärte Dorfer. »Links war es die ganze Zeit dunkel.«

»Probieren wir's zuerst bei der Designerin«, schlug Miriam vor.

Sie klingelte, während sich Dorfer an die Tür lehnte. Till beobachtete vom Bürgersteig aus die beiden Wohnungen in der zweiten Etage. Nichts passierte. Miriam wartete eine knappe Minute, dann drückte sie erneut die Klingel.

»Jetzt bei der Nachbarin«, sagte Dorfer. »Vielleicht hat sie ja etwas gehört oder gesehen.«

»Was wissen wir eigentlich über Fürst?«, fragte Miriam. »Können wir ausschließen, dass sie die Bilder aus freien Stücken hochgeladen hat? Um Kern zu schaden? Eventuell steckt sie ja hinter alledem.«

»Zum jetzigen Zeitpunkt können wir das zwar nicht ausschließen, aber ich halte es für unwahrscheinlich«, sagte Dorfer. »Alexander und ich haben auf dem Weg hierher telefoniert. Ich habe ihm dieselbe Frage gestellt. Kern hält das für unmöglich. Er und Fürst arbeiten seit acht Jahren zusammen. Damals war er ihr erster prominenter Kunde, und sie verdankt ihm einige lukrative Neukunden, weil er sie weiterempfohlen hat.«

Miriam drückte nun die Klingel, auf der der Name Palmen stand.

Diesmal dauerte es nur wenige Sekunden, bis sich eine Frau über die Gegensprechanlage meldete. »Hallo?«

»Oberkommissarin Miriam Decking vom LKA. Ich bin mit meinen Kollegen Dorfer und Buchinger hier. Frau Palmen, wir haben eine Frage wegen Ihrer Nachbarin Fürst.«

»Was ist mit Mia?«

»Können Sie uns bitte öffnen?«, bat Miriam.

»Können Sie sich ausweisen?«

»Selbstverständlich.«

Der Türöffner erklang. Dorfer betrat den Hausflur zuerst. Sie gingen hoch, Miriam und er holten ihre Dienstausweise hervor. An der Türschwelle erwartete sie eine junge Frau, die einen knöchellangen, schwarzen Rock und eine silberne Bluse trug. Ihre dunkelblonden Locken bändigte sie mit einem Haarband. Sie musterte die Ausweise und hakte nicht nach, warum Till sich nicht identifizierte.

»Was wollen Sie von Mia?«

»Wann haben Sie Ihre Nachbarin das letzte Mal gesehen?«, fragte Miriam.

Palmen riss die Augen auf. »Ist ihr etwas passiert?«

»Das versuchen wir herauszufinden«, erklärte Miriam. »Die Fanpage eines Klienten von Frau Fürst wurde gehackt.

Der Klient hat daraufhin versucht, sie zu erreichen. Was ihm aber nicht gelungen ist. Deshalb wurden wir alarmiert.«

»Mia ist über ihr Handy immer zu erreichen«, sagte Palmen. »Manchmal scheint das an ihr festgewachsen zu sein.« Sie lachte unsicher. Dann trat sie aus ihrer Wohnung und klopfte an die Tür der Nachbarwohnung. »Mia? Hörst du mich?« Sie wartete ein paar Sekunden, bis sie sich umdrehte und in ihre Diele ging. »Ich habe sie heute noch nicht gesehen.« Palmen griff nach einem Schlüsselbund.

»Haben Sie nebenan ungewöhnliche Geräusche gehört?«, erkundigte sich Dorfer.

»Nein. Allerdings habe ich viel Musik gehört. Ich hab einen Schlüssel. Den brauche ich, wenn ich mich in ihrer Abwesenheit um die Pflanzen kümmere.«

Sie ging voran und öffnete ihnen. Als sie Anstalten machte, über die Türschwelle zu treten, hielt Miriam sie an der Schulter fest.

»Warten Sie bitte draußen.«

»Oh ja, verstehe. Oh Gott«, stöhnte Palmen. Sie zog sich bis zu ihrer Diele zurück.

»Frau Fürst?«, rief Miriam. »Oberkommissarin Decking, LKA Hamburg. Hören Sie mich?«

Sie schaltete das Licht ein. Zu dritt durchsuchten sie die leere Wohnung, ohne auf eine Spur der Webdesignerin zu stoßen.

»Deutet nichts auf einen Kampf hin«, stellte Dorfer fest.

»Wir müssten an ihren PC«, sagte Miriam. »Um festzustellen, ob von hier aus die Bilder hochgeladen wurden.«

»Was ist mit Mia?«, rief Palmen.

»Geh du zu ihr«, schlug Dorfer vor. »Ich überprüfe den Rechner.«

Miriam kehrte in den Hausflur zurück. »Frau Fürst ist

nicht da. In der Wohnung wirkt nichts ungewöhnlich. Kennen Sie sich drüben aus?«

Palmen nickte. »Wir sitzen oft abends zusammen. Entweder bei ihr oder bei mir.«

»Dann kommen Sie mit. Vielleicht fällt Ihnen etwas auf, das wir nicht richtig einschätzen können.«

Miriam führte die Nachbarin in die Wohnung. Die schaute sich um. »Ihre Lieblingsstiefel sind nicht da«, sagte sie, sobald sie die Diele betrat. »Die stehen normalerweise dort.« Sie zeigte auf eine leere Stelle am Boden. »Wir bezeichnen sie immer als ihre *Fick-mich-Stiefel.*« Erneut lachte Palmen unsicher. »Darin sieht Mia umwerfend aus. Außerdem fehlt ihr dicker Wintermantel.«

In den übrigen Räumen fiel Palmen nichts mehr auf.

»Das System verlangt eine Passworteingabe«, sagte Dorfer, als sie zu ihm ins Wohnzimmer kamen. »Ich komme nicht weiter.«

»Da kann ich helfen«, erklärte Palmen. »Ich habe drüben nur einen Laptop. Mia lässt mich manchmal Sachen ausdrucken und scannen. Deswegen kenne ich es. Es sind vier Zahlen. Drei sieben eins zwei.«

Dorfer tippte sie ein. »Das System meldet ein falsches Passwort.«

»Ausgeschlossen. Sie müssen sich vertippt haben.«

Dorfer wiederholte den Vorgang und sprach jede Zahl, die er eintippte, laut aus. Wieder bekam er keinen Zugriff.

»Falsches Passwort.«

Palmen schaute unsicher von ihm zu Miriam. »Was bedeutet das?«

»Da hat jemand kürzlich das Passwort geändert«, erklärte Till.

27

Daniel Kern öffnete eine Flasche Rotwein. »Den habe ich letztes Jahr zu Weihnachten von meinem Verleger bekommen«, sagte er. »Als Dank für unsere Zusammenarbeit.« Er probierte den Wein. »Edler Tropfen. Hätte er gewusst, was dieses Jahr alles passiert, hätte er sich die Ausgaben gespart.« Kern lachte bitter, wirkte jedoch keineswegs belustigt.

»Quatsch«, widersprach Clarissa. »Du bist ein großer Star.« Sie nahm ihr Glas in die Hand und kostete ebenfalls. »Oh ja. Sehr köstlich. Da hat dein Verleger guten Geschmack bewiesen.«

»Ich muss der Realität ins Auge sehen. Eine Handvoll Konkurrenten hat mich abgehängt. Da bräuchte ich schon einen Knalleffekt, um ein starkes Comeback zu feiern. Und das, was jetzt gerade passiert, ist nicht hilfreich.«

Clarissa wollte ihn aufbauen, doch konnte sie seinen Erfolg nicht einschätzen. Bei jedem Besuch in Buchhandlungen sah sie sein neuestes Buch in Stapeln ausgelegt. Das schien eher ein gutes Zeichen zu sein. Aber sie wollte sich nicht vor ihm blamieren. Vielleicht bedeuteten solche Stapel überhaupt nichts.

Sie schwiegen eine Weile. Kern schaute mehrmals auf seine Armbanduhr. Der Literaturagent hatte versprochen, sich zu melden, sobald er vom LKA Neues erfuhr. Clarissa fragte sich, ob es Zufall war, dass diese Dinge ausgerechnet heute passierten, während Martin von seiner Routine abgewichen war. War er wirklich beruflich beschäftigt, oder hatte er etwas viel Schlimmeres im Schilde geführt?

»Am liebsten würde ich Martin anrufen«, sagte sie, als sie die Stille und das Warten nicht mehr aushielt.

»Wieso?«, fragte Kern überrascht.

»Es passt nicht zu ihm, Leon nicht abzuholen. Ausgerechnet an einem solchen Tag passiert die ...« Sie brach ab. Der Verdacht wog zu schwer, um ihn laut auszusprechen.

»Kennt er sich mit Computern aus?«

»Sehr gut sogar.«

»Aber du kannst ihn nicht anrufen und fragen, ob er meine Seite gehackt hat. Denn wahrscheinlich ist er unschuldig und weiß nichts von uns.«

»Ich könnte herausfinden, ob er bei Leon ist.«

»Schläft dein Kleiner nicht um diese Zeit?«

»Freitags und samstags darf er länger aufbleiben. Noch müsste er wach sein.« Sie gab sich einen Ruck. »Ich mach das jetzt. Sei nicht sauer, weil ich den Lautsprecher nicht anschalte. Das würde er registrieren und seine Schlüsse ziehen.«

Clarissa suchte in ihren Kontakten Martins Nummer und wählte sie. Das Freizeichen erklang. Es dauerte länger als gewöhnlich, dann nahm ihr Ex endlich den Anruf entgegen.

»Was willst du?«, begrüßte er sie unfreundlich.

»Mich davon überzeugen, dass Leon bei dir ist.«

»Wo soll er sonst sein?«

»Vielleicht bei deiner Mutter, weil du mit was auch

immer beschäftigt bist. Du hättest mich vorwarnen müssen.«

»Ich konnte nichts dafür. Mein Chef hat ... na ja ... Geht dich nichts an. Leon ist hier. Wo er hingehört.«

»Hol ihn mir ans Telefon.«

»Nicht in diesem Tonfall, Clarissa.«

»Ist das Mama?«, erklang aus dem Hintergrund eine kindliche Stimme.

»Ja«, brummte Martin. »Sie will dir schöne Träume wünschen.«

»Hallo, Mama«, sagte Leon ins Telefon, das ihm sein Vater offensichtlich gereicht hatte.

»Hallo, mein Schatz. Hattest du Spaß mit Oma?«

»Ja, das war toll.«

»Wie lange warst du bei ihr?«

Leon kam nicht mehr dazu zu antworten.

»Warum quetschst du ihn aus?«, erklang wieder Martins Stimme. »Lass das gefälligst.« Abrupt beendete er das Telefonat.

»Einfach aufgelegt«, sagte sie fassungslos.

»Aber Leon war bei ihm«, stellte Kern fest. »Damit ist dein Ex aus dem Schneider. Gott sei Dank.«

Clarissa nickte. Allerdings hatte dieses Gespräch ihr Vertrauen in Martin endgültig erschüttert. Wieso nahm er seinem Sohn das Telefon weg und beendete die Verbindung ohne Vorankündigung?

28

Um neun Uhr abends versammelten sich sechs Menschen im Haus von Kern. Der Autor stellte allen seine Freundin vor, außerdem machten sich der Agent Alexander Weber und Till Buchinger miteinander bekannt. Sie saßen bei Rotwein zusammen, und da es sich um keine offizielle Ermittlung handelte, waren auch die Polizisten einem Glas nicht abgeneigt. Abwechselnd schilderten Miriam Decking und Bastian Dorfer ihre Eindrücke aus der Wohnung der Webdesignerin.

»Also wissen Sie im Prinzip gar nichts«, stellte Kern fest. »Ihrer Meinung nach könnte Mia aus freien Stücken oder unter Zwang verschwunden sein, richtig? Das geänderte Passwort für ihren Computerzugang lässt grundsätzlich beide Möglichkeiten offen.«

»Leider ja«, bestätigte Miriam. »Tendenziell spricht mehr für die Erklärung, dass Ihre Webdesignerin zu alledem gezwungen wurde. Oder könnten Sie sich einen Grund vorstellen, warum sie Ihnen schaden will?«

»Mia würde mir niemals schaden. Dafür arbeiten wir zu lange und zu vertrauensvoll zusammen. Sie hat es nicht zuletzt mir zu verdanken, dass sie von ihrem Job leben kann.«

»Gab es in den vergangenen Wochen Streit?«, erkundigte sich Miriam.

»Überhaupt nicht. Ich bin absolut zufrieden mit ihr, und sie ist glücklich mit den monatlichen Rechnungen, die sie mir schickt. Wir haben ihre Entlohnung erst letztes Jahr um fünfzehn Prozent angehoben. Außerdem zahle ich ihr am Jahresende immer so eine Art Weihnachtsgeld. Für mich gibt es keinen Zweifel. Sie hat das alles niemals freiwillig getan.«

»Hat sie Ihnen in letzter Zeit von einer bedrohlichen Situation berichtet?«, fragte Dorfer. »Unerklärliche Anrufe oder Nachrichten, die bei ihr eingegangen sind? Solche Sachen?«

»Nein«, sagte Kern.

»Am wichtigsten war fürs Erste, dass die Fanpage vom Netz geht«, erklärte Weber. »Das haben wir zum Glück schnell hinbekommen. Ein paar Tage offline zu sein, schadet uns weniger als dieser Mist, wer auch immer den hochgeladen hat. Ich hoffe, die Journalisten, die meine E-Mail bekommen haben, halten sich in ihrer Berichterstattung zurück.«

»Alexander, mir wäre Mias wohlbehaltene Rückkehr wichtiger«, entgegnete Kern. Er suchte Miriams Blick. »Können Sie irgendetwas tun?«

Insgeheim freute sie sich darüber, dass Kern ihr unbewusst diese Vorlage lieferte. »Till hat mir von den Personen berichtet, die Sie ihm spontan genannt haben.«

Kern nickte. Ehe Miriam fortfahren konnte, mischte sich Weber ein.

»Von welchen Leuten redet ihr? Warum weiß ich davon nichts?«

»Es ging um die Einschätzung, wer Ihrem Klienten möglicherweise schaden will«, sagte Till.

»Wer ist dir eingefallen?«, fragte Weber.

»Mein alter Agent Sessa ...«

»So ein Quatsch«, widersprach Weber sofort. »Sessa könnte keiner Fliege was zuleide tun. Der ...«

»Ja«, sagte Till. »Zu dem Ergebnis sind wir auch gekommen.«

»Außerdem noch Detsch ...«, begann Kern von Neuem.

»Wer ist das?«, fragte Weber. »Mir sagt der Name nichts.«

»Ein Geschäftsmann, mit dem ich ein Projekt durchziehen wollte, von dem ich jedoch Abstand genommen habe. Nichts, was sich mit deinem Aufgabenbereich überschnitten hätte. Deswegen sagt dir Detsch nichts«, führte Kern aus. »Und als Dritter ist mir Wydra eingefallen. Bevor du fragst, das ist ein Autor, mit dem ich mal Kontakt hatte. Niemand, der schon etwas veröffentlicht hat.«

»Zu diesem Wydra habe ich Nachfragen«, übernahm Miriam wieder. »Können Sie uns mehr über ihn erzählen?«

Kern war sichtlich irritiert. »Wieso ausgerechnet über ihn?«

Miriam beschloss, von Anfang an mit offenen Karten zu spielen. »Wir ermitteln in einem ungelösten Mord, in dessen Zusammenhang Wydras Name auftaucht. Ob das Zufall ist, könnte ich besser beurteilen, wenn ich mehr wüsste.«

»Scheiße«, sagte Kern. Er fuhr sich mit der flachen Hand übers Gesicht und richtete seinen Blick zu Boden. Dann seufzte er und sah zu Till. »Was ich Ihnen über Sessa und Detsch gesagt habe, war die reine Wahrheit. Zu einhundert Prozent.«

»Bei Wydra nicht?«, folgerte Till.

Kern schüttelte unmerklich den Kopf.

»Das ist nicht Ihr Ernst«, stöhnte Till. »Wie soll ich Ihnen helfen, wenn Sie mich anlügen?«

»Weil es mich in einem schlechten Licht dastehen lässt. Es war mir unangenehm. Vor allem wegen Clarissa.« Er schaute zu seiner Freundin. »Schatz, was du gleich hörst, wird dir nicht gefallen. Aber das ist zwei Jahre her. Ich war damals in einer ziemlich destruktiven Phase. Hatte viele ... Frauengeschichten. Ich hab mich geändert. Das musst du mir glauben.«

Sie nickte.

»Erzählen Sie!«, forderte Miriam ihn auf.

Kern griff zu seinem Weinglas und trank einen Schluck. Er schenkte sich nach, bevor er mit der Beichte begann. »Wydra kontaktierte mich vor rund zwei Jahren. Er schickte mir eine E-Mail. Erzählte, dass er ebenfalls in Hamburg lebt und davon träumt, eines Tages in den Buchhandlungen neben mir auszuliegen. Dann bat er mich um einige Tipps. Er wollte Kontakt zu guten, zuverlässigen Agenten. Wollte wissen, wie man es schafft, das Interesse von Verlagen zu wecken. In seiner Mail hatte er sein privates Facebook-Profil verlinkt. Ich hatte nicht vor, ihm überhaupt zu antworten, und klickte mehr aus Langeweile auf das Profil. Wydra hatte zahllose Fotos von sich und seiner Freundin gepostet. Er ist ein völlig durchschnittlicher Kerl mit leicht schiefen Zähnen und ausgeprägten Geheimratsecken. Sie hingegen ein absolutes Model. Lange Beine. Perfekt geschnittenes Gesicht, traumhaft schöne, ausdrucksstarke Augen. Ich konnte nicht glauben, dass er diese Frau abbekommen hatte. Also schrieb ich ihm zurück, sülzte rum und fragte ihn, ob er Lust auf ein Vierertreffen hätte. Ich hätte die Fotos von ihm und seiner Freundin gesehen, und sie würden zusammen sehr sympathisch wirken. Ich könnte meine Partnerin mitbringen, und wir würden bestimmt einen interessanten Pärchenabend verbringen.

Damals war ich Single, müssen Sie wissen. Er reagierte völlig euphorisch und sagte sofort zu. Ich schlug ein teures Restaurant vor und versprach, die Rechnung zu übernehmen. Meine einzige Bedingung wäre, er müsste sich von seinem ersten Buchvorschuss mit einer Gegeneinladung revanchieren. Wydra zögerte nicht einen Moment. Wir machten einen Termin drei Tage später aus.« Kern hielt kurz inne, um einen Schluck Wein zu trinken. »Als ich das Restaurant ohne Begleitung betrat, hat das meine Gäste irritiert. Ich gab vor, meine Freundin hätte einen heftigen Migräneanfall. Wydra und seine Begleiterin schlugen vor, das Treffen einfach zu verschieben. Daran hatte ich logischerweise kein Interesse und brachte die Option ins Spiel, den Viererabend nachzuholen. In Abwesenheit meiner Partnerin könnten wir uns sogar mehr auf geschäftliche Fragen konzentrieren. Natürlich waren sie einverstanden. Wydras Freundin war in natura noch hübscher als auf den Fotos. Sie trug ein enges Kleid und High Heels. Ihre Stimme gefiel mir ausgesprochen gut. Es waren keine fünf Minuten vergangen, da wollte ich sie schon ins Bett kriegen. Wydra erzählte mir von seinen Projekten und ihrem Anteil daran.«

»Wie heißt seine Freundin?«, fragte Miriam.

»Kelly Lahr. Zumindest damals. Keine Ahnung, ob sie geheiratet hat. Wydra jedenfalls nicht.«

»Ich habe mir sein Profil angesehen«, mischte sich Till ein. »Da gab es keine Fotos einer solch außergewöhnlich hübschen Frau.«

»Dafür trage ich die Verantwortung«, bekannte Kern. »Nachdem er mir seine Projekte vorgestellt hatte, wollte er Tipps für Agenten oder Verlage haben. Am liebsten hätte er den Kontakt zu Alexander vermittelt bekommen. Zum damaligen Zeitpunkt nahm Alexander allerdings keine neuen Klienten mehr an. So kommunizierte er es auch auf seiner Homepage, also konnte ich das als Erklärung übernehmen. Ich behauptete, fürs erste Buch wäre es besser, sich direkt an die Verlage zu wenden. Gab ihm ein paar Tipps, wie man über das Anschreiben Interesse wecken konnte, wie viel Seiten in die Leseprobe gehörten und so weiter. Dann bot ich ihm an, meinem Verleger Probematerial mit persönlicher Empfehlung weiterzuleiten. Die beiden fühlten sich auf Wolke sieben. Ich bestellte eine Flasche Wein nach der anderen, und es dauerte nicht lange, bis meine Gäste ziemlich betrunken waren. Also ging ich dazu über, offen mit Kelly zu flirten. Sie stieg darauf ein, während er es nicht mitbekam oder es absichtlich ignorierte. Am nächsten Tag erhielt ich von ihm das Material. Ich warf nicht einmal einen Blick hinein, versprach aber, es weiterzuleiten. Drei Tage später schickte ich Kelly eine Nachricht und bat sie, mich anzurufen, ohne Yannick etwas davon zu erzählen. Es würde um das Manuskript gehen, aber ich behauptete, es wäre besser, mich zunächst mit ihr darüber zu unterhalten. Ich schlug ein persönliches Treffen unter vier Augen vor. Mein Verleger hätte sich zurückgemeldet, und ich sei überzeugt, dass Yannick das Urteil leichter verkraften könnte, wenn sie es ihm überbrächte. Allerdings wollte ich ihr ein paar Sachen erklären. Sie ging darauf ein und kam noch am selben Abend zu mir. Lange Rede, kurzer Sinn. Wir landeten im Bett. Kaum hatte ich das geschafft, erlosch mein Interesse an ihr. Außerdem konnte ich das Lügengerüst nicht aufrechthalten. Ich zeigte ihr eine Mail, die angeblich von meinem Verleger stammte und in der er Wydras Textauszug inhaltlich zerriss. Dabei hatte ich sie selbst geschrieben. Ich bat sie, ihm nicht von dem Ausrutscher mit mir zu beichten und ihm schonend beizubringen, wie das Urteil meines Verlegers ausfiel. Sie verließ niedergeschlagen mein Haus.« Kern leerte sein Glas. »Ungefähr anderthalb Wochen später meldete sich Wydra wutentbrannt. Kelly hatte ihm gegen meinen Rat den Seitensprung gebeichtet. Außerdem hegte er den Verdacht, ich hätte überhaupt nichts weitergeleitet, sondern von Anfang an bloß vorgehabt, Kelly zu verführen. Aus dem Gespräch ging hervor, dass die beiden sich am Vorabend getrennt hatten. Er konnte mit ihrer Untreue nicht umgehen. Deswegen gibt es keine Bilder mehr von ihr auf seinen Seiten. Wochenlang beschimpfte er mich. Ich blockierte ihn auf vielen Kanälen, aber gegen herkömmliche Briefe konnte ich nichts unternehmen. Eines Tages hörte der Terror schlagartig auf. Seitdem habe ich nichts mehr von ihm gehört.«

»Und das ist die Wahrheit?«, vergewisserte sich Till.

»So leid es mir tut«, sagte Kern.

»Das mit den Plagiatsvorwürfen, die er Ihnen gegenüber angeblich geäußert hat, haben Sie sich ausgedacht?«, hakte Till nach.

Kern nickte.

29

Er musterte die wehrlose Frau. Sie lag auf dem Metallbett, die Hände mit Handschellen an den Gitterstäben des Kopfendes fixiert. Ein flaches Kissen sorgte für etwas Bequemlichkeit. Noch trug sie die Kleidung, in der sie ihm ahnungslos die Tür geöffnet hatte. Nach ihrer Ankunft in ihrem Gefängnis hatte er ihr die Stiefel und den Mantel wieder ausgezogen.

Je länger er sie ansah, desto hübscher fand er sie. Seine Erregung wuchs. In seiner Vorstellung zerschnitt er ihr mit einer großen Schere die Kleidung. Anschließend zog er ihr die Stiefel wieder an. Sie gehörte ihm, bis er das Interesse an ihr verlor. Mit über dem Kopf gefesselten Händen könnte sie allenfalls versuchen, nach ihm zu treten, doch das würde er unterbinden.

Wenn alles nach Plan liefe, würde sie seine Lügen schon bald durchschauen. Er wollte nicht für seine Taten zur Rechenschaft gezogen werden, daher dürfte sie ihn niemals identifizieren können. Hätte sie ihn von Anfang an durchschaut, hätte sie sich gewehrt. Dann hätte er sie in ihrer Wohnung getötet. Schnell und geräuschlos. Ohne den ganzen Spaß, der ihm nun bevorstand.

Ob es ihr ein Trost war, dass sie nicht allein damit war, ihn falsch eingeschätzt zu haben?

Mia regte sich. Sie würde bald aufwachen. Vorläufig zog er sich aus dem Zimmer zurück, ließ allerdings die Tür zu ihrem Gefängnis angelehnt. Sie konnte nirgendwo hin.

Er setzte sich im Nebenraum an den Schreibtisch und deaktivierte den Bildschirmschoner. Zuerst überprüfte er die Kamera, die er an der Zimmerdecke installiert hatte. Sie lieferte ein klares Bild seiner schlafenden Gefangenen. Mit wenigen Befehlen könnte er einen kurzen Videoclip von ihr erstellen. Aber das hatte noch etwas Zeit.

Er rief die Fanpage des Autors auf. Sein Browser zeigte ihm eine Fehlermeldung an. Die Seite war nicht verfügbar.

»Schnell reagiert«, sagte er anerkennend. »Hast du das allein hinbekommen, oder hattest du Hilfe?«

Nun wurde es Zeit für den nächsten Schachzug. Er würde die Daumenschrauben anziehen, aber dafür benötigte er eine wache Gefangene, die sich panisch umsah. So etwas würde auf dem Video eine viel bessere Wirkung entfalten.

30

Mia erwachte. Ihr Schädel dröhnte. Erinnerungsfetzen kehrten zurück. Sie öffnete die Augen, schloss sie jedoch rasch wieder. Konnte sie herausfinden, wo sie war, ohne ihre Sehkraft einzusetzen?

In ihrem Rücken spürte sie eine weiche, durchgelegene Matratze. Ihre Arme waren über den Kopf gestreckt. Sie bewegte sie und empfand sofort Schmerzen. Etwas Hartes schnitt in ihre Handgelenke. Der Mann hatte sie offenbar mit Handschellen an ein Bett gefesselt. Sie nahm Kleidung auf ihrer Haut wahr. Also hatte er sie nicht ausgezogen. Mia konzentrierte sich auf ihren Unterleib. Hatte er sie vergewaltigt? Sie hatte keine Schmerzen – was sie allerdings nicht sonderlich beruhigte.

Ihr fiel es schwer, seinen Versprechen zu glauben. Doch was hätte sie tun sollen, außer seine Forderungen zu erfüllen? K.-o.-Tropfen schlucken oder erstochen werden. Wie hätte sie sich anders entscheiden können?

Ihr Überleben hinge davon ab, ob sie eine Möglichkeit fände, sich zur Wehr zu setzen und ihn zu überwältigen. Mit gefesselten Händen war das allerdings unmöglich. Er müsste sie losbinden.

Sie schlug die Augen wieder auf und schaute sich um. Sie lag in der Ecke eines mit zwei Bodenlampen erhellten Raums. Vor dem geschlossenen Fenster war der Rollladen heruntergelassen.

»Hallo?«, rief sie nach einer Weile. »Hören Sie mich? Ich hab schrecklichen Durst. Können Sie mir etwas zu trinken geben?«

»Ich komme gleich«, ertönte es aus einem Nebenraum. »Du musst dich kurz gedulden.«

Sie wartete. Er würde sie wohl kaum losbinden, um sie trinken zu lassen. Falls er jedoch ihrer Bitte nachkam, hätte sie den Grundstein gelegt.

Der Mann betrat das Zimmer. Er trug noch immer dieselbe Kleidung. In seiner Hand hielt er eine PET-Wasserflasche.

»Hallo, Mia. Wie geht's dir?«

»Ich habe Durst und Kopfschmerzen«, sagte sie.

»Das sind Nebenwirkungen der Tropfen. Das wird vergehen.« Er kam näher und setzte sich auf die Bettkante. »Liegst du bequem? Ich musste dich mit Handschellen fixieren. Tut mir leid.«

»Es geht. Ich würde Ihnen keinen Ärger machen, wenn Sie mich losbinden.«

»Ausgeschlossen. Ich bin zu beschäftigt, um ständig zu kontrollieren, ob du dein Versprechen einhältst. Wie du sicher merkst, habe ich dir nichts angetan. An meinem Plan hat sich nichts geändert. Solange du keine Dummheit begehst, wirst du am Ende frei wie ein Vogel sein und den Rest deines Lebens hoffentlich genießen. Solche Erfahrungen helfen, den Wert der eigenen Unversehrtheit zu schätzen.«

»Wie lange halten Sie mich gefangen?«, fragte sie. »Wann ist das hier vorbei?«

Er schaute auf seine Uhr. »In ungefähr fünfundzwanzig

Stunden.«

Hatte diese ungewöhnliche Zeitangabe eine Bedeutung? Oder hatte er sich nur versprochen?

»Darf ich etwas trinken?«, fragte sie leise. »Meine Kehle ist rau.«

»Natürlich. Ich helfe dir hoch, damit du dich nicht verschluckst.«

Er stellte das Wasser zu Boden. Dann packte er sie unter den Achseln und manövrierte sie in eine leicht erhöhte Position.

»Die Flasche ist noch verschlossen. Du musst also keine Angst vor weiteren Betäubungstropfen haben. Ich brauche dich bei vollem Bewusstsein.«

Als er den Deckel der Flasche abschraubte, vernahm sie ein leises Klicken. Offenbar log er in dieser Hinsicht nicht. Vorsichtig führte er die Öffnung an ihre Lippen und gab ihr langsam zu trinken.

»Danke«, sagte sie schließlich. »Das hat gutgetan. Ich möchte mich wieder hinlegen. So ist es zu unbequem. Haben Sie vielleicht eine Kopfschmerztablette?«

»Mach es dir schön bequem. Versuchen wir es erst mal ohne Tabletten.«

Erneut half er ihr, bis sie in der alten Position lag. Dann streichelte er ihr übers Haar.

»Es dauert nicht mehr lange«, flüsterte er.

Nur mit Mühe unterdrückte sie ein ängstliches Wimmern. In seinen Augen sah sie deutlich seine Gier. Er würde sie niemals unversehrt freilassen.

Sie versuchte, ihrer Stimme einen schläfrigen Klang zu geben. »Das ist gut. Vielleicht kann ich noch ein bisschen schlafen.«

31

»Haben Sie ein Foto von Frau Lahr?«, fragte Miriam.

Kern schüttelte den Kopf. »Wydra hat an dem Abend ein paar Selfies gemacht, ich hatte ihn allerdings darum gebeten, sie nicht hochzuladen. Und nach ihrem Seitensprung hat er sie von seiner Seite gelöscht. Aus seinem Leben.«

»Wir müssen herausfinden, ob sie noch lebt«, stellte Dorfer fest.

»Wieso haben Sie bei einer so attraktiven Frau nach einer Nacht das Interesse verloren?«, fragte Till.

»Mir sind schnell ihre psychischen Probleme aufgefallen. Sie hatte Narben an den Oberschenkeln. Vom Ritzen. Na ja, und damals ... Ich hatte kein Bedürfnis nach Wiederholungen.« Er schaute zu seiner Freundin. »Ich hab mich geändert.«

Clarissa lächelte leicht und nickte. »Wir haben alle unsere Vergangenheit.«

Miriam scrollte durch verschiedene Bilddateien auf ihrem Handy, bis sie ein Foto von Luzie Haas fand. »Mich würde interessieren, ob diese Frau Ähnlichkeiten zu Lahr aufweist.«

Kern nahm das Handy entgegen. Er schaute sich das Bild an und ließ sich Zeit. »Ähnliche Gesichtszüge. Vor allem die Augenpartie. Die Haarfarbe ist anders. Außerdem hat Kelly vollere Lippen. Nein. Die beiden Frauen könnten keine Schwestern sein. Zwei unterschiedlich attraktive Menschen. Wer ist das?« Er gab ihr das Telefon zurück.

»Eine Frau, die in einer Ermittlung eine wichtige Rolle spielt«, sagte Miriam. Sie sah keinen Grund, Kern einzuweihen. »Mit dem, was Sie gerade erzählt haben, ist Wydra der Hauptverdächtige«, fuhr sie fort. »Sie haben die beiden über E-Mails und soziale Medien kennengelernt und ihm die Freundin ausgespannt. Nun erhalten Sie E-Mails, und jemand hat kurzzeitig die Kontrolle über ihren Social-Media-Auftritt erlangt.«

»So wie ich kurzzeitig die Kontrolle über Kelly hatte. Scheiße! Sie haben recht. Oder könnte es Kelly sein, die sich an mir rächen will?«

»Wir trauen grundsätzlich alles jedem zu«, erklärte Dorfer.

»Und wir legen uns nie zu früh fest«, sagte Miriam. »Ist das alles, was wir wissen müssen? Oder haben Sie hinsichtlich Ihres alten Agenten oder Geschäftspartners noch mehr vergessen, das Ihnen jetzt wieder einfällt?«

»Nein. Glauben Sie mir. Ich habe Herrn Buchinger nur über Wydra nicht ganz die Wahrheit erzählt.«

»Aber ich weiß vielleicht noch etwas«, meldete sich Clarissa leise zu Wort. »Mein Ex macht mir gerade Schwierigkeiten. Daniel und ich haben uns schon gefragt, ob er dahinterstecken könnte.«

»Ich dachte, wir hätten das durch das Telefonat geklärt«, widersprach Kern. »Er war zu Hause, und du konntest mit Leon sprechen.«

»Nicht so schnell«, sagte Miriam. »Klären Sie uns auf!«

32

Er überprüfte das Videomaterial. Mia lag mit gefesselten Händen auf dem Bett und starrte an die Decke. Sie bewegte sich und versuchte anscheinend, eine bequemere Position zu finden. Der Clip dauerte fünfzehn Sekunden. Er bewies, dass sie noch immer lebte und einem Verbrechen zum Opfer gefallen war.

Mit einer Videosoftware fügte er seine Forderung an Kern ein.

Du hast mir mein Leben gestohlen, jetzt nehme ich dir deins. Mia ist erst der Anfang. Aber du hast Zeit, für deine Fehler zu büßen. Wenn du spätestens vierundzwanzig Stunden nach dem Erhalt meiner E-Mail eine Botschaft an deine Fans postest, lasse ich Mia unversehrt frei. Dafür musst du nur folgendes Schuldeingeständnis auf deiner Homepage, deinem YouTube-Kanal, deiner Fanpage und deinem Instagram-Auftritt posten.

›Ich, Daniel Kern, stehle Männern ihre Frauen, Konkurrenten ihre Ideen und Geschäftspartnern ihr Geld. Doch heute möchte ich mich zu meinen Sünden bekennen. Bitte verzeiht mir. Ich bin ein schlechter Mensch, der eure Anerkennung nicht verdient hat.‹

Sobald du diese Botschaft veröffentlicht hast, sorge ich dafür, dass die Nachricht nie wieder vergessen wird. Danach darf Mia ihr Leben weiterführen. Ihr Wohlergehen liegt in deiner Hand. Wenn du mich nicht ernst nimmst, ersteche ich sie. Auch davon wirst du ein Video erhalten. Damit du für immer ihre Schreie im Ohr hast.

Joseph T. Ritter

Er überprüfte den Clip. Dann wählte er sich über ein spezielles Programm ins Internet, über das es unmöglich wäre, seine IP-Adresse nachzuverfolgen. Er fügte ihn an eine E-Mail an. Lächelnd schickte er die Nachricht ab. Jetzt würde es nicht mehr lange dauern, bis er sich angemessen um seinen Gast kümmern könnte. Auch das würde er auf Video festhalten, allerdings wäre das nur für seine eigenen Erinnerungen. Niemand anders würde das jemals zu sehen bekommen.

33

Daniel Kern schaute auf sein vibrierendes Handy. »Oh nein«, sagte er leise. »Joseph T. Ritter hat mir eine Mail geschickt. Mit einem Videoclip als Anhang.«

»Gehen wir an Ihren PC und schauen uns das dort gemeinsam an«, schlug Dorfer vor.

Kern ging voran, die anderen folgten ihm. Er überprüfte den Mailanhang zunächst auf Viren, doch sein System schlug keinen Alarm. Die Mail selbst hatte keinen Text. Der Betreff lautete: *zu deiner Kenntnisnahme.* »Bringen wir es hinter uns.« Kern führte einen Doppelklick aus. Sofort öffnete sich ein Programm, das den Film automatisch startete.

»Fuck«, fluchte Kern, als er die gefesselte Webdesignerin sah. »Mia! Was macht dieses Schwein mit ihr?«

Clarissa stieß einen erschrockenen Schrei aus, Weber stöhnte.

Nach fünfzehn Sekunden endete das Bildmaterial der Gefangenen. Die Botschaft des Entführers breitete sich Buchstabe für Buchstabe in weißer Schrift auf schwarzem Hintergrund aus.

»Was soll die Scheiße?«, fragte Weber. »Das kann er nicht von dir verlangen!«

»Spielen Sie es noch mal von vorne ab«, bat Miriam.

Sie konzentrierte sich im zweiten Durchgang auf den Gesichtsausdruck der Gefangenen. Die schien beunruhigt zu sein. Da sie Kern gegenüber vermutlich aufrichtig loyal war, lag der Sachverhalt auf der Hand.

»Wir haben es mit einer Entführung zu tun. Also können wir die Ermittlungen offiziell an uns reißen.« Sie wandte sich ihrem Partner zu. »Wir brauchen ein Spurensicherungsteam in der Wohnung. Vielleicht finden die Kollegen Fingerabdrücke.«

»Zuallererst müssen wir es uns absegnen lassen, den Fall überhaupt übernehmen zu dürfen«, sagte Dorfer.

Miriam nickte. »Rufst du den Chef an? Du bist der Ranghöhere. Außerdem warst du zuerst involviert.«

»Ich kümmere mich darum.« Dorfer verließ den Raum, um in Ruhe zu telefonieren.

»Haben Sie einen leeren USB-Stick, auf den wir das Video kopieren können?«, fragte Miriam Kern. »Ansonsten könnten ...«

»Daran scheitert es bei mir nicht.«

Kern öffnete eine Schreibtischschublade. Darin lagen drei verpackte Speichersticks. Er riss eine Packung auf und übertrug den Film auf das Medium.

»Danke«, sagte Miriam. »Till, kann ich dich kurz sprechen?«

Er kam zu ihr, und die beiden verließen ebenfalls den Arbeitsraum. Dorfer telefonierte noch. Er signalisierte mit erhobenem Daumen das Einverständnis ihres Vorgesetzten.

»Kannst du in Kerns Nähe bleiben?«, fragte Miriam leise. »Zumindest, solange dich niemand rausschmeißt? Dann wäre immer jemand hier, der mich auf dem Laufenden hält.« Sie senkte noch weiter die Stimme. »Ich bin mir nicht sicher, ob wir Kern hundertprozentig vertrauen können. Die Forderung, die der Entführer stellt, könnte seine Karriere ruinieren. Keine Ahnung, wie er darauf reagiert.«

»Mach ich«, versprach Till.

Dorfer trat zu ihnen. »Der Boss will am Montag genau Bescheid wissen, warum er erst heute von diesem Fall erfährt. Aber bis dahin gibt er uns freie Hand. Er kümmert sich um das Spurensicherungsteam für Fürsts Wohnung und schickt uns außerdem eine Streifenwagenbesatzung zur Unterstützung. Wir sollen uns eine vernünftige Erklärung einfallen lassen, warum wir schon in der Wohnung sind.«

»Klang er aufgebracht?«, fragte Miriam.

»Ich hatte eher den Eindruck, ihm gefällt unsere Herangehensweise.«

»Dann lass uns keine weitere Zeit verlieren, bevor er seine Meinung ändert.« Sie trat zu Till und küsste ihn. »Erneut ein tolles, *arbeitsfreies* Wochenende mit deiner Lieblingspolizistin. Tut mir leid.«

»Muss es nicht«, erwiderte Till. »Pass auf dich auf.«

34

Clarissa starrte gedankenverloren vor sich hin. Die Polizisten waren Minuten zuvor gegangen. Daniel und sein Agent diskutierten im Arbeitszimmer über das Ultimatum. Der Personenfahnder saß im Wohnzimmer und recherchierte mit seinem Smartphone. War es überhaupt irgendwem aufgefallen, dass sie sich in die Küche zurückzog – unfähig, das Chaos in ihrem Kopf zu beherrschen?

Ein Gedanke ließ sie nicht los. Wieso hatte Martin Leon das Telefon nach wenigen Worten wieder weggenommen und einfach die Verbindung getrennt? Hatte er Angst, Leon könnte ihn verraten? Etwas ausplappern, was nicht für Clarissas Ohren bestimmt war?

»Er kann nicht der Entführer sein«, wisperte sie.

Wo sollte ihr Ex eine Frau festhalten? Er wohnte in einer Dreizimmerwohnung. Ausgeschlossen, dass er sie dort gefangen hielt. Allerdings musste sie sich eingestehen, fast nichts über sein neues Leben zu wissen. Sie wusste ja nicht einmal, wie viel Geld er mit seinem neuen Job verdiente.

»Leon ist bei ihm«, flüsterte sie.

Das war nur ein kleiner Trost. Hätte Martin eine Frau ausgerechnet an seinem Vater-Sohn-Wochenende entführt?

Vermutlich nicht. Aber was, wenn er Leon als Druckmittel einsetzen wollte, sobald ihm die Polizei näherkam? Wäre es dann nicht sogar klug, ein Kind als Geisel zu haben?

Clarissa konnte unmöglich warten, bis die Polizisten das Geiseldrama beendeten. Ein weiterer Anruf bei ihrem Noch-Ehemann würde ihre Zweifel allerdings auch nicht zerstreuen, zumal es keine Garantie gab, dass sie ihn überhaupt erreichen würde. Sie musste zu ihm fahren und sich mit eigenen Augen überzeugen. Was würde dieser Buchinger davon halten? Sie hatte mitbekommen, wie sich die Polizistin vor ihrem Aufbruch mit ihm unterhalten hatte. Bestimmt sollte er hier als Schnittstelle zu den Polizisten fungieren.

Dann dachte Clarissa an Daniel. Er wirkte völlig angespannt. Wenn sie ihm gestand, weiterhin Martin zu verdächtigen, wüsste sie nicht, wie er darauf reagieren würde.

Es war besser, niemanden in ihr Vorhaben einzuweihen. Kaum hatte sie diesen Entschluss gefasst, setzte sie ihn in die Tat um. Von der Küche ging sie lautlos in den Hausflur. Über ihrer Winterjacke hing der Mantel des Agenten. Sie nahm ihn vom Haken und hängte ihn rechts daneben. Dann zog sie sich ihre Jacke an. So leise wie möglich öffnete sie schließlich die Haustür und trat nach draußen. Ein kalter Wind schlug ihr entgegen. Damit niemand den Luftzug registrierte, schloss sie sofort die Tür. Nun musste sie sich beeilen. Clarissa lief zu ihrem Wagen vor dem Haus, stieg ein und starrte zu dem hell erleuchteten Gebäude. In fast jedem Zimmer brannte Licht. Niemand war ihr gefolgt. Sie startete den Motor und fuhr los. In ein paar Minuten würde sie hoffentlich wissen, ob Martin hinter der Entführung steckte.

35

Kern und Weber kehrten ins Wohnzimmer zurück. Till schaute von seinem Smartphone auf.

»Haben Sie eine Entscheidung getroffen, ob Sie die Forderung erfüllen?«, fragte er.

»Wir denken darüber nach«, erwiderte Weber.

Kern rollte mit den Augen. »Natürlich erfüllen wir sie, wenn es sein muss.« Er blickte sich um. »Mias Leben ist mir wichtiger als meine Karriere. Wo ist Clarissa?«

»Zuletzt hab ich sie in der Küche gehört«, sagte Till.

Kern ging hin. »Hier ist sie nicht«, rief er. »Clarissa? Wo bist du?«

Als eine Antwort ausblieb, stand Till auf. Gemeinsam suchten sie im Haus nach der Freundin des Autors.

»Das gibt's nicht«, sagte Kern schließlich. »Ihre Jacke hängt nicht mehr hier.« Er riss die Haustür auf. »Und ihr Wagen ist weg. Wann haben Sie sie das letzte Mal gesehen?«

»Ist höchstens fünf Minuten her.«

Kern lief ins Wohnzimmer und wählte ihre Nummer. »Es springt sofort die Mailbox an. Das kann nicht sein.«

Till vernahm leise den Ton, der den Anrufer aufforderte, eine Nachricht zu hinterlassen.

»Clarissa, wo bist du?«, fragte Kern. »Ruf mich zurück.« Hilflos sah er zu Till.

»Könnte Ihre Freundin hinter der Sache stecken?«, erkundigte sich Till.

Energisch schüttelte der Autor den Kopf. »Ausgeschlossen.«

»Wieso bist du dir so sicher?«, hakte Weber nach. »Seit wann kennt ihr euch? Passt das nicht alles ins Bild? Kurz, nachdem sie in dein Leben ...«

»Ausgeschlossen«, wiederholte Kern. »So viel Menschenkenntnis könnt ihr mir schon zutrauen.«

Till gab dem Mann recht. Auch er hielt Frau Fährenbach für unverdächtig. Trotzdem war reine Intuition kein wasserdichter Beweis. Menschen waren in der Lage, ihr engstes Umfeld zu täuschen, wenn sie einen Plan verfolgten.

»Haben Sie mitbekommen, ob Clarissa eine Nachricht bekommen hat?«, fragte Kern Till.

»Ich habe ihr Telefon nicht gehört. Aber ich weiß natürlich nicht, ob sie es lautlos geschaltet hat.«

»Das macht sie nie. Um keinen Anruf zu verpassen, der sich um Leon dreht. Sie hat sogar nachts das Handy an.«

Till hatte eine andere Idee. »Sie hat ihren Noch-Ehemann als Verdächtigen aufgeführt. Ob sie sich von seiner Unschuld überzeugen will?«

»Hat sie das nicht schon?«, entgegnete Weber. »Immerhin war er bei einem Kontrollanruf zu Hause.«

»Vielleicht reicht ihr der Anruf nicht als Beweis, und sie will vor Ort nachsehen, ob alles in Ordnung ist«, spekulierte Till. »Wissen Sie, wo der Ex Ihrer Freundin wohnt?«

»Nein«, sagte Kern. »Tut mir leid.«

»Nicht schlimm. Das dürfte Miriam rasch herausfinden.«

36

Clarissa parkte den Wagen vor dem Mehrfamilienhaus, in dem Martin seit knapp einem Jahr wohnte. Sie hatte damals auf seinen Auszug aus dem gemeinsamen Haus bestanden und sich nach mühevollem Kampf durchgesetzt. Clarissa schaute durch die Windschutzscheibe zur zweiten Etage hoch. Hinter zwei Fenstern seiner Wohnung brannte Licht. Ehe ihr Mut sie ganz verlassen konnte, stieg sie rasch aus und ging auf den Eingang zu. Sie drückte nur kurz auf den Klingelknopf, um Leon nicht zu wecken. Es dauerte nicht lange, bis an der Gegensprechanlage ein grünes Lämpchen aufleuchtete.

»Hallo?«, erklang die Stimme ihres Ex.

Hatte sie sich in etwas verrannt? Traute sie ihm überhaupt eine Entführung zu?

»Hallo?«, wiederholte er. »Wer ist da?«

Clarissa traf eine Entscheidung. Sie wollte Klarheit. »Ich bin's«, sagte sie.

»Rissa?« Er nutzte die Kurzform ihres Namens, wie früher in ihren guten Jahren. Interpretierte er ihr unerwartetes Auftauchen etwa falsch? »Was willst du hier?«

»Wir müssen reden. Kommst du runter? Leon soll das nicht mitbekommen.«

»Was ist in letzter Zeit bloß los mit dir? Ich soll bei der Kälte spät am Abend draußen vor der Tür mit dir sprechen? Spinnst du?«

Offenbar hatte er an ihrem Tonfall erkannt, dass ihr Besuch keinen romantischen Hintergrund hatte.

»Bitte! Es ist wichtig.«

»Das sollte ich mir erlauben. Einfach so aufzutauchen.«

»Hast du vergessen, was Donnerstag passiert ist?«

Er seufzte. »Dafür hatte ich jeden Grund. Warte. Ich hab schon einen Pyjama an.«

Das grüne Lämpchen an der Gegensprechanlage erlosch. Sie trat von der Haustür weg. Um sich warmzuhalten, schlang sie die Arme um ihren Körper. Sie lief zum Auto und den halben Weg wieder zurück. Hin und her, wie ein Zootier. Mit jeder Minute, die er sie warten ließ, steigerte sich ihr Verdacht. Warum brauchte er so lange? Verwischte er gerade Spuren?

Endlich kam er zu ihr. Martin hatte sich komplett angekleidet. Mütze, Schal, gefütterter Mantel, Hose und Winterstiefel. Er gehörte zu den Männern, die schnell froren.

»Steckst du dahinter?«, fragte sie ihn ohne Vorwarnung.

Sie standen sich im Abstand von einem Meter gegenüber. Zwei ehemals Verliebte, die, zumindest aus ihrer Sicht, nur noch das gemeinsame Kind verband.

»Wovon sprichst du?«, entgegnete er. »Kommst hier spät am Abend her, lockst mich aus meiner Wohnung und redest dann in Rätseln. Was meinst du?«

Er klang unwissend. Sie hatte ihn nie für einen guten Schauspieler gehalten. Im Laufe der Jahre hatte sie die meisten seiner Lügen schnell durchschaut.

»Steckst du hinter dem Video und der Drohung?«

»Droht dir jemand?« Er wirkte ernsthaft besorgt. Martin

machte einen Schritt auf sie zu. Wollte er sie tröstend am Arm berühren?

Sie wich zurück. »Mir droht keiner!«, schrie sie. »Aber ...« Sie hielt inne, als sie ihren Fehler bemerkte.

»Also doch!«, zischte Martin wütend. »Ich wusste es. Wie heißt der Wichser?«

Er versuchte erneut, sie am Arm zu fassen.

»Lass das!«, sagte sie.

»Du hast einen neuen Stecher, der bedroht wird? Mit welchem asozialen Pack gibst du dich ab?«, schrie er.

»So ist es nicht.«

»Das erzähle ich dem Familiengericht. Wenn Leon bei dir in Gefahr schwebt, beantrage ich das alleinige Sorgerecht.«

»Martin, das hat nichts mit Leon zu tun.« Plötzlich agierte sie aus der Defensive heraus. Ihr Wunsch, Martin endgültig als Verdächtigen auszuschließen oder das Gegenteil zu beweisen, ging nach hinten los. Sie seufzte. »Wenn du dich beruhigst, erzähle ich dir ein bisschen.«

»Ich höre.« Er verschränkte die Arme vor der Brust und wartete gespannt.

Clarissa zögerte. Unter keinen Umständen würde sie Daniels Namen erwähnen. Wie viel konnte sie preisgeben, ohne seine Identität zu verraten?

»Ich habe seit fünf Monaten eine neue Beziehung.«

»So lange? Ich glaub's nicht.«

»Wir sehen uns nur an den Wochenenden, wenn Leon bei dir ist. Leon kennt ihn noch nicht. Ich will sicher sein, dass es was Ernstes ist.«

»Fünf Monate?« Er klang fassungslos. »Wieso bist du dir nach fast einem halben Jahr nicht sicher? Was ist das für ein Mensch? Wer bedroht ihn? Spiel mit offenen Karten, Clarissa! Es geht um die Sicherheit meines Kindes!«

»Leon passiert nichts. Aber ich sag dir nicht, wer es ist. Sonst tauchst du noch bei ihm auf und ...«

Ein Auto näherte sich. Der Fahrer ließ das Fernlicht aufleuchten.

»Ist er das?«, vermutete Martin.

Der Wagen hielt mitten auf der Straße. Till Buchinger sprang heraus.

»Alles in Ordnung?«, rief er.

Plötzlich rannte Martin los. Hilflos musste Clarissa mitansehen, wie Martin in unverkennbarer Absicht auf den Personenfahnder zustürmte.

»Hey! Stopp!«, rief der. »Bleiben Sie stehen!«

»Martin! Das ist er nicht!«, kreischte Clarissa.

Es war zu spät. Ihr Ex versuchte, Till anzugreifen. Der war allerdings deutlich kampferprobter. Er machte im richtigen Moment einen Schritt zur Seite, packte Martins linken Arm und versetzte ihm einen Stoß. Martin verlor das Gleichgewicht, stolperte und fiel zu Boden. Er stöhnte. Den größten Teil des Sturzes fing zum Glück der gefütterte Mantel ab.

»Aufhören!«, schrie Clarissa.

Sie löste sich aus ihrer Schockstarre. Martin rappelte sich auf. Wutentbrannt schaute er zu Till und suchte nach einer Strategie, den stärkeren Mann niederzuringen.

»Aufhören!«, wiederholte Clarissa. Sie stellte sich zwischen die beiden Streithähne.

»Alles in Ordnung bei Ihnen?«, fragte Till.

»Ja. Ich hab meinem Ex gerade von meiner neuen Beziehung erzählt, ohne einen Namen zu nennen. Er hat Sie wohl für meinen neuen Freund gehalten.«

»Da hast du dich geirrt, Kumpel«, kommentierte Till.

»Wer bist du dann?«, fragte Martin.

»Er gehört zur Polizei«, sagte Clarissa und blieb bewusst vage.

»Polizei?«, stöhnte ihr Ex. »Scheiße! Das konnte ich nicht wissen.«

»Überhaupt kein Problem«, beruhigte Till ihn.

»Wieso fährt dir die Polizei hinterher?«, erkundigte sich Martin.

»Der neue Freund Ihrer Ehefrau hat eine Bekannte, die entführt worden ist. Ich schätze, Frau Fährenbach wollte sich überzeugen, dass nicht Sie dahinterstecken.«

Clarissa nickte.

»Wie kannst du mir so was zutrauen?«, fragte Martin. »Nach all den Jahren!«

»Dürfen wir uns in Ihrer Wohnung umsehen?«, wollte Till wissen.

Martin Fährenbach zögerte nur kurz. »Meinetwegen. Vorausgesetzt, Sie wecken Leon nicht. Außerdem muss Clarissa draußen warten. Sie hat nichts in meiner Wohnung verloren.«

37

Miriam und ihr Partner warteten im Hausflur darauf, dass die Spurensicherung ihre Arbeit erledigte. Für sie gab es in der Wohnung von Mia Fürst nichts mehr zu tun. Ein Computerspezialist des LKA würde sich im Präsidium Zugriff auf den Rechner verschaffen, Fingerabdrücke waren an verschiedenen Stellen der Wohnung gesichert worden. Unter anderem auf einem Glas in der ansonsten beinahe leeren Spülmaschine.

Miriam prüfte ihr Handy. Till hatte ihr eine Nachricht geschickt und Entwarnung wegen Kerns Freundin gegeben.

»Till fährt mit Frau Fährenbach zurück zum Autor«, sagte sie.

»Gut. Vielleicht sollten wir diesen kurzen Moment ausnutzen, in dem Kern und Weber allein sind. Ich will wissen, ob sie bereit wären, die Forderung des Entführers zu erfüllen und das Video hochzuladen. Sie hatten jetzt lange genug Zeit, darüber nachzudenken.«

»Setzen wir uns in dein Auto und telefonieren von dort. Danach könnten wir zu Till fahren und meinen Wagen abholen. Mir wäre es lieber, flexibler zu sein. Wer weiß, was heute Nacht alles passiert. Mein Gefühl sagt mir, das hier ist noch lange nicht vorbei.«

Dorfer nickte. Sie informierten die Kollegen der Spurensicherung über ihren Aufbruch. Im Wagen wählte Dorfer die Rufnummer von Alexander Weber und aktivierte den Lautsprecher. Der Agent meldete sich innerhalb weniger Sekunden.

»Ist der Spuk vorbei?«, fragte er hoffnungsvoll.

»Leider nicht.« Dorfer berichtete, was seit ihrem Aufbruch geschehen war.

»Das ist nicht viel«, stellte Weber fest.

»Es gibt keine Garantie, dass wir heute Nacht oder morgen früh Fortschritte erzielen. Wie sieht es mit der Bereitschaft deines Klienten aus, die Forderungen des Täters zu erfüllen?«, fragte Dorfer.

»Ich rate ihm davon unter allen Umständen ab«, erklärte Weber.

»Wieso denn das? Kern könnte damit ein Leben retten.«

»Mit Terroristen verhandelt man nicht«, erwiderte Weber. »Das ist eine sinnvolle Grundeinstellung. Daniel würde sich nie wieder von diesem Schlag erholen. So ein Geständnis würde auf jeden Fall negative Auswirkungen haben. Seine Karriere ist gerade in einer schwierigen Phase. Das wäre der Todesstoß.«

»Wir vom LKA würden alles daransetzen, seinen Namen wieder reinzuwaschen«, mischte sich Miriam ein. »Könnte Ihr Klient nicht sogar davon profitieren?«

»Wie das?«, fragte Kern, der offenbar ebenfalls zuhörte.

»Sie wären der strahlende Held, der seine eigene Karriere riskiert hat, um eine junge Frau zu retten. Ich könnte mir vorstellen, das bringt Sie in Talkshows und auf die Titelseite der Morgenpost oder anderer Blätter.«

»In einer perfekten Welt wäre das so«, erwiderte Weber. »Leider bleibt bei vielen nur das hängen, was sie zuerst lesen oder hören. Sonst würden falsche Vergewaltigungsvorwürfe keinen dauerhaften Schaden anrichten, nachdem sie sich in Luft aufgelöst haben.«

»Das hier ist ein ganz anderes Kaliber«, sagte Dorfer.

»Ist es nicht. Selbst wenn die Leser an dem Wahrheitsgehalt der Selbstbezichtigung zweifeln, sehe ich noch viel größere Schwierigkeiten bei den Verlagen. Die gehen heutzutage immer weniger Risiken ein. Ein Autor, der zugibt, Ideen zu klauen? Das Haftungsrisiko ist Verlagen zu groß. Ich rate Daniel dringend davon ab. Ihr müsst Frau Fürst einfach rechtzeitig finden. Wie schwer kann das sein?«

Miriam riss der Geduldsfaden. Der Agent analysierte die Lage aus dem falschen Blickwinkel. »Herr Kern, was ist Ihnen wichtiger? Ihre Karriere oder das Leben von Frau Fürst?«

»Das ist eine unfaire Frage«, versetzte Weber. »Bastian, deine Kollegin spielt unfair.«

»Sie hat doch recht«, sagte Kern leise. »Mir ist Mias Leben wichtiger. Da gibt es keinen Zweifel.«

»Das ist die richtige Entscheidung«, bekräftigte Miriam. »Danke!«

»Wir melden uns bei euch«, versprach Dorfer und beendete das Gespräch. »Die Seite von Weber kannte ich noch nicht«, stöhnte er. »Als gäbe es einen Zweifel daran, was Kern zu tun hat.«

»Hoffentlich hält er sein Wort, sobald das Ultimatum abläuft. Ich bin dafür, jetzt meinen Wagen abzuholen und dann zu Wydra zu fahren. Vielleicht glaubt er sogar, wir kämen wegen der Mordermittlung Haas, wenn wir unerwartet bei ihm auftauchen.«

»Von den Personen, die Kern genannt hat, ist er wohl am meisten verdächtig, oder?«

»Bei der Vorgeschichte? Absolut. Der Entführer wirft ihm vor, Frauen, Ideen und Geld zu stehlen. Das mit der

Frau könnte sich auf Wydras Ex-Freundin beziehen. Und für die Behauptung, Kern habe sich den Plagiatsvorwurf ausgedacht, haben wir nur Kerns Wort. Es gibt Menschen, deren Aussage ich glaube.«

Dorfer nickte. »Fahren wir!«

38

Till Buchinger erreichte zeitgleich mit Clarissa das Haus des Autors. Sie parkten vor dem Grundstück und stiegen fast synchron aus. Till hatte auf der Fahrt nach Verfolgern Ausschau gehalten, ohne jemanden zu entdecken.

Clarissa klingelte, und es dauerte nur Sekunden, bis Daniel Kern ihr öffnete. Er nahm sie sofort in den Arm und drückte sie fest an sich.

»Hast du mir einen Schreck eingejagt. Bitte mach das nie wieder.«

»Versprochen«, erklärte sie.

Die beiden küssten sich lange. Till lächelte bei dem Anblick. Frisch Verliebte vergaßen manchmal, dass sie nicht allein auf der Welt waren. Er wandte sich leicht von ihnen ab, um ihnen ein bisschen Privatsphäre einzuräumen.

»Komm rein! Du fühlst dich kalt an«, sagte Kern.

»Martin hat mich lange draußen stehen lassen«, erwiderte sie.

Till folgte den beiden in den Hausflur, in dem Clarissa die Jacke und ihre Schuhe auszog. Auch Till entledigte sich seiner Jacke, bevor er ins Wohnzimmer ging.

»Können Sie ausschließen, dass Herr Fährenbach hinter dieser Krise steckt?«, vergewisserte sich Weber.

»Ja«, bestätigte Till. »Bei meiner Ankunft hat er mich für Sie gehalten und ist direkt auf mich losgegangen. So gut kann der Normalbürger nicht schauspielern.«

»Zumal er Ihnen körperlich völlig unterlegen war«, fügte Clarissa amüsiert hinzu. »Wäre dumm gewesen, Sie anzugreifen, falls er wüsste, dass Sie und ich überhaupt nichts miteinander zu tun haben.«

»Er hat mich in seine Wohnung gelassen, wo ich mich in aller Ruhe umsehen konnte«, fuhr Till fort. »Wohnzimmer, Schlafzimmer, Bad und Küche. Nirgendwo gab es Spuren, die auf Frau Fürst hindeuteten. Den einzigen Raum, den ich nicht betreten durfte, war das Kinderzimmer. Aber er hatte ein Babyphone eingeschaltet, über das ich Leon gehört habe. Er hat im Schlaf gesprochen.« Till lächelte.

»Also ist Fährenbach aus dem Schneider. Ein Verdächtiger weniger.« Weber schaute auf seine Uhr. »Die Zeit rennt uns davon.«

»Ich will übrigens nicht ausschließen, dass Ihnen Fährenbach in Zukunft trotzdem Ärger macht«, warnte Till ihn. »Er scheint extrem eifersüchtig zu sein und hat das Ende der Beziehung noch nicht verarbeitet. Sobald Sie sich in der Öffentlichkeit zu Ihren Gefühlen bekennen ...«

Clarissa nickte. »Ich werde mit ihm reden müssen. Aber mach dir keine Sorgen. Er macht uns keinen Ärger. Mein Verdacht war dumm. Ich hätte das wissen müssen. Martin ist kein Krimineller.«

39

Ein Gedanke verselbstständigte sich in Mias Kopf. Allein durch Gehorsam würde sie ihre Gefangenschaft nicht überleben. Das hatte sie an seinem gierigen Blick erkannt. Entweder hatte er nie vorgehabt, sein Versprechen einzuhalten, oder die Macht über sie veränderte sein Verlangen.

Falls sie sich nicht wehrte, würde sie hier sterben. Mia mochte sich nicht ausmalen, was er zuvor mit ihr anstellen würde.

Sie schaute sich um. Im Raum entdeckte sie nichts, was als Waffe geeignet gewesen wäre. Die gelb gestrichenen Wände waren verblasst. Der Gurt, mit dem man den Rollladen herunterließ, wirkte in die Jahre gekommen. Alles sprach dafür, dass auch das Haus nicht über die modernste Einrichtung verfügte.

Bestimmt wäre die Toilette altmodisch, mit einem Spülkasten, an dem man noch den Deckel vom Kasten abnehmen könnte. Mit freien Händen könnte sie so eine provisorische Waffe nutzen, um sich gegen ihn zur Wehr zu setzen. Wenn er sie zum Klo führte, hätte sie vielleicht sogar die Chance, sich in anderen Räumen nach einer besseren

Waffe umzusehen. Sie ging weitere Möglichkeiten durch. Sollte sie ihn verführen? So ein Versuch könnte nach hinten losgehen, wenn er das als Aufforderung zur Vergewaltigung auffasste. Gab es sonst etwas, das sie tun konnte? Ihr fiel nichts ein. Also klammerte sie sich an den Gedanken, ihn auf der Toilette zu überwältigen.

»Hallo?«, rief sie. »Hören Sie mich? Ich muss pinkeln.«

40

Sein Blick fiel auf den Monitor, über den er seine Gefangene im Auge behielt. Sie wirkte unruhig und öffnete immer wieder den Mund. Rief sie etwa nach Hilfe? Die Kamera im Raum übertrug das Bild ohne Ton, da sie über kein Mikrofon verfügte. Er versuchte, von ihren Lippen abzulesen, dazu war jedoch die Auflösung zu schlecht.

Sollte sie wirklich laut um Hilfe rufen, würde ihr das nichts bringen. Er hatte das vorher ausprobiert. Bei geschlossenem Fenster und heruntergelassenem Rollladen konnte man sich die Seele aus dem Leib brüllen, ohne dass ein Geräusch nach draußen drang. Der Vertrauensbruch, den sie damit beginge, wäre allerdings eklatant.

In aller Ruhe stand er von seinem Schreibtisch auf. Es gab keinen Grund zur Eile. Er verließ sein Arbeitszimmer und ging durch den Flur. Vor der verschlossenen Tür blieb er stehen und lauschte.

»Hallo? Hören Sie mich? Ich muss wirklich dringend pinkeln.«

Ihre Worte enttäuschten ihn. Fast wäre es ihm lieber gewesen, sie hätte um Hilfe geschrien, dann hätte er sich an ihr abreagieren können.

Er atmete tief durch, bevor er die Tür öffnete. »Bin schon da.«

»Gott sei Dank. Ich hab mir fast in die Hose gemacht. Können Sie mich zur Toilette bringen? Bitte! Ich will mich nicht einnässen. Das wäre eklig.«

»Allerdings.« Er sog Luft ein. »Hier müsste auch mal dringend gelüftet werden. Aber leider ...« Er zuckte mit den Achseln.

»Ich muss echt dringend.«

»Botschaft angekommen. Ich erkläre dir die Spielregeln. Nachdem ich die Handschellen gelöst habe, stehst du auf. Sobald du auf den Beinen bist, fessle ich dir die Hände auf den Rücken.«

»Könnten Sie mir die Hände vorm Bauch festbinden?«, fragte sie.

»Wieso glaubst du, Forderungen stellen zu können?«

»Das war eine Bitte. Ich hab bislang alles getan, was Sie verlangt haben. Es wäre für mich auf Toilette einfacher, falls ich die Hände nicht hinter dem Rücken hätte. Ich finde, ich habe diese kleine Annehmlichkeit verdient.«

Er seufzte theatralisch. »Das überlege ich mir auf dem Weg dorthin.« Er trat ans Bett. »Ich löse die Handschellen. Komm nicht auf dumme Gedanken. Ich bin stärker als du.«

»Ich will bloß zum Klo.«

Er beugte sich über sie und zog einen Schlüsselbund aus der Hosentasche. »Jetzt muss ich nur den richtigen Schlüssel finden.« Plötzlich hielt er inne. »Warte kurz.« Er trat vom Bett weg.

»Nein!«, jammerte seine Gefangene. »Ich muss so dringend.«

Ohne auf ihren Einwand einzugehen, verließ er den Raum und warf die Tür zu.

41

Miriam Decking und ihr Partner kamen mit zwei Fahrzeugen bei Yannick Wydra an. Vor einigen Wochen, bei ihrem ersten Besuch im Rahmen der Mordermittlung, hatten sie das Haus, in dem der Mann alleine lebte, schon einmal betreten. Er hatte ihnen erzählt, das Haus von seinem Onkel geerbt zu haben. Im Lauf des Gesprächs war herausgekommen, dass Wydra bei seinem Onkel aufgewachsen war, nachdem seine Eltern sich als unfähig erwiesen hatten, ein Kind großzuziehen.

Das Gebäude lag im Dunkeln. Hinter keinem Fenster brannte Licht. Zumindest nicht hinter jenen, an denen keine Rollläden heruntergelassen waren. Miriam stieg kurz nach Dorfer aus ihrem Wagen.

»Sieht nicht so aus, als ob jemand da wäre«, sagte Dorfer.

»Vielleicht schläft er schon.« Miriam hoffte es. Manchmal war es gut, Personen völlig unvorbereitet anzutreffen.

Sie gingen auf den Hauseingang zu. Dorfer klingelte, doch aus dem Inneren drang kein Klingelton an ihre Ohren.

»War das nicht beim letzten Mal auch so, dass wir nicht wussten, ob die Klingel funktioniert?«, fragte Miriam. »Weil man nichts gehört hat?«

»Ja, aber er hat trotzdem aufgemacht«, erinnerte sich Dorfer.

Diesmal tat sich jedoch nichts. Energisch klopfte Dorfer an die Tür. Sie warteten über eine Minute, ehe Miriam von der Haustür wegtrat.

»Ich geh mal ums Haus herum. Vielleicht erkenne ich was durch ein Fenster«, sagte sie.

»Ich warte hier«, erwiderte Dorfer.

Miriam umrundete das freistehende Gebäude. Vor den Fenstern im Erdgeschoss waren entweder Rollläden heruntergelassen, oder ihre Milchglasstruktur verhinderte einen Blick ins Innere. Auf der von der Straße abgewandten Seite verfügte das Grundstück über einen kleinen Garten mitsamt Terrasse. Darauf standen ein einzelner Tisch und zwei Stühle unter einem Vordach. Allerdings war nur ein Stuhl mit einem Sitzpolster ausgestattet. Außerdem stapelte Wydra unter dem Vordach Kaminholz.

Auf dem Tisch entdeckte Miriam eine umgekippte Bierflasche. Vorsichtig roch sie daran. Der deutliche Biergeruch verriet, dass die Flasche noch nicht allzu lange dort lag, sonst hätte sich der Geruch bereits verflüchtigt.

Sie trat an die Terrassentür, vor der ein Rollladen nur zur Hälfte herabgelassen war. Miriam hockte sich hin und warf einen Blick ins dunkle Wohnzimmer. Sie bemerkte einen kleinen, orangefarbenen Punkt. War das die restliche Glut eines Kaminfeuers?

Miriam erhob sich wieder und kehrte zu ihrem Partner zurück.

»Ich habe noch zweimal geklingelt. Keine Reaktion«, informierte er sie.

»Eventuell hatte er vor nicht allzu langer Zeit den Kamin an.« Sie erzählte von ihrer Beobachtung.

»Also schläft er oder ist ausgegangen ...«

»... oder will uns nicht öffnen.«

»Wir haben keinen Durchsuchungsbeschluss. Ohne den können wir uns hier die Beine in den Bauch stehen. Außerdem könnte es durchaus sein, dass er nicht da ist. Es wäre sinnvoller, zu den zwei anderen Kandidaten zu fahren und dann zu überlegen, was wir heute Nacht noch unternehmen können. Was nicht viel sein wird.«

Miriam musste ihrem Partner recht geben. Gegen keinen von Kerns Bekannten wog der Verdacht schwer genug, um einen Durchsuchungsbeschluss zu rechtfertigen. Ein Staatsanwalt würde sich damit nicht die Hände im Richterzimmer schmutzig machen. Sie könnten höchstens nach dem Grundsatz *Gefahr im Verzug* handeln. Doch da sie unter Beobachtung standen, wäre es leichtsinnig, ohne konkrete Bedrohungslage so vorzugehen.

Miriam schaute auf ihre Uhr. Bis Mitternacht könnten sie die beiden übrigen Adressen noch überprüfen und danach versuchen, ein paar Stunden Schlaf zu finden.

»Fahren wir«, sagte sie.

42

Nach ungefähr fünf Minuten kehrte er zu Mia zurück.

»Wo sind Sie gewesen?«, fragte sie. »Ich kann kaum noch einhalten.«

»Ich musste etwas überprüfen. Aber jetzt hast du es überstanden«, sagte er.

Ohne ihre Geduld weiter zu strapazieren, trat er ans Bett, zog den Schlüsselbund aus der Hosentasche und schloss die Handschellen auf.

»Sei ein bisschen vorsichtig«, empfahl er ihr. »Am besten hältst du dich auf den ersten Metern an mir fest. Du hast ein paar Stunden gelegen und warst davor teilweise ohne Bewusstsein.«

Sie richtete sich langsam auf. In ihrem Kopf drehte sich alles. Das hatte sie nicht erwartet. In diesem Zustand wäre sie nicht einmal zum kleinsten Widerstand in der Lage. »Hui«, sagte sie leise. »Komisches Gefühl.«

»Stell dich vorsichtig hin. Ich halt dich fest, falls du umkippst.«

Mia erhob sich. Sie schloss die Augen, um ihr Gleichgewichtsgefühl zurückzuerlangen.

»Geht's?«, fragte er.

»Ja. Ich glaube schon.« Sie öffnete die Augen.

»Wenn du dich sicher fühlst, halte deine Hände vor den Bauch.«

Die Verlockung, loszurennen war riesengroß. Allerdings wäre das in ihrem Zustand ein dummer Fehler. Sie würde wahrscheinlich nicht mal bis zur Türschwelle kommen. Also führte sie ihre Hände zum Bauch und ließ sich fesseln. Die Handschellen schnitten ihr in die Haut und rasteten ein.

»Ich habe sie ein bisschen enger gezogen, als ich es am Rücken gemacht hätte«, erklärte er. »Aber dafür habe ich deinen Wunsch erfüllt. Gehen wir. Schritt für Schritt.« Er fasste sie beim Oberarm. »Ich helfe dir. Bis zum Klo ist es nicht weit. In der Diele die zweite Tür links.«

Vorsichtig setzte sie einen Fuß vor den anderen.

»Das machst du gut«, sagte er ihr ins Ohr. Mit dem Daumen streichelte er ihren Arm.

Provozierte er sie absichtlich, oder hoffte er, sie würde seine Erregung nicht mitbekommen?

Sie verließen den Raum. Mia konzentrierte sich auf ihre Umgebung. An den Wänden hing nichts. Der ganze Flur wirkte seelenlos. Dann entdeckte sie kleine Löcher in den Wänden, als ob dort zuvor Nägel eingeschlagen gewesen wären. Hatte er die Möglichkeit bedacht, dass sie sich wehren würde, und deshalb alles entfernt, was als potenzielle Waffe dienen könnte? Sie registrierte schwache Umrisse auf der Tapete. Wie von Bilderrahmen, die dort jahrelang gehangen hatten. Links und rechts waren verschlossene Türen. Zu gern hätte sie einen Blick hineingeworfen.

»Gleich hast du es geschafft.«

Vor einer angelehnten Tür blieben sie stehen.

»Sie haben Ihren Zielort erreicht«, sagte er im Tonfall eines Roboters. Er lachte über seinen Scherz. Dann stieß er die Tür auf und ließ ihren Arm los. »Nicht eingenässt. Wunderbar.«

»Danke.«

Mia trat über die Türschwelle. Ihr Herz schlug schneller, als sie das altmodische Klo mit Spülkasten sah. Ansonsten gab es nur ein Waschbecken in dem kleinen Raum. Offensichtlich war das die Gästetoilette. Sie drehte sich um. Ihr Entführer war vor der Tür stehen geblieben.

»Danke«, wiederholte sie lächelnd und griff nach der Klinke. Sie schob die Tür zu.

Im letzten Moment stellte er einen Fuß auf die Schwelle.

»Wie kommst du darauf, dass ich dich allein pinkeln lasse? Vielleicht wolltest du sogar abschließen? Vergiss es. Das habe ich vorhin gemacht, als ich noch mal gegangen bin. Den Schlüssel aus der Tür gezogen und ihn versteckt.«

»Wieso sollte ich mich einschließen?«, erwiderte Mia. »Ich wollte nur die Tür zudrücken.«

»Warum?«

»Um ein bisschen Privatsphäre zu haben. Ich finde es unangenehm, mich vor Ihren Augen auszuziehen und auf die Toilette zu setzen. Außerdem kann ich nirgendwohin. Der Raum hat kein Fenster. Ich könnte nicht abhauen. In meinem Zustand.« Sie schaute zu Boden. Er sollte nicht merken, dass sie mit jedem Schritt hierher Kraft gewonnen hatte. »Bitte«, sagte sie. »Ich hab all Ihre Forderungen erfüllt.«

»Nur deswegen lebst du noch.«

»Bitte«, wiederholte sie. »Demütigen Sie mich nicht. Ich mag nicht vor Ihren Augen pinkeln.«

Er starrte sie sekundenlang an. Dann lächelte er seltsam mitfühlend. »Beeil dich.«

Von außen zog er die Tür zu. Sie war allein.

43

Er grinste. Glaubte sie ernsthaft, er würde auf ihre Täuschung hereinfallen? Auf dem Weg zur Toilette hatte sie aus dem Augenwinkel bemerkt, wie lüstern er sie angesehen hatte. Sie musste nicht dringend zum Klo, sonst hätte sie sich anders bewegt. Also plante sie etwas. Sie war nicht enttäuscht darüber gewesen, dass sein Gästeklo über kein Fenster verfügte, also schien ihr etwas anderes vorzuschweben. Dafür kam nur eine Sache infrage: der Keramikdeckel des Spülkastens. Wahrscheinlich hatte sie von Anfang an darauf spekuliert und ihn deswegen gebeten, dass er ihr die Hände nicht hinter den Rücken fesselte.

Er hatte beschlossen, diese Scharade mitzuspielen. Die Haustür war abgeschlossen, vor der Terrassentür waren die Rollläden heruntergelassen, ebenso vor einigen anderen Fenstern. Sie könnte den Deckel nur als Schlagwaffe gegen ihn einsetzen, aber nicht als Wurfgeschoss, um eines der Fenster zu zertrümmern. Sollte sie das versuchen, würde er das unterbinden. Die Chance auf einen Zweikampf räumte er ihr allerdings gerne ein. Sobald sie geschlagen wäre, hätte er allen Grund, sein Versprechen zu brechen. Er könnte ihr die Schuld daran geben. Sie vergewaltigen, ihr dabei den

Hals zudrücken und ihr ins Ohr flüstern, dass sie ihn dazu gezwungen hätte.

Leise zog er sich aus der Diele zurück, versteckte sich in einem Zimmer und schloss die Tür.

44

Mia ging zur Toilette. Ihr Herz schlug rasend schnell. Ihr Entführer könnte jederzeit die Tür aufreißen und ihr Vorhaben durchkreuzen. Trotzdem musste sie es versuchen. Im Stehen öffnete sie den Toilettendeckel. Dann stellte sie sich dicht an den Spülkasten. Mit gefesselten Händen hob sie ihn langsam an. Es klappte. Sie lächelte vor Erleichterung. Endlich war sie ihm nicht mehr wehrlos ausgeliefert. Mia setzte sich auf die Klobrille und erleichterte sich. Da ihr Peiniger bestimmt lauschte, sollte er keinen Verdacht schöpfen. Sie erhob sich und drückte die Spülungstaste. Gurgelnd floss das Wasser ab. Sie nutzte den Lärm, um den Deckel abzunehmen, was ihr trotz der gefesselten Hände gelang.

Sie positionierte sich zwei Meter vor der Tür. Sobald er sie öffnete, hätte sie für einen kurzen Moment den Überraschungseffekt auf ihrer Seite. Den musste sie nutzen und dann aus dem Haus stürmen. Sie durfte nicht zögern, ihm den Keramikdeckel auf den Kopf zu schlagen. Nur wenn er zu Boden ginge, könnte sie fliehen.

»Sie können reinkommen. Ich bin fertig.«

Schlagbereit wartete sie. Nichts passierte. Was hatte das zu bedeuten?

»Hallo? Ich bin fertig.«

Ihr Entführer kam nicht herein. Hatte er ihren Plan durchschaut? Hektisch suchte sie den Raum nach einer versteckten Kamera ab, fand jedoch keine.

»Kommen Sie, oder soll ich selbst die Tür öffnen?«

Keine Reaktion.

Tränen schossen ihr in die Augen. Irgendwie hatte er es geschafft, ihr Vorhaben zu durchkreuzen. Sie blinzelte die Tränen fort. Solange sie den Deckel in Händen hielt, war sie ihm nicht wehrlos ausgeliefert.

Mia wartete noch ein paar Sekunden, ehe sie an die Tür trat und umständlich die Klinke hinunterdrückte. Schnell wich sie einen Schritt zurück. Er trat nicht ein.

»Scheiße«, flüsterte sie leise.

Wäre es besser, den Deckel auf den Kasten zurückzulegen? Doch was würde ihr das bringen? Gefügsamkeit war nicht der Schlüssel zur Freiheit.

Mit der Fußspitze zog sie die Tür auf. Der Flur vor ihr war leer. Offenbar spielte er ein Spielchen mit ihr. Er würde irgendwo warten und sie hinterrücks anfallen. Mia trat in die beleuchtete Diele hinaus. Hektisch schaute sie sich um. Dabei atmete sie flach und leise.

»Hallo?«, rief sie erneut. »Wo sind Sie?«

Alle Türen waren verschlossen. Keine davon wirkte wie eine Haustür. Wo war der richtige Ausgang?

Sie suchte nach Anhaltspunkten. Fünf Türen, zwei links, drei rechts, die alle gleich aussahen. Das Gewicht in ihren Händen machte sich bemerkbar. Sie senkte die Arme.

»Du wirst das hier überleben«, flüsterte sie sich Mut zu. »Du musst nur raus auf die Straße.«

Falls es hier irgendwo eine Straße gibt, entgegnete ihre innere Stimme. *Vielleicht hat er dich in einen Wald verschleppt oder …*

Sie schüttelte den Kopf, um die Zweifel zu vertreiben. »Ich schaffe das!«

Mia ging zur ersten Tür auf der rechten Seite und öffnete sie. Dahinter lag bloß die Abstellkammer. Prüfend suchte sie nach einer besseren Waffe. Nach einem Hammer oder etwas Ähnlichem. Doch in dem Raum lagerte lediglich verschlissene Bettwäsche, Putzlappen und anderes Zeug, das nicht zur Selbstverteidigung geeignet war.

Sie ließ die Tür offen stehen und steuerte die nächste an.

»Bitte«, flüsterte sie. »Lass mich Glück haben.«

Mia schwitzte vor Aufregung. Der Keramikdeckel rutschte ihr ein Stück aus der Hand. Entschlossen packte sie fester zu und wischte sich abwechselnd die Handflächen am Hosenbein trocken.

45

Er wartete mit geschärften Sinnen im Halbdunkeln. Wenn sie aus dem Haus gelangen wollte, gab es nur diesen einen Weg. Sie würde an ihm vorbeikommen, ihn zu spät bemerken und ihren Widerstand bitter bereuen.

Er hörte, wie sie eine weitere knarrende Tür öffnete. Sie kam näher. Bald durfte er sich an ihr austoben. Er würde jede Sekunde davon genießen. Mia bis zu ihrem letzten Atemzug quälen. Lang gehegte und noch viel länger unterdrückte Begierden ausleben.

Wie oft hatte er von dem geträumt, was gleich passieren würde? In seinen Geschichten konnte er zumindest einen Teil seiner Fantasie umsetzen. Aber es gab keinen Zweifel, dass die Wirklichkeit unvergleichlich besser sein würde.

Die Tür zum Nebenraum öffnete sich. Bestimmt war sie nun enttäuscht, weil sie nur den Hauswirtschaftsraum entdeckt hatte. Darin standen lediglich die Waschmaschine, der Trockner und eine Flasche Waschmittel. Nichts, was sich selbst mit größter Fantasie als Waffe benutzen ließe.

Aber im nächsten Raum würden sich ihre Hoffnungen anfangs erfüllen. Sie hätte bei dem Anblick der zweiten Tür keine Augen mehr für das, was sich von hinten nähern würde.

»Komm her«, wisperte er. »Ich warte.« Wie eine Spinne in ihrem Netz.

Mia drückte die Türklinke hinunter.

46

Mit wachsender Verzweiflung erreichte Mia die nächste Tür. Lange könnte sie den Keramikdeckel nicht mehr festhalten. Sie drückte die Tür auf, und endlich lag ein richtiges Zimmer vor ihr. Am gegenüberliegenden Ende befand sich die nächste, halb geöffnete Tür, durch die Licht in den Raum fiel.

Mia trat über die Schwelle und schaute sich hektisch um. In diesem Zimmer lagerte ihr Entführer Schaufensterpuppen, die Frauenkleider trugen. Sie war einem kranken Spinner in die Hände gefallen. Aber wo steckte er? Auch hier fehlte jede Spur von ihm. Im hinteren Teil des Raums war ein dunkles Tuch vom Boden bis zur Decke gespannt. Versteckte er sich dort? Sie würde es nicht überprüfen. Stattdessen ging sie langsam in die Mitte des Raums. Ihre Sinne waren bis aufs Äußerste geschärft. Sie glaubte, leise Geräusche zu hören. Bildete sie sich das bloß ein? Nein! Es gab keinen Zweifel. Er näherte sich ihr von hinten. Sie machte zwei weitere Schritte nach vorn. Wie nah war er?

Blitzschnell drehte Mia sich um die eigene Achse. Mit dem Schwung der Bewegung schlug sie zu. Er war keinen Meter hinter ihr und riss erschrocken die Augen auf. In der rechten Hand hielt er hoch erhoben einen Hammer mit rundem Schlagkopf. Sie war schneller. Der Keramikdeckel prallte ihm mit voller Wucht gegen das Kinn. Das Knacken brechender Knochen war zu hören. Er stürzte rücklings zu Boden, der Hammer glitt ihm aus den Fingern.

Für einen Sekundenbruchteil starrte sie ihn bloß an – jederzeit bereit, erneut zuzuschlagen. Doch ihr Entführer rührte sich nicht mehr.

Sie hatte ihn besiegt!

Mia drehte sich wieder um, lief zur zweiten Tür, stieß sie auf und trat hinaus. Sie musste aus diesem Horrorhaus entkommen, bevor er sein Bewusstsein zurückerlangte. Rasch schaute sie sich um. Wohnte der Entführer in diesem Teil des Gebäudes? Zumindest hingen hier Bilder an den Wänden, für die sie jedoch kein Auge hatte. Offenbar hatte sie eine weitere Diele erreicht, von der ebenfalls Türen abgingen. Der eingeschaltete Deckenleuchtstrahler erzeugte kaltes, grelles Licht. An einer Garderobe entdeckte sie verschiedene Jacken und Mäntel. Dabei handelte es sich nicht bloß um Männermodelle. Auch einige der Schuhe waren Frauenmodelle. Ihr Verstand versuchte, die auf sie einprasselnden Informationen zu verarbeiten. Was hatte das zu bedeuten? Lebte in diesem Haus außer dem Entführer noch jemand? Vielleicht sogar dessen Lebensgefährtin?

»Alles egal«, flüsterte sie. »Du musst hier raus.«

Die Diele hatte drei Schritte vor ihr eine kleine Biegung. Mit erhobenem Spülkastendeckel trat sie um die Ecke – bereit, jederzeit zuzuschlagen, unabhängig davon, wer sich ihr in den Weg stellen würde.

Statt eines weiteren Gegners lockte sie die Freiheit.

»Oh mein Gott!«, hauchte sie.

Sie blickte direkt auf die Haustür. Mia lehnte den Deckel an die Wand. Sie lief auf den Ausgang zu und drückte die Klinke hinunter.

Verschlossen.

»Nein!«, stöhnte sie entsetzt. »Bitte nicht!«

Sie rüttelte an der Tür. Nichts passierte. Hektisch schaute sie sich um. An der Wand stand ein Highboard, das ihr bis zur Brust reichte. Auf dem Holz lagen zwei Briefe, aber kein Schlüssel. Sie warf einen Blick auf den Adressaten.

Erik Römling.

Sie runzelte die Stirn. Der Name sagte ihr etwas, ohne dass sie ihn hätte zuordnen können. Darüber würde sie nachdenken, sobald sie in Freiheit wäre.

Mia riss alle fünf Schubladen des Highboards auf. In keiner davon fand sie einen Schlüssel. Lediglich weitere an Römling adressierte Schriftstücke, Handschuhe, eine Mütze, Streichhölzer, zwei ungeöffnete Zigarettenschachteln, ein Haufen Kleingeld.

Nichts, mit dem sie sich verteidigen könnte.

Mia drehte sich um und nahm den Deckel wieder auf. Ihre Muskeln protestierten, doch sie hatte keine andere Wahl. Sie musste zu ihrem Entführer zurück. Er hatte den Schlüssel für die Handschellen an einem kleinen Schlüsselbund in seiner Hosentasche. An diesem Bund waren noch einige andere Schlüssel. Vielleicht auch der für die Haustür? Selbst wenn er ihr nicht in die Finger fiele, könnte sie die Schellen lösen und sich mehr Bewegungsfreiheit verschaffen. Außerdem könnte sie ihren Entführer an ein schweres Möbelstück fesseln. Oder sollte sie sich umschauen, ob in der Wohnung eine Komplizin lauerte? Vielleicht fände sie irgendwo eine andere Möglichkeit, das Haus zu verlassen. Eine Terrassentür, deren Glasscheibe sie einwerfen könnte.

»Sei nicht feige«, wisperte sie. »Er ist bewusstlos.«

Und wenn nicht?, fragte ihre innere Stimme.

»Dann ziehe ich ihm den Deckel über den Schädel, bis er platzt.«

Dazu bist du in der Lage?

Hundertprozentig!, antwortete sie still.

Sie straffte die Schultern und trat wieder um die Ecke. Sie wusste genau, in welcher Hosentasche der Schlüsselbund steckte. Vorne rechts. Sie müsste ihn einfach nur herausziehen, sich befreien und ihn fesseln. Dann hätte sie das Schlimmste überstanden.

47

Schweigend saßen Till und die anderen zusammen. Miriam hatte ihm vor einigen Minuten eine wenig erfreuliche Zwischeninfo gegeben. Bei Wydra hatte ihnen niemand geöffnet. Die Indizien, die gegen den Mann sprachen, waren zu vage für einen Durchsuchungsbeschluss. Sie und Dorfer würden als Nächstes bei Detsch und Sessa vorbeifahren, waren aber nicht sehr optimistisch.

Fieberhaft suchte Till nach neuen Ansätzen. Die Zeit lief ihnen davon. Zudem blieb abzuwarten, ob Kern nach ein paar Stunden Schlaf das Leben von Fürst noch immer höher einschätzte als seine Karriere.

»Könnten Sie sich bei Ihrem Verlag erkundigen, ob in letzter Zeit bedrohliche Nachrichten eingegangen sind, über die man Sie nicht in Kenntnis gesetzt hat?«

»Am Wochenende erreicht man da niemanden«, entgegnete Kern. »Schon gar nicht freitags kurz vor Mitternacht. Vielleicht morgen ...«

»Wir sollten es probieren«, unterbrach Weber ihn.

»Morgen?«, fragte Kern.

»Nicht unbedingt«, widersprach der Agent. »Der Verleger Anton Meier ist eine Nachteule. Der geht nie vor zwei Uhr ins Bett. Buchmessepartys mit ihm sind legendär, weil er oft durchfeiert und am nächsten Morgen so aussieht, als hätte er acht Stunden geschlafen.«

»Es ist Mitternacht«, entgegnete Kern. »Außerdem ist Anton nicht über solche Vorgänge informiert. Wenn überhaupt, weiß Cordova Bescheid. Und der ist keine Nachteule.«

»Wer ist das?«, fragte Till.

»Mein Lektor. Mit dem habe ich viel mehr zu tun als mit Meier. Wären Drohbriefe gegen mich im Verlag eingegangen, wüsste Cordova Bescheid. Er hätte mich informiert. Wir haben einen guten Draht zueinander.«

»Ich probier's bei Meier. Schaden kann es nicht«, beschloss Weber.

»Das seh ich anders«, sagte Kern. »Natürlich schadet es mir. Du weißt, wie die letzten Bücher liefen und dass Meier bei den Werbeausgaben für mich den Rotstift angesetzt hat.«

»Falls du das Video hochlädst, sollte er darüber Bescheid wissen. Das wird Wellen schlagen.«

»Lass uns lieber morgen Cordova anrufen«, schlug Kern vor.

Till beobachtete ihn. Warum störte es ihn, den Verlagsleiter ins Bild zu setzen? Falls er wirklich zur Selbstbezichtigung bereit war, um Fürsts Leben zu retten, war das im Vergleich dazu nur ein kleiner Schritt. Hatte er etwa gar nicht vor, das Video aufzunehmen?

»Wir sollten beides machen«, entgegnete Weber.

»Sehe ich auch so«, stimmte Till zu. Er wollte Kerns Reaktion testen.

Der Autor blickte hilfesuchend zu seiner Freundin, die mit den Achseln zuckte.

»Ich weiß nicht, was richtig oder falsch ist«, sagte sie leise. »Das ist alles Wahnsinn. Aber vielleicht hat dieser

Meier wirklich was gehört, das er bewusst für sich behält. Und wenn man ihn nicht weckt ...«

Kern öffnete den Mund und schloss ihn wieder. Schließlich zuckte er mit den Achseln. »Mach, was du willst.«

Weber erhob sich. »Ich telefoniere in deinem Arbeitszimmer, wenn das okay ist. Meier legt viel Wert auf Vertraulichkeit.«

Till nickte zustimmend.

Kern griff zu einer halb vollen Weinflasche und schüttete sich einen weiteren Schluck ein.

48

Vorsichtig spähte Mia um den Türrahmen herum. Ihr Entführer lag noch immer reglos auf dem Boden. Sie trat näher und entdeckte an seinem Kinn eine leicht blutende Wunde. Außerdem war der untere Teil seines Gesichts angeschwollen.

Mia hielt den Spülkastendeckel fest in beiden Händen. Der Schlüssel steckte in seiner rechten Hosentasche. So viel wusste sie, und die Ausbuchtung an der Stelle bestätigte es. Sobald sie ihn in Händen hielte, wäre sie frei. Bestimmt war eins der Exemplare für die Haustür.

Mit zittrigen Beinen ging sie zu dem reglosen Mann. Erik Römling. Warum kam ihr der Name bloß so bekannt vor? Hatten sie irgendwann Kontakt gehabt?

Endlich klingelte es bei ihr. Sie erinnerte sich an einen kurzen Schriftwechsel, der allerdings schon Jahre zurücklag. Er hatte ihre Konditionen für eine Zusammenarbeit angefragt, sich aber nie wieder gemeldet, nachdem sie ihm ihr Honorar genannt hatte. Ein Schriftsteller. Veröffentlichte er nicht sogar im selben Verlag wie Daniel Kern? Wieso hatte er es auf seinen Kollegen abgesehen?

Sich gedanklich abzulenken, half ihr, einen Fuß vor den

anderen zu setzen. Seinen Namen zu kennen und zumindest einen Ansatz zu haben, wie sie in diese Situation geraten war, nahm Römling einen Teil des Schreckens. Er war nicht mehr ein anonymer Täter, sondern schien sich auch an ihr rächen zu wollen.

»Du hast dich mit der Falschen angelegt«, flüsterte sie.

Mia war nur noch einen halben Meter von ihm entfernt. Sie hockte sich neben ihn zu Boden. Mit der linken Hand würde sie den Schlüsselbund aus seiner Hosentasche fischen, während sie mit der Rechten den Keramikdeckel hielt, um sich verteidigen zu können.

Vorsichtig griff sie in die Tasche und ertastete den Schlüsselbund. Ihre Zuversicht wuchs. Sie würde diesem Albtraum entkommen. Behutsam zog sie die Schlüssel aus der Jeans.

Plötzlich schlug Römling die Augen auf und packte ihre Hand. Mia schrie und reagierte instinktiv. Sie rammte ihm den Deckel so fest wie möglich auf den Adamsapfel. Dabei glitt ihr die Keramikabdeckung aus den Fingern und fiel ihm aufs Gesicht. Gleichzeitig ließ der Druck um ihr Handgelenk sofort nach. Sie zog den Schlüsselbund heraus, sprang auf und rannte aus dem Zimmer. Ihr Vorhaben, die Handschellen zu lösen und sie ihm umzulegen, war vergessen. Sie musste raus aus diesem Haus. Gleich würde er aufspringen und sie verfolgen. Vielleicht hatte sie nur wenige Sekunden, bis er sie packen und in ihr Gefängnis zurückschleppen würde.

Keuchend erreichte sie die Haustür. An dem Schlüsselbund hingen vier normale Schlüssel und das kleine Exemplar für die Handschellen.

Sie versuchte, den ersten Schlüssel ins Schloss zu bekommen, verfehlte es jedoch. Ängstlich schaute sie nach rechts.

»Beruhig dich!«

Das ausgewählte Exemplar passte nicht. Sie probierte es mit dem nächsten, ebenfalls vergebens. Die Zacken stimmten nicht überein.

Der dritte Schlüssel glitt endlich ins Schloss, ließ sich aber nicht drehen.

»Nein!«, stöhnte sie.

Nur noch einer übrig, der allerdings auch nicht passte.

»Nein! Nein! Nein!«

Was sollte sie jetzt tun? Jeden Augenblick käme Römling, um sich zu rächen. Sie atmete tief durch und probierte es noch einmal mit dem dritten Schlüssel. Diesmal hatte sie ihn offenbar richtig eingeführt, denn nun drehte er sich im Schloss. Sie musste ihn zweimal umdrehen, dann war der Ausgang entsperrt. Mia riss die Tür auf. Vor Erleichterung hätte sie weinen können. Vor ihr lag eine normale Straße. Mit Häusern in der Nachbarschaft. In manchen davon brannte noch Licht. Sie war gerettet. Sie erblickte sogar ein sich näherndes Auto. Sie rannte vorwärts, stolperte beinahe und stellte sich auf die Straße.

Das Fahrzeug bremste abrupt ab. Die Frau hinter dem Steuer wirkt zuerst wütend, dann erfasste sie offenbar die Situation. Sie stieg aus.

»Wieso tragen Sie Handschellen?«

»Ich bin entführt worden. Rufen Sie die Polizei!«

Die Fahrerin starrte zur offen stehenden Haustür. »Aus dem Haus?«

»Ja.«

»Steigen Sie schnell ein! Ich bring Sie in Sicherheit!« Sie schlüpfte zurück hinters Steuer und beugte sich zur Beifahrerseite, um sie zu öffnen.

Tränen der Erleichterung schossen Mia in die Augen. Sie hatte es geschafft.

»Schnell!«, trieb die Frau sie an.

Umständlich kletterte Mia in den Wagen. Erst jetzt

bemerkte sie den fehlenden Schlüsselbund. Sie hatte ihn im Schloss vergessen.

»Fahren Sie los!«

»Schon dabei. Ich bin übrigens Pia.« Die Frau fuhr mit quietschenden Reifen los.

Mia lachte. Vor Erleichterung, aber auch wegen der Namensähnlichkeit. »Und ich heiße Mia.«

Sie lachte noch lauter, und ihre Retterin konnte ein Grinsen ebenfalls nicht unterdrücken. Eine Straße weiter hielt sie am Bürgersteig an.

»Jetzt wählen wir den Notruf«, schlug Pia vor. »Behalt die Straße im Auge! Würdest du ihn erkennen, wenn er hinter uns herrennt?«

»Das Gesicht vergesse ich nie wieder.«

49

»Herr Weber«, meldete sich Anton Meier. »Ungewöhnliche Uhrzeit für einen Anruf von Ihnen.«

»Entschuldigen Sie bitte vielmals. Ich hoffe, ich habe Sie nicht geweckt«, sagte Weber.

»Würden Sie nicht meine Gewohnheiten kennen, hätten Sie mich kaum um Mitternacht angerufen«, vermutete Meier. »Ich lese übrigens gerade das Manuskript eines vielversprechenden neuen Talents. Ein Redakteur möchte dem Mann fünfzigtausend Euro Garantiehonorar anbieten. Das muss ich absegnen. Leider keiner Ihrer Klienten. Außerdem wundere ich mich, nicht schon früher von Ihnen gehört zu haben. Ich habe mit Ihrer Kontaktaufnahme vor Wochen gerechnet.«

»Äh, wieso?«, fragte Weber überrumpelt.

»Rufen Sie nicht wegen Daniel Kern an?«, hakte Meier nach.

»Doch! Aber warum haben Sie schon vor Wochen mit meinem Anruf gerechnet? Das ist alles, äh, ich meine, wovon reden Sie?«, stammelte Weber.

»Hat Ihnen Kern nichts erzählt?«, vergewisserte sich Meier.

Eine Uhr in Kerns Arbeitszimmer schlug leise Mitternacht.

SAMSTAG

50

Daniel Kern bemerkte zum zweiten Mal innerhalb kürzester Zeit, dass Till Buchinger ihn kritisch musterte. »Wollen Sie mir etwas mitteilen?«, fragte er.

»Wie kommen Sie darauf?«, erwiderte der Personenfahnder.

»Liegt an der Weise, wie Sie mich mustern. Als wenn Ihnen eine Frage auf den Nägeln brennt. Nur raus damit!«

»Da habe ich einen falschen Eindruck erweckt. Sorry. Mir gehen tausend Gedanken durch den Kopf. Ich habe eher ins Leere gestarrt. Haben sich unsere Blicke gekreuzt? Ist mir nicht aufgefallen. Vielleicht brauche ich ein bisschen frische Luft. Am besten vertrete ich mir auf dem Bürgersteig kurz die Beine.«

»Lassen Sie die Haustür einfach angelehnt. Die ist so schwer, die fällt nicht durch einen kleinen Lufthauch zu.«

»Okay.«

Ihre Blicke trafen sich. Dann wandte sich der Personenfahnder ab.

Aus dem Arbeitszimmer vernahm Kern ab und an Webers gedämpfte Stimme. Offenbar redete hauptsächlich Meier – und Kern ahnte, worum sich das Telefonat drehte.

Er lächelte Clarissa liebevoll an. »Ich brauche noch etwas zu trinken. Am liebsten wäre mir Wein, aber ich will keinen Alkohol mehr. Hast du Lust auf einen Kaffee?«

»Ja«, sagte sie sofort.

Kern erhob sich, und Clarissa folgte ihm in die Küche. Er startete den Vollautomaten. »Ich nehme einen doppelten Espresso. Und du?«

»Einen Americano. Aber nicht so stark.«

Kern bereitete zuerst ihr Getränk zu, das er vor ihr auf den Küchentisch stellte. Dann drückte er die Taste für den Espresso. Gerade, als er an seiner Tasse nippte, hörte er Weber.

»Daniel?«, rief der Agent.

»Wir sind in der Küche.«

Weber kam zu ihnen. Sein Gesichtsausdruck ließ keinen Zweifel am Verlauf des Telefonats. »Ich möchte mit dir unter vier Augen sprechen«, sagte er.

»Meinetwegen kann Clarissa zuhören. Ich habe keine Geheimnisse vor ihr.«

»Unter vier Augen!«, wiederholte Weber schärfer.

»Geh schon«, meinte Clarissa. »Ich lauf dir nicht weg.«

Er lächelte ihr zu und folgte seinem Agenten ins Arbeitszimmer. Weber schloss hinter ihm die Tür.

»Warum erfahre ich das erst heute?«, fragte Weber. »Bist du wahnsinnig?«

»Was hat Meier dir erzählt?«, fragte Kern unschuldig.

»Alles! Du hast die Zusammenarbeit mit ihm aufgekündigt. Ihm haltlose Vorwürfe gemacht. Ihn beleidigt! Für Geschäftsverhandlungen bin ich zuständig. Schon vergessen?«

»Und was hat mir das in den letzten Jahren gebracht? Ohne vernünftiges Werbebudget keine Bestseller. Wir wissen beide, wie der Hase läuft. Hast du dich einmal darüber bei Meier beschwert?«

»Bei deinen Verkaufszahlen kannst du keine großartigen Forderungen stellen.«

»Jetzt redest du wie Meier. Lächerlich! Ich bin in ganz Deutschland bekannt! Wenn der Verlag sich anstrengen würde, lägen meine Bücher in jeder Buchhandlung stapelweise aus.«

»Und für die eher mittelmäßigen bis schlechten Kritiken in letzter Zeit ist er auch verantwortlich? Die dir vorwerfen, keine neuen Ideen mehr zu haben? Oder für die ausbleibenden Talkshoweinladungen? Hast du ihm das ernsthaft vorgeworfen?«

»Weil es stimmt! Guck dir den altersgeilen Sack an. Er schickt nur noch junge, gut aussehende Hühner in die Talkshows. Die sich dann bei ihm erkenntlich zeigen. *Me too* in seiner ekelhaftesten Form.«

»Schwachsinn! Meier ist glücklich verheiratet. Seit fast vierzig Jahren.«

»Als wenn das ein Hindernis wäre, ab und zu eine Nachwuchsautorin zu vernaschen.«

»Er wird dir keinen neuen Vertrag anbieten. Nie wieder! Und er hat sich nur nicht bei mir gemeldet, weil weder die Jahresabrechnung noch eine Neuverhandlung anstand. Ich wirke wie ein blutiger Anfänger, der nicht weiß, was seine Klienten treiben.«

»Tut mir leid«, sagte Kern. »Aber seit dem Streit kurz nach der Buchmesse fühle ich mich wie befreit. Ich wusste bloß nicht, wie ich es dir beibringen soll. Mir fehlt die Kraft für weitere Kämpfe. Ich bin müde.«

»Was heißt das?«

»Du hättest mit ihm den nächsten Vertrag ausgehandelt, mit im Vergleich zu früher lächerlichen Konditionen. Und dann hätte ich mich wieder ins Korsett pressen lassen müssen. Cordova hätte mir Vorgaben gemacht, welche Themen angeblich überhaupt nicht mehr funktionieren und so weiter. *Dazu* fehlt mir die Kraft. Ich will mal wieder mit Spaß am Schreibtisch sitzen und mir Geschichten ausdenken.«

Weber seufzte. »Das hättest du mir sagen sollen. Statt Meier mit üblen Vorwürfen zu überziehen.«

»Ich war sehr erleichtert, als das alles raus war.«

»Arbeitest du schon an einem neuen Projekt?«

»Ja. Sind aber erst dreißig Seiten geschrieben. Und ganz ehrlich: Warum nicht ein Buch über das schreiben, was hier gerade passiert? *Das* ist spannend.«

»Willst du jetzt ins Sachbuch wechseln?«

»Klingt verlockend.«

Weber seufzte ein zweites Mal, diesmal länger und frustrierter. »Weißt du, welcher Autor Meier ebenfalls mit Vorwürfen überhäuft hat?«

»Wovon sprichst du?«

»Nur einen Tag nach dir hat sich wohl ein zweiter Krimiautor massiv beschwert. Den hat er auch rausgeschmissen. Er wollte mir keinen Namen nennen, weil ich den Betreffenden nicht vertrete. Wen könnte er meinen?«

»Ich hab nicht den blassesten Schimmer. Aber daran siehst du ja wohl, dass ich recht habe. Warum sonst sollten zwei Autoren zur selben Zeit wegen Unzufriedenheit ihre Verträge aufkündigen?«

»Weil ihr keine Ahnung davon habt, wie hart das Geschäft geworden ist. Sonst wärt ihr für jeden neuen Abschluss dankbar.«

51

Tills Handy klingelte und übertrug Miriams Rufnummer.

»Hey«, begrüßte er sie. »Gibt es Neuigkeiten?«

»Wo bist du gerade?«, fragte sie.

»Ich stehe allein vor der Haustür, um mir ein bisschen die Beine zu vertreten. Im Haus ist eine seltsame Stimmung. Erzähl ich dir später.«

»Mia Fürst ist gerettet.«

»Großartig! Habt ihr sie bei einem der Verdächtigen gefunden?«

»Uns hat vor zwei Minuten die Zentrale angerufen. Sie hat sich aus einem Haus befreit, in dem der Entführer sie festgehalten hat. Fürst ist in Sicherheit. Wir sind auf dem Weg zu dem Haus, danach wollen wir uns mit ihr unterhalten. Falls sie heute Nacht überhaupt ansprechbar ist.«

»Ist ihr Entführer geflohen?«

»Das weiß ich noch nicht. Fürst berichtet von einem Kampf. Sie hat ihn angeblich bewusstlos geschlagen. Außerdem konnte sie uns einen Namen sagen. In dem Haus, in das er sie verschleppt hat, hat sie Briefe gefunden. Der Adressat ist ein gewisser Erik Römling. Ebenfalls

Schriftsteller. Ich habe gegoogelt, er veröffentlicht im gleichen Verlag wie Kern. Könntest du Kern oder Weber fragen, ob sie ihn kennen? Du kannst sie über die Rettung informieren. Das wird sie beruhigen.«

»Erledige ich und schick dir eine Nachricht.«

Till beendete das Telefonat und kehrte ins Haus zurück. Aus dem Arbeitszimmer hörte er aufgeregte Stimmen. Clarissa verstellte ihm den Weg, bevor er nah genug herankam, um heimlich zu lauschen.

»Keine Ahnung, worum es da geht«, sagte sie leise. »Die streiten sich jedenfalls.«

»Ich habe gute Nachrichten. Mia Fürst ist wohlauf und frei.«

Clarissa strahlte. »Fantastisch!« Sie lief zuerst zur verschlossenen Tür, klopfte an und öffnete sie. »Mia ist gerettet.«

Die Männer starrten erst sie und dann Till an.

»Stimmt das?«, fragte Kern.

»Miriam hat mir das gerade bestätigt. Frau Fürst hat ihren Angreifer überwältigt und konnte sich befreien.«

»Überwältigt?«, hakte Kern nach. »Also ist er verhaftet ...« Er zögerte kurz. »... und die Gefahr vorbei?«

»Ich kenne noch keine Einzelheiten. Nur den Namen des mutmaßlichen Entführers. Erik Römling. Sagt Ihnen das was?«

»Ist nicht wahr!«, stöhnte Weber. »Der ist Autor. Im selben Verlag ...«

Till bemerkte den Blick, den Weber Kern zuwarf. Ihm schien eine Frage durch den Kopf zu gehen, auf die er sich eine Antwort von seinem Klienten erhoffte.

Tills Handy klingelte erneut. »Das ist schon wieder Miriam. Vielleicht hat sie weitere Neuigkeiten.« Er nahm das Gespräch an. »Hey. Die anderen wissen ...«

»Ich habe von der Zentrale Bescheid bekommen. Zwei

Streifenwagenbesatzungen haben sich in Römlings Haus umgesehen. Er ist tot.«

»Was?«, fragte Till.

»Fürst scheint ihn in Notwehr getötet zu haben. Ihr solltet das wissen. Falls Römling der Täter ist, wonach alles aussieht, ist die Gefahr für Kern vorbei.«

»Danke.« Till beendete das Gespräch und schob das Telefon in die Hosentasche.

»Was ist passiert?«, fragte Kern.

»Erik Römling ist tot. Mia Fürst hat ihn wohl aus Notwehr getötet.«

»Oh Gott«, stöhnten Clarissa und Kern fast gleichzeitig.

»Ich will nicht herzlos klingen, aber das ist fantastisch«, sagte Weber.

»Fantastisch?«, wiederholte Kern. »Ist das dein Ernst?«

»Wenn Römling der Täter ist, schwebst du nicht mehr in Gefahr. Du musst kein Video aufnehmen und den Rest deiner Karriere ruinieren. Der Spuk ist vorbei.«

»Kapierst du es nicht?«, fragte Kern wütend.

»Ich kapiere so einiges nicht«, gab Weber vieldeutig zurück. »Was genau meinst du?«

»Mia hat einen Menschen getötet. Wie soll sie psychisch damit fertig werden?«

»Es war ganz offensichtlich Notwehr«, wandte Weber ein.

»Ändert nichts am Ergebnis. Ich möchte niemals einen Menschen töten müssen. Egal, ob aus Notwehr oder Mordlust. Kann es etwas Schrecklicheres geben?« Kern starrte Weber wütend an, der seinen Blick zornig erwiderte.

Till würde später Miriam ausführlich davon erzählen. Der Streit von vorhin schien tiefe Gräben zwischen den Geschäftspartnern aufgerissen zu haben.

»Ich bin mir sicher, sie bekommt im Krankenhaus psychologische Hilfe«, sagte Weber schließlich.

»Wissen Sie, in welchem Krankenhaus Mia liegt? Kann ich sie besuchen, um sie zu trösten?«, fragte Kern.

»Das weiß ich nicht. Aber die Polizei wird Besuche nicht vor morgen ermöglichen.«

»Ich glaube, es wird Zeit, dass ich nach Hause komme«, sagte Weber. Er hielt sich die Hand vor den Mund und gähnte.

Schlechter Schauspieler, dachte Till. Der Agent hatte in den Minuten zuvor überhaupt nicht müde gewirkt. Auch das Gähnen wirkte unecht.

»Vielleicht ist das wirklich besser, wenn wir uns jetzt alle zerstreuen«, sagte Kern.

»Daniel, wir telefonieren am Montag, okay?«, fragte Weber.

»Machen wir.«

Der Agent griff in seine Anzugtasche und holte ein Visitenkartenmäppchen heraus. Er öffnete es und reichte Till eine elfenbeinfarbene Karte. »Bastian Dorfer hat zwar meine Nummer, aber zur Sicherheit gebe ich sie Ihnen auch. Außerdem sollten wir uns mal unterhalten. Ihr Job klingt nach einem spannenden Buchprojekt.«

Kern lachte. »An ihm beißt du dir die Zähne aus. Ich habe ihm den Vorschlag auch schon unterbreitet. Vielleicht schaffen wir's gemeinsam, ihn zu überzeugen. Ich hab dir vorhin nicht umsonst gesagt, dass ich Lust hätte, auf Sachbücher umzusteigen. *True Crime* verkauft sich immer.«

»Das besprechen wir bei anderer Gelegenheit. Gute Nacht zusammen.« Weber hob eine Hand zum Gruß und verließ den Raum. Sekunden später hörten sie die zufallende Haustür.

»Gehen wir in die Küche«, schlug Kern vor. »Trinken wir noch was und danach ...« Die Andeutung war unüberhörbar.

Sollte Till dem Agenten nachlaufen? Er würde zu gerne

wissen, worum sich der Streit gedreht hatte. Würde Weber mit offenen Karten spielen?

»Vielleicht ist es besser, wenn ich Sie jetzt alleine lasse«, sagte Till. »Dann haben Sie und Clarissa zumindest noch etwas von Ihrem Wochenende. Ich muss Sie allerdings vorwarnen. Bestimmt kommt das LKA morgen wieder auf Sie zu.«

»Okay«, sagte Kern sofort. »Danke für alles.«

»Ich habe fast nichts getan. Sie wissen ja, wie Sie mich erreichen. Gute Nacht! Versuchen Sie, ein bisschen Schlaf zu finden.«

Er ging im normalen Tempo aus dem Haus. Als er auf den Bürgersteig trat, war von Webers Fahrzeug nichts mehr zu sehen.

52

Till fuhr zwei Straßen, ehe er vor einer Auffahrt parkte, um in Ruhe zu telefonieren. Er wählte Miriams Nummer. Zu seiner Überraschung meldete sie sich sofort.

»Hey«, begrüßte sie ihn.

»Hast du einen Moment Zeit?«

»Die Spurensicherung ist in Römlings Haus. Ich sitze also mit Bastian im Wagen und warte. Das könnte noch eine lange Nacht werden. Wo bist du?«

»Ich bin gerade eben bei Kern losgefahren. Irgendwas stimmt da nicht.«

»Ich schalte dich auf Lautsprecher. Dann kann Bastian mithören.«

Till gab ihr die Eindrücke wieder, die auf ihn eingeprasselt waren. »Ich frage mich, ob es sich lohnen könnte, mit Weber Kontakt aufzunehmen.«

»Überlass das lieber mir«, schlug Dorfer vor. »Wir kennen uns ewig. Falls er ein ungutes Gefühl wegen seines Klienten hat, würde er mir das anvertrauen.«

»Kannst du dich gleich morgen darum kümmern?«, bat Till.

»Wahrscheinlich ja. Hängt davon ab, was sich hier alles tut.«

Mit dieser Antwort gab sich Till zufrieden. Miriam würde ihren Partner an seine Zusage erinnern.

»Ich fahre noch kurz ins Büro und dann nach Hause«, kündigte er an. »Soll ich auf dich warten?«

»Was willst du jetzt noch im Büro? Ist schon verdammt spät.«

»Meine Gedanken sortieren. Ich könnte sowieso nicht sofort einschlafen. Ich will nach Informationen über Römling suchen. Mich interessiert, ob es eine Verbindung zwischen ihm und Kern gibt.«

»Verstehe ich. Ich hab übrigens keine Ahnung, wann ich es zu dir schaffe.«

»Hauptsache, du kommst. Passt auf euch auf!«

Till beendete das Telefonat. Er startete den Motor und machte sich auf den Weg zu seinem Büro, das er aufgrund der leeren, nächtlichen Straßen in zehn Minuten erreichte.

Vor dem Hauseingang stand eine Person mit dem Rücken zu ihm. Als sie den Wagen hörte, drehte sie sich um und lächelte. Till parkte den Wagen.

»Ich hatte gehofft, dass mich meine Intuition nicht im Stich lässt. Wir sollten reden«, sagte Weber.

»Über Kern?«, vergewisserte sich Till.

»Über mein ungutes Gefühl. Ich höre gern auf mein Bauchgefühl. Das hat mir auch gesagt, dass Sie noch in Ihr Büro fahren.«

»Dann lassen Sie uns reingehen und einen Kaffee trinken.«

53

Clarissa Fährenbach nippte an einem Glas Wasser. Daniel und sie saßen am Esstisch, vor ihnen stand eine Schale mit Knabbereien. Clarissa schaute zu Daniel, der ins Leere starrte und ihren Blick anscheinend nicht registrierte. Ihr Herz quoll über vor Mitleid. Sie wollte ihm seine trüben Gedanken vertreiben, wusste allerdings nicht, wie ihr das gelingen sollte. Ob es sinnvoll wäre, jetzt ins Bett zu gehen und darauf zu hoffen, dass die Welt morgen wieder besser aussähe? Oder wäre es am besten, ihn allein zu lassen? Auch dafür hätte sie Verständnis.

Sie stellte das Glas ab, was ihn aus seinen Gedanken zu reißen schien. Er schaute zu ihr und lächelte matt.

»Falls du lieber allein sein möchtest, würde ich das verstehen«, sagte sie.

»Das ist das Allerletzte, was ich will.« Er griff über den Tisch und streichelte ihre Hand. »Du bist für mich wie ein Anker in einem Meer voller Wahnsinn.«

Sie lächelte. »Es ist toll, mit einem Autor zusammen zu sein. So ein schönes Kompliment. Kann ich dir etwas Gutes tun? Sollen wir ins Bett, und du entspannst dich ein bisschen? Leg dich einfach auf den Rücken, ich kümmere mich um den Rest.«

Nun lächelte Kern. »Sehr verlockend.«

Sie stand sofort auf. »Dann komm.«

»Gibst du mir ein paar Minuten?«, erwiderte er. »Ich muss meinen Kopf freibekommen. Über die Konsequenzen nachdenken. Mia ist meinetwegen in Lebensgefahr geraten. Römling ist ihr Entführer. Ich kapiere das alles nicht. Warum hatte er es auf Mia abgesehen? Ist das meine Schuld?«

»Natürlich nicht!«

»Das sagt sich so einfach. Aber ...« Er zuckte hilflos mit den Achseln.

Sie wollte um den Tisch herumtreten, um ihn zu trösten, doch sein Blick hielt sie auf.

»Gibst du mir zehn Minuten? Dann komme ich auf dein verlockendes Versprechen zurück.«

»Na klar. Ich warte im Schlafzimmer.«

»Zieh dich noch nicht aus, okay?«

»Ganz wie du willst.« Clarissa ließ sich ihre Irritation nicht anmerken. Sie verließ den Essbereich und ging ins Schlafzimmer. Was hatte seine letzte Bitte zu bedeuten?

54

»Das stinkt alles zum Himmel«, sagte Weber.

Till hatte sich mit ihm in die Besucherecke gesetzt und ihnen zwei Tassen Kaffee zubereitet.

»Sie haben sich vor Ihrem Aufbruch mit Kern gestritten. Das war deutlich zu spüren und teilweise auch zu hören. Worum ging es?«

»Sein Verleger hat mir Sachen erzählt, die ich nicht glauben konnte. Daniel hat Anton Meier, der ein angenehmer Geschäftspartner mit großem Herz für Autoren ist, kürzlich mit üblen Vorwürfen überzogen.«

»Hatte er dazu gute Gründe?«

»Ganz im Gegenteil.« Weber seufzte. »Daniels Karriere ist auf dem Abstellgleis. Endgültig, wenn Sie meine Meinung wissen wollen. Die Verkaufszahlen werden mit jedem Buch schlechter, er bekommt keine Einladungen mehr für Talkshows, kaum noch Besprechungen in wichtigen Feuilletons. Ihm fehlen frische Ideen. Seine Romane kreisen seit geraumer Zeit um dasselbe Thema. Männer Anfang fünfzig in der Midlife-Crisis, die dadurch Entscheidungen treffen, die sie in Lebensgefahr bringen. Aber er will das nicht einsehen. Er gibt die Schuld für die schlechten

Verkaufszahlen lieber dem Verlag, der zu wenig Werbung macht. Oder den Journalisten, die es auf ihn abgesehen haben, weil sie ihm seinen Erfolg nicht gönnen. Alles Bullshit. Treue Fans verzeihen zwei oder drei mittelmäßige Bücher. Aber irgendwann wenden sie sich ab. Und genau das passiert Daniel gerade. Durch den Streit mit Meier hat er es sich endgültig mit den großen Verlagen verscherzt. Verleger reden miteinander, Verkaufszahlen sind für alle einsehbar. Ich würde ihn höchstens noch bei mittelgroßen Krimiverlagen unterbekommen, die entsprechend schlechtere Konditionen bieten. Daniel würde dem nicht zustimmen. Das würde er als persönliche Beleidigung auffassen. Er ist nicht der erste Autor, mit dem ich so ein Problem habe. Damit kann ich umgehen. Aber ich habe von Meier noch mehr erfahren.« Er nippte an seinem Kaffee. »Meier hat mir berichtet, dass er mit noch einem Autor ein sehr unangenehmes Gespräch hatte, weil der ihn mit ähnlichen Vorwürfen überzogen hat.«

»Römling?«, kombinierte Till.

Weber zuckte mit den Achseln. »Meier wollte mir keinen Namen nennen. Sagte bloß, es sei ebenfalls ein Krimiautor, der nicht bei mir unter Vertrag stände. Wenn man eins und eins zusammenzählt, lande ich ziemlich schnell bei Römling. Dessen Karriere war nie so erfolgreich wie die von Kern, entwickelt sich allerdings auch alles andere als positiv. Die Zeiten ändern sich gerade für die etablierten Hasen.«

»Ich verstehe bloß nicht, wieso Römling Frau Fürst entführen sollte, um Forderungen an Kern zu stellen. Was würde das seiner Karriere bringen? Wäre es nicht sinnvoller, Meier als Opfer auszuwählen und ihm Zusagen zu entlocken?«

»Wenn es ein richtiges Verbrechen gewesen wäre, sicher.«

Till runzelte die Stirn. »Wie meinen Sie das?«

»Vielleicht haben Römling und Daniel gemeinsam etwas ausgeheckt. Was furchtbar schiefgelaufen ist. Denn ich glaube nicht, dass Frau Fürst darin eingeweiht war.«

»Das ist ein schwerer Vorwurf. Wundert mich, dass Sie Ihrem Klienten das zutrauen.«

»Das kann ich Ihnen erklären.« Weber trank seine Tasse leer. »Vor ungefähr zehn Jahren war Daniels Karriere schon einmal an einem schwierigen Punkt. Sein damaliger Verleger war nicht zufrieden mit den Verkaufszahlen und bot keine guten Konditionen für die Fortsetzung der Zusammenarbeit. Obwohl Daniels neues Manuskript exzellent war und ich mir ein angemessenes Angebot dafür erhofft hatte. Daniel rief mich fast täglich an und fragte nach dem Stand der Dinge. Eines Tages machte er mir einen üblen Vorschlag.«

»Welchen?«

»Damals war die Flüchtlingskrise das alles beherrschende Thema. Er schlug vor, sich in einer Talkshow kritisch zu der Grenzöffnung und dem Ausspruch ›Wir schaffen das‹ zu äußern. Ich riet ihm dringend davon ab, weil man dann schnell in einer Ecke landet, aus der man nicht mehr herauskommt. Aber er forderte mich auf, ihn ausreden zu lassen. In den Wochen darauf wollte er sich selbst Drohbriefe zuschicken. Auch das hätte er öffentlich thematisiert. Als Höhepunkt dieser Aktion hätte er einen körperlichen Angriff auf sich inszeniert. Er wäre dazu bereit gewesen, ein paar Blessuren davonzutragen.«

»Niederträchtig«, kommentierte Till.

Weber nickte. »Ich bat ihn inständig, davon abzusehen. Trotzdem wollte er sich diese Option offenhalten. Zum Glück war ich damals schon in weit fortgeschrittenen Verhandlungen mit Meier. Obwohl ich meinen Klienten keine Wasserstandsmeldungen über einen Vertragspoker gebe, informierte ich Daniel darüber. Versprach ihm, dass der Deal zustande kommt, vorausgesetzt, er begeht keine Dummheiten. Bis zur Ausstrahlung der Talkshow wusste ich nicht, ob er meinen Rat annimmt. Ich saß wie auf glühenden Kohlen vor dem Fernseher. Aber zum Glück hörte er auf mich. Er erwähnte die Krise mit keiner Silbe und war in der Talkshow richtig gut drauf. Eine Woche später machte uns Meier ein lukratives Angebot. Und die ersten Jahre lief es im neuen Verlag perfekt. Bergab geht es seit ungefähr fünf Jahren.«

Till ließ sich das Gehörte durch den Kopf gehen. »Also halten Sie es für möglich, dass Kern zusammen mit Römling einen Plan ausgeheckt hat, der in der Entführung und dem vermeintlichen Ultimatum mündete?«

»Ich weiß, das klingt verrückt. Aber wie verrückt ist es, gegen Flüchtlinge hetzen zu wollen und anschließend einen Überfall auf sich selbst vorzutäuschen? Nur um sich in den Mittelpunkt des Interesses zu rücken.«

»Dann wäre bei der Entführung allerdings etwas gewaltig schiefgelaufen«, murmelte Till. »Römlings Tod war garantiert nicht eingeplant. Was wissen wir über Römling? Vor allem über seine Motivation, falls Kern ihn dafür eingespannt hat?«

»Ich habe keine Ahnung.« Weber zog sein Telefon aus der Hosentasche. »Mal gucken, wer ihn vertritt.«

Nach wenigen Klicks hatte er die Information besorgt, schüttelte jedoch den Kopf. »Die Agentin wird mir keine Antworten geben, weil sie glauben würde, ich wollte ihr einen Klienten ausspannen. Wäre nicht das erste Mal.« Er lächelte freudlos.

Till dachte daran, wie Kern sich zuletzt in seiner Wohnung verhalten hatte. Tills Bauchgefühl hatte ihn vor irgendetwas gewarnt. Wäre Kern wirklich aus Angst um seine Karriere so weit gegangen, eine Entführung in Auftrag zu geben? Till konnte es nicht völlig ausschließen. Er zögerte. Führte er mit dieser Theorie die Ermittlungen in die falsche Richtung? »Ich müsste Miriam und Bastian über die Sache informieren. Bevor ich das tue, sollten wir uns ziemlich sicher sein, kein Hirngespinst auszubrüten. Trauen Sie Ihrem Klienten einen solchen Schachzug zu?«

Weber nickte.

55

Daniel Kern ging ins Schlafzimmer. Clarissa lag auf dem Bett und las auf ihrem E-Book-Reader. Er setzte sich zu ihr und streichelte ihr Bein.

»Kommst du jetzt zu mir?«, fragte sie.

»Ich verrate dir ein Geheimnis, das ich bis jetzt ziemlich gut gehütet habe.«

Clarissa legte den Reader auf den Nachttisch. »Das klingt spannend. Schieß los!«

»Bevor ich dir davon erzähle, muss ich eins wissen. Um wie viel Uhr musst du allerspätestens am Sonntag zu Hause sein, um Leon in Empfang zu nehmen?«

»Martin bringt ihn um achtzehn Uhr. Er kommt oft zu spät, aber man weiß ja nie. Wenn ich zehn Minuten früher zu Hause bin, reicht das.«

»Perfekt.« Kern lächelte.

»Was ist dein großes Geheimnis?«

»Ich habe dir etwas verschwiegen, wofür ich mich direkt entschuldige. Ist nichts Schlimmes. Also keine anderen Frauengeschichten oder so.« Kern lachte.

»Das will ich dir geraten haben«, erwiderte Clarissa augenzwinkernd.

»Ich wollte erst sichergehen, wie eng das mit uns beiden wird. Also …« Er räusperte sich theatralisch, um die Spannung zu erhöhen. »Ich besitze ein Ferienhaus in Sankt Peter-Ording.«

»Oh, wie schön! Ich liebe die Nordsee. Auch wenn ich da schon ewig nicht mehr war.«

»Es ist nicht in erster Strandlage, aber auch nicht wahnsinnig weit weg vom Meer. Normalerweise vermiete ich es. Ich spiele seit Längerem mit dem Gedanken, dass wir beide mal für eine Wochenendauszeit hinfahren. Bisher war es an unseren gemeinsamen Wochenenden immer ausgebucht. Jetzt im Herbst und Winter steht es öfter leer. Zum Beispiel momentan. Was hältst du davon, wenn wir diesen ganzen Wahnsinn hinter uns lassen? Wir könnten noch heute Nacht losfahren und wären in zwei Stunden da. Ich kann eh nicht schlafen, fühle mich topfit. Die Autofahrt wäre überhaupt kein Problem. Wir bleiben bis Sonntagmittag und fahren so rechtzeitig los, dass du überpünktlich zu Hause bist.«

»Oh mein Gott!«, rief Clarissa erfreut aus. »Das wäre großartig. Warum hast du das nicht schon mal vorher angedeutet? Ich habe gar nicht die richtigen Sachen für ein Nordseewochenende eingepackt.«

Kern lachte. »Ihr Frauen denkt immer nur an das eine.«

Er beugte sich zu ihr, und sie küssten sich lange.

»Ich habe das Wetter vorhin geprüft. Es soll an der See schöner werden als hier in Hamburg. Sonnig, windig, kalt.«

»Klingt traumhaft. Aber schaffen wir das wirklich? Ich muss Sonntag rechtzeitig zu Hause sein. Vor dem Scheidungsprozess darf ich nichts riskieren.«

»Ich verspreche dir, wir schaffen das. Wir fahren direkt nach dem Frühstück los, dann sind wir mittags zurück.«

»Lohnt sich das überhaupt? Für weniger als sechsunddreißig Stunden dieser weite Weg.«

»Und wie sich das lohnen würde. Mir würde es wahnsinnig guttun, morgen den ganzen Tag frische Seeluft zu riechen. Wir könnten lange Strandspaziergänge unternehmen, zwei- oder dreimal in Restaurants einkehren. Frühstück, Mittag, Kaffeezeit, Dinner.«

»Das waren jetzt vier Besuche«, sagte Clarissa lachend.

»Umso besser. Und wenn wir uns nicht gerade den Bauch vollschlagen oder am Strand sind, habe ich noch einen Gutschein offen.«

»Welchen Gutschein?«

»Ich darf mich auf den Rücken legen, und du kümmerst dich um den Rest.«

»Das verspreche ich hoch und heilig.«

Sie küssten sich erneut, dann stand Clarissa auf.

»Ich habe eine Bitte«, sagte Kern.

»Alles, was du willst.«

»Ich würde gern unsere Handys hierlassen. Damit wir nichts von dieser verrückten Welt mitkriegen.«

»Oh.« Clarissas gute Laune verflog schlagartig.

»Geht das nicht?«, befürchtete er.

»Nein. Wegen Leon. Nicht meinetwegen. Ich muss erreichbar sein. Stell dir vor, wir stehen Sonntag auf einer gesperrten Autobahn. Dann muss ich Martin erreichen.«

»Ja, klar. Du hast recht. Aber ich lasse mein Handy hier. Wer etwas von mir will, soll mir eine E-Mail schicken. Ich nehme meinen Laptop mit.«

»Ist das eine gute Idee?« Ihr Zweifel war unüberhörbar.

»Was stört dich daran?«

»Die Polizei wird dich sprechen wollen. Bestimmt schon morgen.«

»Glaub ich nicht. Mia ist gerettet, ihr Entführer tot. Ich kann nichts zur Aufklärung beitragen.«

»Ich bin mir ziemlich sicher, dass sie dich kontaktieren.«

Kern rieb sich über die Bartstoppeln am Kinn. »Okay.

Ich schicke Alexander eine Mail und informiere ihn über unsere Reisepläne. Was hältst du davon, wenn wir jetzt gleich die Handys ausmachen und morgen nach dem Frühstück wieder anschalten? Wir haben das Recht auf ein paar Stunden Ruhe.«

»Einverstanden«, sagte Clarissa. Ihr Smartphone lag neben dem E-Reader auf dem Nachttisch. Sie schaltete es aus. »Erledigt.«

Er lächelte dankbar. Aus seiner Hosentasche zog er sein Telefon und fuhr es ebenfalls herunter. »Ich schreibe Alexander eine Mail, wo wir bis Sonntag sind, und werfe dann ein paar Sachen fürs Wochenende in meine Reisetasche.«

»Ich pack auch eben zusammen.«

»Könntest du uns ein bisschen Proviant schmieren? Im Auto kriege ich ziemlich schnell Hunger. Kleiner Tick von mir.«

»Was soll ich dir machen?«

»Zwei Sandwiches mit Käse und Schinken.«

»Wird erledigt.«

»Pack ruhig vorher deine Sachen zusammen. Dann habe ich anschließend das Schlafzimmer für mich, und du siehst nicht, ob ich *Spielzeug* mitnehme.« Er zwinkerte ihr zu.

»Spielzeug?« Sie lachte. »Du hast also mehr als ein Geheimnis vor mir?«

»Darauf kannst du Gift nehmen.«

»Wenn mir all deine Geheimnisse so gut gefallen wie die beiden letzten, hab ich nichts dagegen.« Sie küsste ihn erneut.

Kern verließ das Schlafzimmer und setzte sich im Arbeitszimmer an seinen PC. Er deaktivierte den Bildschirmschoner und öffnete das Mailprogramm.

. . .

Hallo, Alexander!

Unsere heutige Meinungsverschiedenheit über den weiteren Verlauf meiner Karriere entzieht unserer zukünftigen Zusammenarbeit den Boden. Daher kündige ich dir zum Jahresende. Meinetwegen können wir gern auch eine sofortige Trennung ins Auge fassen. Du hast mich schwer enttäuscht.

Daniel!

Er schickte die Nachricht ab und fuhr den PC herunter. »Ich habe Alexander geschrieben, wo wir sind«, behauptete er.

»Prima. Soll ich uns noch Obst einpacken?«, rief Clarissa aus der Küche.

»Mir reichen zwei Sandwiches.«

Aus einem der Schlafzimmerschränke holte er eine Tasche. Dann kniete er sich auf den Boden. In dem Schrank stand ein kleiner Bürocontainer, an dessen Rückseite Kern eine geladene Schusswaffe versteckte. Vorsichtig löste er sie aus der Befestigung und legte sie neben sich.

»Käse und Schinken getrennt?«, rief Clarissa.

Kern zuckte erschrocken zusammen. »Beide Sandwiches mit Käse und Schinken. Und die Butter nicht vergessen! Danke!«

»Okay.«

Nun öffnete Kern den silberfarbenen Container. Darin bewahrte er neben zwei Dildos und einer Augenbinde auch Fesseln auf. Bevor er mit Clarissa zusammengekommen war, hatte er gelegentlich Nutten für diese Art von Sex zu sich nach Hause kommen lassen. Harmlose Spielereien im Vergleich zu dem, was Clarissa bevorstände. In einem Stoffbeutel steckten Handschellen. Dasselbe Modell, das er benutzt hatte, um Luzie in der HafenCity an den Stuhl zu fesseln. Ohne eine Ahnung davon zu haben, wozu sie in der

Lage war. Dieses Mal wäre er besser vorbereitet. Clarissa könnte sich nicht aus dem Staub machen. Nicht einmal durch einen Sprung in den Tod. Kern packte die Schusswaffe zu den Handschellen und legte den Beutel in seine Reisetasche. Dann stapelte er Kleidung darauf.

56

Zwei Monate zuvor.

Endlich war die Zeit der Vorbereitung vorbei. Heute Abend würde er Luzie treffen und sie ausgiebig foltern, bevor er sie tötete. Er hatte alle Spuren beseitigt, die ihn mit ihr in Verbindung brachten. Bis auf das ausländische Prepaidhandy, mit dem sie ihm geschrieben hatte. Sie würde es ihm nachher aushändigen. Außerdem hatte er sie schon vor Tagen überredet, den Kontakt zu Wydra abzubrechen. Kern lächelte bei dem Gedanken. Wenn alles perfekt liefe, würde er zum zweiten Mal Yannick Wydras Leben durcheinanderbringen. Aber das wäre nur ein Bonus. In Wahrheit reichten seine Pläne viel tiefer. Luzies Ermordung war bloß der erste Schritt auf einer Reise, die ihn unauslöschlich in die Erinnerung der Menschen einbrennen würde.

Seine Vorfreude war unermesslich.

Er dachte an seine erfundene Lebensgeschichte. Angeblich war er verheiratet, lebte jedoch in Trennung. Er hatte Luzie ein Handy geschenkt und sie gebeten, nur dieses Gerät zu nutzen, um mit ihm zu kommunizieren. Er nutzte dafür ebenfalls ein eigens im Ausland erworbenes Prepaidtelefon. Das sei die sicherste Methode, um seine Frau so lange über die Sache im Dunkeln zu lassen, bis es für sie zu spät wäre. Ohne dass sie sich ein einziges Mal gesehen hatten, war ihm Luzie unsterblich verfallen. Als seine vermeintliche Ehefrau fungierte Clarissa. Er hatte Luzie Bilder von ihr weitergeleitet und ihr Geschichten über eine alkoholabhängige und von Psychosen zerfressene Person aufgetischt. Luzie war voller Mitleid. Für die ihr unbekannte Frau, aber besonders den armen Ehemann, der es nicht mehr ertrug, auf den nächsten Ausraster zu warten. Alles, was er ihr über die vermeintlichen Eheprobleme berichtet hatte, waren Details, die ihm Clarissa über Martin anvertraut hatte. Er hatte sie lediglich ausgeschmückt.

Ob die Realität mit seiner Fantasie mithalten konnte? In seinen Büchern hatte er schon so oft getötet und die Taten sehr detailliert beschrieben. Er hatte bei seinen Recherchen für verschiedene Buchprojekte zahlreiche Mediziner kontaktiert. Seine Kenntnisse über die menschliche Anatomie waren profund. Er wusste genau, an welchen Stellen er Luzie schwere Schmerzen zufügen könnte, ohne dass sie ihr Bewusstsein verlieren oder zu früh sterben würde.

Er war bereit. Für den letzten Akt in seinem Drama.

* * *

Kern schlenderte mit Luzie durch die HafenCity.

»Wow«, sagte sie nicht zum ersten Mal. Sie musterte ihn fassungslos. »Ich kann das nicht glauben. Daniel Kern. Ich habe schon einige deiner Bücher gelesen. Warum hast du dich unter falschem Namen vorgestellt?«

»Um auszuschließen, dass du dich nur mit mir treffen willst, weil ich prominent bin.«

Sie nickte verständnisvoll. »Jetzt ergibt das alles Sinn. Das Prepaidhandy, unsere Kommunikation. Auch, dass du dich heute mit mir nicht in einem Restaurant verabreden wolltest. Zwischendurch hab ich mich gefragt, ob ich einem gerissenen Psychopathen in die Finger falle.« Sie lachte amüsiert.

»Aber trotzdem hast du dich mit mir getroffen. Mutig.«

Sie lachte erneut. »Ich bin mir ziemlich sicher, mich verteidigen zu können. Außerdem wollte ich dich sehen. Mir hat unsere Kommunikation sehr gefallen. Unsere Telefonate waren toll. Stimmt es eigentlich, was du mir über deine Ehe erzählt hast, oder war das auch gelogen?«

»Das stimmt, allerdings sind Clarissa und ich nicht verheiratet. Sorry.« Er lächelte verlegen. »Ihre Alkoholprobleme und die Psychosen habe ich mir nicht ausgedacht.«

»Dass du nicht verheiratet bist, finde ich sogar besser. Macht die Trennung vermutlich einfacher.«

»Definitiv. Clarissa sucht schon eine Wohnung. Ich werde ihr finanziell ein bisschen unter die Arme greifen und dann dieses Kapitel beenden.«

»Das ist sehr großzügig von dir.«

»Falls das mit uns beiden ernster wird, hast du hoffentlich nichts gegen meine Geheimniskrämerei in der Öffentlichkeit, was mein Privatleben anbelangt.«

»Überhaupt nicht.«

»Perfekt!« Sie erreichten ein Areal, in dem gerade mehrere Hochhäuser entstanden. Kern blieb stehen. »Wir sind da.«

Luzie sah sich überrascht um. »Wo?«

»Das wird ein unvergesslicher Abend. Ganz oben entsteht meine neue Eigentumswohnung. Ich habe einen Cateringservice engagiert. Die haben in meiner zukünftigen Wohnung alles vorbereitet. Ein Kellner wird uns bedienen. Wir müssen bloß die Etagen hochlaufen. Einen funktionsfähigen Aufzug gibt es nämlich noch nicht.«

»Für mich kein Problem. Und für dich?« Sie lächelte keck.

»Mach mich ruhig wegen unseres Altersunterschieds fertig. Ich laufe einfach hinter dir. Dann bekommst du nicht mit, wie ich mein Hecheln verberge.« Er öffnete die provisorische Bautür, die er Stunden zuvor geknackt hatte.

Luzie betrat die Baustelle. Er folgte ihr. Sobald sie oben ankamen, würde er sie mit dem Stromschockgerät außer Gefecht setzen und sie an den bereitstehenden Stuhl ketten.

57

Die Leiche von Erik Römling war abtransportiert, und die wichtigsten Spuren waren gesichert. Ein Computerspezialist saß an Römlings PC und versuchte, die Passworteingabe zu umgehen. Miriam stand unterdessen vor einem Bücherregal, in dem Römling seine Veröffentlichungen direkt in der Mitte platziert hatte. Daneben fanden sich Werke anderer Autoren, nicht zuletzt eins von Daniel Kern. Sie zog es heraus und schlug es auf.

»Sieh dir das an«, sagte Miriam.

Sie hielt ihrem Partner das Buch hin, sodass Dorfer die Widmung lesen konnte.

»Für meinen guten Freund und Kollegen Erik. Daniel Kern im Juli 2019.«

»Also kennen die beiden sich.« Miriam klappte den Roman zu. »Können wir die Bezeichnung »guter Freund« ernst nehmen?«, fragte sie. »Oder übertreiben Autoren, wenn sie Bücher für ihre Kollegen signieren?«

»Davon würde ich ausgehen«, vermutete Dorfer. »Wir sollten Kern morgen darüber ausquetschen.«

»Ich hab's geschafft«, sagte der Computerspezialist.

»Das neue Passwort ist die Zahlenfolge eins, zwei, drei, vier. Können Sie sich das merken?«

»Ich hätte Sie gelobt, wenn Sie nicht so unverschämt wären.«

Miriam verscheuchte den Mann vom Schreibtisch. Zuerst sah sie sich die lange Liste der Lesezeichen an, die Römling im Laufe der Zeit gesetzt hatte. Ihr fiel bei der flüchtigen Musterung nichts Außergewöhnliches auf. Sie öffnete sein E-Mail-Programm und überflog die Absender und Betreffzeilen. Bei einer vor zwei Wochen eingegangenen E-Mail wurde sie stutzig. Die Bank des Toten hatte ihn über einen Geldeingang informiert. Miriam klickte auf die Nachricht.

»Römling hat vor vierzehn Tagen 9999 Euro überwiesen bekommen. Also genau einen Euro unter der Schwelle, für die es eine Anzeigepflicht der Banken im Sinne des Geldwäschegesetzes gibt.«

»Wer hat das Geld transferiert?«, fragte Dorfer.

»Das geht aus der Mail nicht hervor.« Miriam scrollte in den Nachrichten weiter. »Wow«, sagte sie. »In den letzten zwei Monaten gab es fünf dieser Buchungen. Wer hat ihm in so kurzer Zeit fünfzigtausend Euro bezahlt? Und wofür?«

Miriam fand in den Lesezeichen den Link zu der Bank. Ihr Smartphone klingelte jedoch, bevor sie ihn aufrufen konnte.

»Das ist Till«, informierte sie Dorfer und nahm den Anruf entgegen. »Hey! Ist es dringend? Ich bin hier vielleicht auf etwas gestoßen.«

»Ja«, sagte er. »Du solltest wissen, was ich gerade von Alexander Weber erfahren habe.«

»Gerade? Hat er dich angerufen?«

»Nein. Ihm war das so wichtig, dass er mich im Büro abgepasst hat. Wir haben lange zusammengesessen.«

»Was hat er dir erzählt?«

Till berichtete ihr ausführlich, was Kern vor Jahren geplant hatte. Miriam konnte kaum glauben, was sie hörte.

»Miese Tour«, murmelte sie. »Und jetzt glaubt Weber, sein Klient könnte hinter der Entführung stecken?«

»Sein *ehemaliger* Klient«, konkretisierte Till.

»Das heißt?«

»Als er noch hier bei mir im Büro war, hat Kern die Zusammenarbeit mit einer E-Mail zum Jahresende gekündigt. Weber fand das konsequent und ist der Meinung, das hat nichts zu bedeuten. Ich sehe das anders.«

»Geht mir genauso«, bestätigte Miriam. »In einer solchen Nacht kündigt man nicht seinem Agenten. Das hätte auch Zeit bis Montag gehabt.«

»Ich habe versucht, Kern telefonisch zu erreichen. Bevor ich dich angerufen habe. Ich bin sofort auf der Mailbox gelandet. Als hätte er sein Handy ausgeschaltet.«

»Auch das ist angesichts der Lage ungewöhnlich«, sagte Miriam. »Er muss damit rechnen, dass wir ihn dringend sprechen müssen. Ich bespreche das mit Bastian. Danke für die Infos. Fährst du jetzt nach Hause, oder bleibst du noch länger im Büro?«

»Ich bin quasi schon auf dem Heimweg.«

»Bis später. Schlaf gut.« Sie beendete das Telefonat und setzte ihren Partner ins Bild.

»Probieren wir es bei Frau Fährenbach«, schlug er vor. »Wenn sie sich meldet, können wir uns Kern geben lassen und uns erkundigen, ob die Widmung etwas zu bedeuten hat.«

»Übernimmst du das?«, fragte Miriam. »Du hast ihre Nummer notiert.«

Dorfer zog sein Handy aus der Hosentasche. Dann schlug er ein kleines Notizbuch auf, in dem er ihre Telefonnummer aufgeschrieben hatte. Er wählte sie und aktivierte den Lautsprecher. Auch bei Fährenbach sprang bloß die Mailbox an.

»Hinterlass keine Nachricht«, flüsterte Miriam.

Dorfer trennte die Verbindung, ehe der Signalton erklang.

»Das könnte nichts zu bedeuten haben«, murmelte Miriam. »Vielleicht vertreiben die beiden den Schrecken des Tages mit einem Schäferstündchen. Dann wäre es clever, die Handys auszuschalten.«

»Richtig überzeugt klingst du nicht«, stellte Dorfer fest.

Sie zuckte lediglich die Achseln. »Darum kümmern wir uns später. Guck mal, ob du irgendwo Kontoauszüge findest. Falls ich keinen Zugriff auf seinen Bankaccount kriege.«

Miriam klickte auf den Link. Wie befürchtet verlangte das System neben den Kontodaten auch eine PIN.

»Das lobe ich mir«, sagte Dorfer. Er hatte einen Aktenordner mit der Aufschrift *Konto* gefunden. »Römling hat die Kontoauszüge fein säuberlich sortiert. Er hatte zwei Konten. Geschäftlich und privat.«

»Wenn die Transaktionen zwielichtige Hintergründe haben, sind sie vermutlich eher auf dem Privatkonto eingegangen«, spekulierte Miriam.

»Wann war die letzte Überweisung?«, fragte Dorfer.

Sie nannte ihm das Datum. Dorfer blätterte in den Unterlagen.

»Gibt's nicht«, sagte er leise.

»Was ist los?«

»Die 9999 Euro sind über Western Union transferiert worden. Das Geld hat Daniel Kern überwiesen.«

»Mein Gott! Prüf die anderen Eingänge.«

Sie nannte ihm die Daten des jeweiligen Tages, an denen Römling von seiner Bank eine E-Mail über die Betragsbuchung erhalten hatte.

»Immer dasselbe Schema«, stellte Dorfer fest. »Über Western Union von Daniel Kern.«

»Wieso überweist Kern fast fünfzigtausend Euro an Römling? Sollen wir versuchen, ihn zu erreichen? Vielleicht ist das Schäferstündchen beendet. Ich wüsste nur zu gern, wie er uns den Zahlungsverkehr erklären will.«

»Lass uns das nicht überstürzen. Die Indizien lassen Kern in ungünstigem Licht dastehen. Vielleicht sollten wir zu Fürst ins Krankenhaus fahren, um zu gucken, ob wir sie noch heute Nacht sprechen können.«

Miriam nickte. »Klingt nach einem guten Plan.«

Dorfer stellte den Aktenordner zurück an seinen Platz. Plötzlich hielt er inne. »Was ist das?« Er nahm alle Ordner aus dem Regal und legte sie auf den Boden. An der Schrankrückwand klebte eine Aufbewahrungsbox, die mit einer schwarzen Schleife verschlossen war. Sie war Dorfer zuvor nicht aufgefallen.

Miriam schaute ihm über die Schulter. »Was hast du gefunden?«

»Das werden wir gleich feststellen.« Dorfer löste die Box, die mit doppelseitigem Klebeband befestigt war. Er legte sie auf den Schreibtisch und öffnete die Schleife.

Miriam pfiff anerkennend. »Deswegen also die Schaufensterpuppen mit der Frauenkleidung«, sagte sie. »Das hatte mich verwirrt.«

Auf den Bildern waren attraktive Frauen zu sehen. Jemand hatte sie in der Kleidung fotografiert, die ihnen in einem der Räume aufgefallen war.

»Ein zweites Standbein?«, fragte Dorfer. »Modefotografie?«

»Aber warum versteckt er die Box dann?«

Sie sichteten die Fotos.

»Nein«, sagte Dorfer. »Eindeutig keine Modefotografie.«

»Deiner Frau würde dein lüsternes Grinsen nicht gefallen.«

Die hinteren Bilder in dem Stapel zeigten die Frauen nackt und in erotischen Posen.

»Nichts, was auf Zwang hindeutet«, sagte Miriam. »Wieso versteckt er die Bilder? Dafür gibt es keinen Grund.«

Dorfer zuckte die Achseln. »Die Frauen sind extrem hübsch. Models? Escortgirls?«

»Hast du dir seinen letzten Kontostand angeschaut?«, fragte Miriam.

Statt ihr zu antworten, schlug Dorfer den Bankordner auf. »Das private Konto ist viertausend Euro im Plus, das geschäftliche hat ein Guthaben von fünfhundert«, sagte er.

»Das ist nicht viel, wenn Kern ihm innerhalb weniger Wochen fünfzigtausend transferiert hat.«

Dorfer blätterte weiter. »Vor drei Monaten sah es bei Römling finanziell düster aus. Das private Konto hatte einen Saldo von zehntausend, das geschäftliche fünftausend.« Mit dem Zeigefinger fuhr er über die einzelnen Buchungen. »Hier ist eine hohe Überweisung auf ein Kreditkartenkonto. Römling hat das Geld von Kern bitter nötig gehabt.«

»Kern wollte schon einmal eine Straftat vortäuschen, um seine Karriere anzukurbeln«, murmelte Miriam. »Weber hat ihm das erfolgreich ausgeredet. Jahre später steht seine Laufbahn wieder schlecht da.«

Dorfer nickte zustimmend. »Ein anderer Autor scheint zeitgleich Geldprobleme zu haben. Eventuell, weil er einem sehr teuren Hobby frönt und Escortgirls bezahlt. Dieser Mann bekommt von seinem Kollegen fünf hohe Überweisungen. Dann entführt er die Webdesignerin des Wohltäters. Hält sie in der eigenen Wohnung gefangen. Aber dabei geht etwas gehörig schief.«

»Scheiße!«, sagte Miriam. »Kern wirkte besorgt um seine Webdesignerin. Ich hatte vor ein paar Stunden nicht den leisesten Verdacht, dass er dahinterstecken könnte.«

»Ich auch nicht«, bestätigte Dorfer. »Ein verdammt guter Schauspieler. Was machen wir jetzt? Ins Krankenhaus fahren und darauf hoffen, dass Fürst wach ist?«

»Lass uns lieber Kern aus dem Bett klingeln. Der soll uns das erklären. Zu Fürst können wir morgen. Es gibt schließlich nichts Schöneres als arbeitsreiche Wochenenden.«

Sollte sie Till eine Nachricht schicken? Allerdings würde er ihnen dann anbieten, ebenfalls noch einmal zu Kern zu fahren. Besser wäre es, wenn zumindest er genug Schlaf bekommen würde.

»Was ist mit Alexander?«, fragte Dorfer. »Sollen wir ihn ins Vertrauen ziehen? Vielleicht hat er uns Details vorenthalten, die hilfreich wären.«

Miriam schüttelte den Kopf. »Er hat von sich aus Till aufgesucht. Vermutlich, um dich nicht zu behelligen, während wir an einem Tatort sind. Er war es, der den Verdacht auf seinen ehemaligen Klienten gelenkt hat. Warum hätte er Till etwas verschweigen sollen?«

»Ich rufe in der Zentrale an. Die sollen zur Unterstützung einen Streifenwagen zu Kern schicken. Ich habe da so eine Ahnung. Die Fotos nehmen wir als Beweismittel mit. Genau wie die Kontoauszüge.« Dorfer nahm die Aufbewahrungsbox auf. Etwas raschelte darin. »Was ist das?« Er stellte sie noch einmal auf den Schreibtisch und tastete sie ab. »Hier ist ein doppelter Boden«, erklärte er aufgeregt. Er nahm einen Pappdeckel heraus.

»Kopierte Briefe«, stellte Miriam fest.

Insgesamt lagen fünf Schreiben im Geheimfach. Gemeinsam überflogen sie den Inhalt der an Daniel Kern adressierten Briefe. Römling hatte seinem Verlagskollegen ein Plagiat vorgeworfen, einige Beweise geliefert und Forderungen gestellt. Leider hatte er Kerns Antworten nicht kopiert.

»Also wusste Kern die ganze Zeit, wer der Hauptverdächtige ist«, folgerte Miriam. »Und so erklären sich auch die Überweisungen.«

»Aber wieso hat Römling dann Fürst entführt? Kern hat bezahlt. Ergibt das Sinn?«

Miriam schaute ihren Partner an. »Das kann uns nur Kern beantworten. Ich will ihn so schnell wie möglich damit konfrontieren.«

58

»Wir sind gut durchgekommen«, sagte Kern. Er schaltete den Motor ab. »Wenn das bloß immer so wäre.«

Neugierig schaute Clarissa aus der Windschutzscheibe. »Das ganze Haus ist deins?«

»Ja. Die Wohnräume erstrecken sich über zwei Etagen. Knapp hundert Quadratmeter Fläche plus achtzig Quadratmeter Rasen. Geht nach hinten raus.«

»Genial«, sagte sie.

»Hoffentlich gefällt's dir auch innen.«

Sie stiegen aus. Kern trat an den Kofferraum und trug beide Taschen zum Hauseingang. Er schloss die Tür auf und tastete nach dem Lichtschalter.

»Die Luft riecht ganz anders als in Hamburg. Oder bilde ich mir das nur ein?«

»Das ist wirklich so.« Er drückte den Schalter. »Willkommen.«

»Wow!« Clarissa hielt sich beide Hände vor den Mund und lachte. »Ist die Einrichtung schön. So maritim. Mir gefällt der blau-weiße Stil. Und die kleinen Details. Die Muschelkette an der Wand. Das Buddelschiff.«

»Das ist typisch für die Nordsee. Wirst du in vielen Ferienhäusern finden. Soll ich dich kurz rumführen?«

»Klar!«

Er stellte ihre Tasche an den Treppenaufgang und platzierte seine in der Nähe der Küche. »Hier unten hast du das kombinierte Wohn- und Esszimmer mit Gartenzugang. Außerdem die Küche und ein kleines Badezimmer.« Er zeigte ihr die Räume und zog dann den Rollladen vor der Terrassentür langsam hoch.

»Da steht sogar ein Strandkorb im Garten.« Clarissa war völlig begeistert.

»Außerdem ein Tisch, an dem vier Leute Platz haben.« Er führte sie nach oben und trug ihre Tasche. »Zwei Schlafzimmer, eins davon mit Kingsize-Bett und eins mit zwei Einzelbetten. Und noch das etwas größere Badezimmer. Das war's.«

»Ein Traum! Toll, wie du es eingerichtet hast.«

»Das Lob gebührt nicht mir. Ich habe das Haus vor vier Jahren gekauft. Komplett ausgestattet. Seitdem habe ich nur die Matratzen ausgetauscht. Gekostet hat das dreihunderttausend. Mein Steuerberater meinte, die Vermietung wäre ein gutes zweites Standbein. Bis sich das rentiert, vergehen noch ein paar Jahre, aber er wird schon recht haben.«

Clarissa nahm ihn in den Arm. »Das war eine tolle Idee, hierherzukommen. Du bist bestimmt todmüde von der Fahrt, oder?«

»Geht eigentlich noch. Das ganze Adrenalin hält mich wach. Und du?«

»Ein bisschen. Im Auto hatte ich einen toten Punkt, da wäre ich fast eingeschlafen.«

»Machen wir einen Rotwein auf, stoßen aufs Wochenende an und gehen dann ins Bett?«

»Spricht nichts dagegen.«

»Du solltest rausgehen und dich kurz in den Strandkorb

setzen. Die herrliche Luft genießen. Ich klopfe an die Scheibe, wenn ich fertig bin.«

»Soll ich dir nicht helfen?«

»Deine Hilfe brauche ich ein paar Minuten später, denn ich glaube, ich will mich heute nicht mehr viel bewegen.« Er zwinkerte ihr zu.

»Das hast du dir verdient.«

Sie küssten sich und gingen nach draußen. Kern wartete, bis sie auf der Terrasse war. Dann entkorkte er eine Flasche Rotwein aus dem Hausvorrat und nahm aus einem versteckten Fach seiner Tasche eine kleine Plastiktüte. Darin befand sich ein pulverisiertes Schlafmittel. Wenn Clarissa später überraschend schnell müde wurde, würde sie das auf die lange Fahrt schieben.

Er schüttete das Pulver in ihr Glas und rührte es mit einem Löffel um, bis es sich aufgelöst hatte. »Schlaf, Kindchen, schlaf«, sang er leise.

Kern ging zur Terrassentür und klopfte an die Scheibe. Sofort kam Clarissa wieder zu ihm rein.

»Sehr kalt, sehr toll«, sagte sie begeistert.

Er reichte ihr den präparierten Rotwein. »Auf uns und unser erstes gemeinsames Nordseewochenende.«

»Darauf trinke ich gerne.«

Sie stießen an.

»Hm«, sagte er nach dem ersten Schluck. »Leicht bitter. Dein Wein auch?«

»Ich merke nichts. Schmeckt gut.«

Kern lächelte. Sie log, wollte aber offenbar nicht die Stimmung verderben. »Wenn es im Frühling wärmer wird, müssen wir zu dritt hierher. Vielleicht sogar in den Ferien. Ich werde vorsichtshalber eine Woche blocken.«

»Das wäre toll«, sagte Clarissa. »Leon war noch nie in Sankt Peter-Ording.«

»Das müssen wir dringend ändern. Lass uns austrinken

und nach oben gehen. Langsam werde ich auch müde, aber die Pflicht ruft.« Er trank das Glas leer.

Clarissa folgte seinem Beispiel. Er nahm ihr das Rotweinglas ab und stellte es mit seinem in die Spüle.

»Ab nach oben mit dir«, flüsterte er ihr ins Ohr. »Ich löse meinen Gutschein ein.«

Seine Hand fuhr über ihren Po. So erregt war er seit Luzie nicht mehr gewesen. Damals war etwas gehörig schiefgelaufen, weil er sie unterschätzt hatte. Bei Clarissa wäre das anders. Er würde den freiwilligen Sex mit ihr genießen, im Wissen, welche Rolle sie bald einnehmen würde.

59

Vorsichtig kletterte Daniel Kern aus dem Bett. Clarissa war nach dem Akt eingeschlafen und schnarchte inzwischen leicht. Sie lag auf der Seite. Vermutlich würde sie nicht mitbekommen, was er gleich mit ihr anstellen würde. Das Schlafmittel sollte sie für mehrere Stunden außer Gefecht setzen.

Kern ging zu seiner Tasche und trug sie ins Badezimmer. Aus seinem Kulturbeutel nahm er ein Medikament, das ihm dabei helfen würde, sein bald einsetzendes Schlafbedürfnis zu bekämpfen. Er drückte eine Tablette aus dem Blister und schluckte sie trocken. In Kombination mit dem Adrenalin in seinen Adern sollte er problemlos bis zum Morgengrauen hellwach sein.

Was danach käme, stand in den Sternen.

Kern zweifelte nicht daran, dass er Gefahr lief, die heutige Nacht mit dem Leben zu bezahlen. Seine Chance, zu überleben lag wahrscheinlich bei weniger als fünfzig Prozent. Doch was machte das in seinem Zustand schon? Seine Karriere war das Einzige, was für ihn zählte. Der Versuch, sie durch ein spektakuläres Verbrechen wiederzubeleben, war mit Römlings Tod gescheitert.

Und dafür hatte er fünfzigtausend Euro bezahlt. Welch Verschwendung! Die Bullen würden irgendwann auf den Geldtransfer stoßen und die richtigen Schlüsse ziehen.

Wie hatte Mia es geschafft, Römling in Notwehr zu erschlagen? Das war noch heftiger, als sich selbst in den Tod zu stürzen. Zwei Frauen hatten mutig oder völlig verzweifelt ihre Pläne durchkreuzt. Hätte Römling überlebt, hätte er sich ins Ausland abgesetzt. Nach Thailand oder in ein anderes asiatisches Land, in dem man sich mit Bestechungsgeldern vor dem Knast schützen konnte. Kern hätte ihm überallhin Geld überwiesen. Die zweite Hälfte des vereinbarten Honorars. Er hätte den Polizisten Drohbriefe gezeigt, die Römling handschriftlich verfasst hatte, und die derzeit in Kerns Safe lagen. Eine Erpressung wegen eines angeblichen Plagiats, von dem die Öffentlichkeit allerdings nichts erfahren würde, solange es zu keinem Gerichtsprozess in Deutschland käme. Kern hätte den Bullen gegenüber behauptet, Römlings Namen aus Angst vor den Konsequenzen nicht erwähnt zu haben. Wie sollten sie ihm das Gegenteil beweisen? Und selbst wenn sie ihm nicht geglaubt hätten, würde es ohnehin nur um Monate gehen, die er unbedingt in Freiheit verbringen wollte. Danach ...

Er schüttelte den Gedanken ab. Das alles war hinfällig, weil Römling gestorben war. Im Moment seines Todes hatte ein völlig neues Spiel begonnen.

Nun kam es nur noch darauf an, die nächsten Stunden spektakulär zu verbringen. Er wollte nicht vergessen werden. Lieber starb er in einem grellen Feuerwerk.

Kern zog die Fesseln aus dem Stoffbeutel. Er kehrte ins Schlafzimmer zurück. Clarissa hatte ihre Schlafposition nicht verändert. Hoffentlich würde er sie jetzt nicht wecken. Zuerst befestigte er die Seile an den Stäben des Holzbettes. Dann drehte er Clarissa vorsichtig auf den Rücken. Sie gab ein leises Stöhnen von sich und schnarchte nicht mehr. Er fesselte ihr Handgelenk. Diesmal stöhnte sie länger, wachte allerdings nicht auf. Kern wartete eine Weile, ehe er auch ihre andere Hand fixierte. Sie schlief weiter, obwohl die Position nun nicht so bequem war wie zuvor.

»So ist es gut, meine kleine Prinzessin«, flüsterte er.

Alles war angerichtet für den finalen Akt. Er nahm in dieser Geschichte die Rolle des undurchschaubaren Bösewichts ein, dessen Enttarnung kurz bevorstand. Zudem gab es die Rolle des unschuldigen Opfers, die Clarissa perfekt ausfüllte. Sie hatte nichts getan, um ihr Schicksal zu verdienen. Manchmal traf es leider die Guten. Doch zum Glück gab es ja auch noch einen Helden, in dessen Händen Clarissas Wohlergehen lag.

Ob er schon schlief?

Welches Ende würde die Geschichte nehmen? Ein Happy End für das unschuldige Opfer? Oder einen traurigen Ausgang, der einen Jungen seiner Mutter berauben würde?

Aus seiner Reisetasche holte er eines der im Ausland gekauften Prepaidhandys und schaltete es ein. Der Akku war voll aufgeladen und das Guthaben ausreichend, um ein stundenlanges Videotelefonat zu führen – falls er aus dem WLAN seiner Ferienwohnung fliegen würde. Er loggte sich ins Internet ein und wartete, bis die Verbindung stabil war.

»Voller Ausschlag«, murmelte er zufrieden. Offenbar erfüllten die angeschafften WLAN-Verstärker, die er in beiden Etagen an die Wand geschraubt hatte, ihren Zweck.

Kern griff zur Waffe. Er setzte sich auf die oberste Stufe in der Diele und legte die Pistole neben sich. Dann wählte er Till Buchingers Telefonnummer. Hoffentlich schaltete der Mann nachts nicht sein Handy aus.

60

In dem Haus brannte keine einzige Lampe. Kern reagierte auch nicht aufs Klopfen oder Klingeln.

»Selbst wenn er einen gesunden Schlaf hat, wäre eine Mutter bei unserem Lärm schon längst wach geworden«, spekulierte Miriam. »Er ist vor uns abgehauen.«

»Ob er seine Freundin entführt hat?«, fragte Dorfer. »Fährenbach ist übers Handy ebenfalls nicht zu erreichen.«

Miriam verstand den Sinn der Frage. In ihrer Hörweite standen zwei Schutzpolizisten. Falls sich Miriam und Dorfer ohne Durchsuchungsbeschluss Zutritt zum Haus verschaffen würden, könnten die Polizisten zu ihren Gunsten aussagen und vor Gericht oder Vorgesetzten bestätigen, genau gehört zu haben, dass die beiden Kommissare um die Unversehrtheit einer Unschuldigen gebangt hatten. Damit wäre der Grundsatz *Gefahr im Verzug* erfüllt.

Aber was würden Miriam und ihr Partner im Haus finden? Sie waren Teil einer Inszenierung, die sie nicht verstanden. Würden sie Kern antreffen? Das erschien unwahrscheinlich. Der Mann plante etwas Größeres. Es wäre besser, im Präsidium diverse Anträge an den zuständigen Staatsanwalt weiterzuleiten, damit man gleich am

Morgen tätig werden könnte. So könnten sie selbst ein paar Stunden Schlaf finden und ausgeruht alles in die Wege leiten.

Nur die Angst, Kern wertvolle Zeit zu schenken, in denen er sein Ränkespiel vorantrieb, ängstigte Miriam.

»Ich will sein Handy orten. Das von Fährenbach ebenfalls. Außerdem brauchen wir einen Durchsuchungsbeschluss«, sagte sie. »Zugriff auf Bankunterlagen.«

Dorfer nickte zustimmend.

»Oder riskieren wir Fährenbachs Leben, wenn wir hier vor Ort nichts unternehmen?«, äußerte Miriam ihre größte Sorge.

»Er wird seiner Freundin nichts antun«, mutmaßte Dorfer. »Fahren wir ins Präsidium und leiten alle Anträge weiter. Um sieben könnten wir wieder hier sein.«

Miriam schaute auf ihre Uhr. »Also finden wir höchstens drei Stunden Schlaf. Wie ich das hasse!«

»Beeilen wir uns. Jede Minute im Bett ist kostbar.«

61

Irgendetwas habe ich übersehen!

Till stand im Badezimmer am Waschbecken. Er musterte sein Spiegelbild. Das ungute Gefühl ließ sich nicht abstellen. Die Lösung schien zum Greifen nah zu sein. Trotzdem fand er keinen Zugang dazu. Wie ein Wort, das ihm auf der Zunge lag, ihm jedoch partout nicht einfiel. Daniel Kern war der Schlüssel. Das Misstrauen seines Agenten erschien Till gerechtfertigt. Aber welche Rolle spielte der Autor?

Der für Videoanrufe aktivierte Rufton erklang. Till drehte den Wasserhahn ab und lief ins Schlafzimmer.

Videoanruf, unbekannte Nummer.

Wer rief ihn mitten in der Nacht an? Mit unguter Vorahnung nahm Till das Gespräch entgegen. Die Bildverbindung baute sich auf, und Daniel Kern lächelte ihm zu.

»Hallo, Till«, sagte er leise. »Ich hoffe, ich hab dich nicht geweckt.«

Was hatte das zu bedeuten? Warum rief er ihn zu so später Uhrzeit an, und wieso duzte ihn der Autor? Till beschloss, das Spiel mitzuspielen.

»Hallo, Daniel. Weswegen meldest du dich? Alles in Ordnung?«

»Für mich schon«, antwortete der Mann vielsagend. »Aber ich habe einen Gast, für den das nur gilt, wenn du keine Dummheiten machst. Bevor ich dir verrate, um wen es sich handelt, muss ich dir mein Equipment vorführen.«

Kern schaute kurz zur Seite. Er richtete die Handykamera schräg nach unten. »Das ist kein Spielzeug. Die Waffe ist echt, und ich weiß dank meiner Recherchen, wie ich damit umgehe. Wenn du meine Bücher gelesen hättest, wüsstest du, wie oft darin Waffennarren vorkommen. Ich habe diese Pistole bestimmt zwanzigmal auf einem Schießplatz abgefeuert. Meine Trefferquote ist sehr passabel.« Der Autor richtete die Kamera wieder frontal auf sein Gesicht.

»Was willst du?«, fragte Till.

»Das verrate ich dir gleich. Vorab ist es mir wichtig, dir unsere dritte Mitspielerin vorzustellen. Ich werde jetzt leise sein, denn noch schläft sie. Je länger das so bleibt, desto besser für sie. Nicht, dass sie ein Trauma davonträgt.« Kern stand auf und ging rückwärts auf eine Tür zu. Er legte sich den Zeigefinger auf die Lippen. Dann öffnete er die Tür. »Darf ich vorstellen?«, flüsterte er. »Die schlafende, nichtsahnende, ganz und gar unschuldige Clarissa.«

Kern lief zum Bett und filmte seine Freundin. Ihre Hände waren ans Bettgestell gefesselt. Sie schnarchte leise. Der Autor verließ den Raum und schloss die Tür.

»Gehen wir gemeinsam in mein Wohnzimmer. Wie du dir denken kannst, bin ich nicht mehr in Hamburg.«

»Was hast du Clarissa angetan?«

»Bislang nichts. Das kann sich allerdings im Handumdrehen ändern.«

Kern setzte sich in einen Sessel, den Till im Haus des Autors nicht gesehen hatte. Hinter ihm an der Wand hing ein Gemälde der Gorch Fock.

»Ich habe ein starkes Schlafmittel in Rotwein aufgelöst. Nichts ahnend hat sie das Glas leer getrunken. Ich schätze, sie wird ein paar Stunden schlafen, ehe sie sich ihrer Lage bewusst wird.«

»Warum?«, fragte Till.

»Warum was? In deinem Job sollte man es gewohnt sein, konkrete Fragen zu stellen.«

»Wieso hast du deine Freundin betäubt?«

»Damit du sie retten kannst. Ich hab's dir bei unserem ersten Treffen gesagt, weil ich es sofort erkannt habe. Du bist ein Held, über den man Bücher schreiben sollte. Jetzt wird es Zeit für dich, deine Rolle auszufüllen.«

»Ich will überhaupt kein Held sein.«

Kern schmunzelte. »Glaub ich dir nicht, und ist auch nicht wichtig. Ich habe diese Rolle für dich vorgesehen. Das muss reichen.«

»Was soll ich tun?«

Kern lächelte breit. »Endlich eine vernünftige Frage. In den nächsten Stunden musst du dafür sorgen, dass unser Videocall hier unter keinen Umständen abbricht. Außerdem muss ich dich die ganze Zeit sehen. Du wirst zu mir kommen. Die Fahrtzeit beträgt ungefähr zwei Stunden, falls du nicht trödelst.«

»Zwei Stunden? Mein Akku steht bei zwanzig Prozent. So lange hält er nicht durch. Nicht bei einem Videocall.«

»Das tut mir sehr leid. Dann wird die Mutter eines Schulkindes durch einen Schuss in ihr schönes Gesicht sterben. Aber Leon hat ja zum Glück noch seinen Vater. Er ist nach Clarissas Tod nicht allein auf der Welt.«

»Das kannst du nicht tun! Sie ist deine Freundin.«

Kern zuckte mit den Achseln. »Wenn der Call abbricht, muss ich davon ausgehen, dass du deine Lebensgefährtin alarmierst. Oder ihren Partner. Solltest du das tun, ist es so, als würdest du selbst abdrücken.«

»Mein Handy schaltet sich bei niedrigem Akkustand aus«, beschwor Till den Mann.

»Willst du mich verarschen? Schließ dein Handy an ein Kfz-Ladekabel an.«

»Besitze ich nicht«, behauptete Till, um Zeit zu gewinnen.

»Dann nimm eine Powerbank.«

»Woher soll ich die nehmen? Alle Geschäfte haben geschlossen.«

»Mir reicht's. Hoffentlich kannst du mit Clarissas Tod umgehen. Bin gespannt, was Leon über dich denkt, wenn er erfährt, dass du seine Mutter hättest retten können. Ciao!«

»Stopp!«, schrie Till. »Irgendwo habe ich eine Powerbank. Keine Ahnung, wo. Aber hier in der Wohnung. Hoffe ich.«

»Such sie! Und hör auf, mich anzulügen. Während du sie suchst, hältst du die Kamera auf dich. Keine Tricks.«

Till wusste genau, wo er die Powerbank deponiert hatte. Doch er wollte Zeit gewinnen. Wenn Miriam nach Hause käme, solange er noch vor Ort war, würden Clarissas Überlebenschancen steigen. Vorausgesetzt, Kern bekäme dies nicht mit.

»Sie müsste im Wohnzimmer sein. Aber ich bin mir nicht sicher. Sorry.«

»Die Uhr tickt.«

Till ging ins Wohnzimmer und öffnete die Schubladen seines Sideboards. Er wühlte darin herum, ohne auf die Powerbank zu stoßen. »Scheiße!«, fluchte er. »Kein Plan, wo das Mistding ist. Vielleicht im Schlafzimmer.«

»Beeil dich. Sonst gehe ich zu Clarissa, und du siehst bei ihrer Hinrichtung zu.«

»Nein!« Schnell lief er ins Schlafzimmer. Er würde noch einmal dasselbe Schauspiel aufführen. Till riss verschiedene

Schubladen auf. »Hier ist sie nicht. Fuck! Bitte! Denk an Leon.«

»Wo ist die Powerbank? Ich bin deine Lügen leid!«

»Jetzt weiß ich es! Sie könnte im Schrank neben dem Fernseher sein. Klar! Da ist sie bestimmt.«

»Letzte Chance!«

Till kehrte ins Wohnzimmer zurück und öffnete den Schrank. Im ersten Moment übersah er die Powerbank. Sein Herz galoppierte. Dann sah er sie unter einer DVD.

»Ich hab sie.«

»Na endlich.«

62

Bastian Dorfer schickte die E-Mail an den zuständigen Staatsanwalt ab. Miriam schaute ihm dabei über die Schulter.

»Fertig«, sagte sie. »Lass uns jetzt schnell nach Hause. Morgen früh um sieben hier im Büro?«

»Machen wir acht draus. Bis dahin liegen hoffentlich die Genehmigungen vor. Sollte der Staatsanwalt sich früher bei mir melden, rufe ich dich an. Fährst du in deine Wohnung oder zu Till?«

»Zu Till. Hab ich ihm versprochen.«

Gemeinsam verließen sie ihr Büro. Dorfer schaltete das Licht aus.

»Ihr verbringt noch immer jeden Abend zusammen?«, vergewisserte er sich.

Miriam lächelte. »Ja. Ich habe mich total dran gewöhnt, an seiner Seite einzuschlafen.«

»Bei euch scheint es ziemlich gut zu laufen. Du wirkst auch viel ausgeglichener als zu Beginn deiner Zeit hier in Hamburg.«

Miriam boxte ihm in die Rippen. »Das klingt ja so, als wäre ich am Anfang unausstehlich gewesen.«

»Ehe du mich wieder schlägst, schweige ich«, erwiderte Dorfer. »Sind zwei Wohnungen nicht Geldverschwendung, wenn man immer zusammen ist? Kann nicht einer von euch seinen Mietvertrag kündigen?«

»Dafür sind die Wohnungen zu klein. Jeder von uns braucht Platz. Darin sind wir uns einig.«

»Also müsstet ihr beide etwas Neues finden.«

Miriam lächelte verschmitzt. »Ab und zu gucken wir in den relevanten Immobilienportalen. Das passende Angebot war noch nicht dabei. Aber das wird im Laufe der Zeit ganz sicher kommen. Dann müssen wir entscheiden, ob wir zu diesem Schritt bereit sind.«

»Warum solltet ihr nicht? Eine gemeinsame Wohnung wird eurer Beziehung einen Schub verleihen. Wirst du sehen.«

»Danke für deinen klugen Ratschlag. Aber auch, wenn du es dir nicht vorstellen kannst, ich habe schon früher mit einem Mann zusammengelebt.«

»Und deine mürrische Laune hat ihn wahrscheinlich vertrieben.« Dorfer brachte sich in Sicherheit, ehe sie ihn erneut boxen konnte.

Sie traten nach draußen und verabschiedeten sich voneinander. Miriam stieg in ihren Wagen. Sollte sie Till anrufen, um ihre Rückkehr anzukündigen? Vermutlich schlief er schon. Wenn er aufwachte, sobald sie zu ihm ins Bett kletterte, könnte sie ihn kurz ins Bild setzen. Dann hätte sie ihn nicht zweimal geweckt. Statt seine Nummer zu wählen, stellte sie den Wecker auf Viertel vor sieben. Bei dem Gedanken an die wenigen Stunden Schlaf verschlechterte sich ihre Laune. Seufzend startete sie den Motor.

63

Till zog sich die Schuhe an und ließ sich dabei Zeit. Um Kern abzulenken, versuchte er, das Gespräch in Gang zu halten. »Was passiert, wenn das Telefonat abbricht?«

»Kannst du dir das nicht denken?«, erwiderte Kern. »Dann ist der arme Leon Halbwaise. Nach allem, was ich weiß, war Martin zwar ein miserabler Ehemann, aber ein fürsorglicher Vater. Die Großeltern väterlicherseits sind auch liebevoll. Trotzdem wird der Tod seiner Mutter den Jungen erschüttern. Das steht außer Frage.«

»Du hast gesagt, die Fahrt dauert zwei Stunden. Da kann sehr schnell die Verbindung abbrechen. Das ist nicht meine Schuld.«

»Netter Versuch«, sagte Kern. »Ich kenne die Strecke wie meine Westentasche. Es gibt einige kritische, recht kurze Abschnitte, wo das passieren könnte. Falls da die Verbindung abbricht, rufe ich dich wieder an. Wenn ich dich sofort erreiche, haben Leon und Clarissa Glück. Ansonsten kannst du gleich wieder wenden. Du würdest mich hier nicht mehr antreffen.«

»Woher willst du wissen, an welchem Punkt der Strecke ich bin?«

»Unser Videotelefonat gibt mir Anhaltspunkte. Sobald du die Autobahn erreicht hast, hältst du dich korrekt an die Geschwindigkeitsbegrenzung. Falls ein Abschnitt freigegeben ist, erlaube ich dir ein Tempo von einhundertzwanzig. Zwischendurch musst du mir immer mal wieder ansagen, was auf den Entfernungsschildern steht. Alles keine Hexerei. Beeil dich. Ich weiß nicht, wie lange Clarissa schläft. Für ihre mentale Gesundheit wäre es besser, wenn sie hiervon nichts mitbekommt.«

»Wieso tust du das einer Frau an, in die du dich verliebt hast?«

Kern lachte. »Liebe wird so überbewertet. Sind das nicht meistens die Hormone, die uns etwas vorgaukeln? Der Sextrieb?«

»Nein!«, widersprach Till vehement.

Kern lachte erneut. »Ist Miriam also deine *große Liebe*?«

»Meine erste große Liebe ist vor langer Zeit gestorben.« Till hoffte, Kerns Interesse zu wecken. »Ich habe Jahre gebraucht, um darüber hinwegzukommen.«

»Klingt interessant. Und die Fahrt zu mir dauert lange genug, um mehr darüber zu erfahren. Zieh dir deine Jacke an! Trödle nicht weiter herum. Oder glaubst du, ich durchschaue deine Taktik nicht?«

»Kann ich noch auf Toilette?«

Kern verdrehte die Augen. »Meinetwegen. Vorausgesetzt, du kannst pinkeln, während dir jemand zusieht.«

»Mir bleibt wohl nichts anderes übrig.«

Till ging ins Badezimmer und stellte das Handy auf die Ablagefläche über der Toilette.

»Wenigstens bist du keiner der Männer, die im Sitzen pinkeln«, sagte Kern amüsiert. »Wie ich diese Waschlappen verachte. Hast du in deinem Auto ein integriertes Navi?«

»Ja.«

»Sobald du im Wagen sitzt, nenne ich dir die Adresse. Dann fährst du umgehend los. Selbst wenn die Route noch nicht berechnet ist. Ich kann dich am Anfang navigieren.«

»Weißt du, wo ich wohne?«

»Ich habe meine Hausaufgaben gemacht. Bei unserer ersten Begegnung ahnte ich, wie das zwischen uns enden könnte. Falls mein ursprünglicher Plan nicht aufgehen würde. Was leider passiert ist.«

»Wie lautete dieser Plan?«

»Darüber können wir auf der Autobahn quatschen. In meinen Augen bist du ein Held. Das war nicht gelogen. Die Informationen, die ich über dich gesammelt habe, untermauern das. Die Ereignisse um Franka Spannberg habe ich damals fasziniert verfolgt. Aber manchmal müssen Helden stürzen. Das ist der Lauf der Dinge. Übrigens ein kräftiger Strahl, Respekt. Um deine Prostata müssen wir uns keine Sorgen machen.« Er lachte erneut. »Beeil dich.«

Till trug das Telefon zum Waschbecken und wusch sich die Hände. Dann kehrte er in die Diele zurück. Sein Plan, so lange Zeit zu schinden, bis Miriam nach Hause käme, war nicht aufgegangen. Fieberhaft suchte er nach einer Möglichkeit, ihr heimlich eine Botschaft zu hinterlassen. Doch das würde Kern bemerken. Till zog sich seine Jacke über und verließ die Wohnung. Das Handy hielt er dabei vor sein Gesicht.

»Ich freue mich auf unsere Begegnung«, sagte Kern. »Das wird spannend. Held oder Antagonist. Wer wird gewinnen?«

»Wie ist es in deinen Romanen?«, fragte Till.

Kern zögerte kurz. »Meistens triumphiert der Held. Aber die besseren Kritiken bekomme ich für die Romane, in denen der Sieg der Guten teuer erkauft wird.«

Till öffnete die Haustür. Sein Wagen stand nicht weit

vom Eingang entfernt. Als er ihn aufschloss, schaute er zu beiden Seiten. Derzeit fuhr kein anderes Auto die Straße entlang. Er kletterte hinters Steuer. »Es ist einfacher, die Adresse einzugeben, solange ich nicht fahre.«

»Gib als Zielort Sankt Peter-Ording ein.«

64

Miriam Decking bog in Tills Straße ein. Meistens fand sie in Nähe des Hauses einen Parkplatz, trotzdem hielt sie schon einmal Ausschau nach Lücken, die groß genug wären.

Aus einiger Entfernung registrierte sie ein Auto, das bislang vor der Haustür gestanden hatte und nun losfuhr. Ihre Freude über den freigewordenen Parkplatz wich leichter Verwirrung. War das nicht Till?

Miriam beschleunigte ihr Tempo und blendete das Fernlicht auf. Jetzt erkannte sie den Wagen genau. Er gehörte eindeutig Till. Über das Multimediasystem des Autos suchte sie in den Kontakten ihres Handys nach seiner Nummer. Dann riet ihr ein Gefühl, ihn nicht anzurufen. Wieso sollte er das Haus verlassen, ohne ihr Bescheid zu geben? Da stimmte etwas nicht.

Till erreichte die Hauptstraße und beschleunigte auf fünfzig Stundenkilometer. Miriam fuhr ihm mit Abstand hinterher. Sie erkannte, dass sein Smartphone eingeschaltet in der Kfz-Halterung steckte. Zwar war sie zu weit entfernt, um Einzelheiten zu erkennen, aber Till schien zu telefonieren.

Mit wem? Bei ihr ging kein Anruf ein. Um sich eine zweite Meinung einzuholen, wählte sie die Nummer ihres Partners.

65

Das aufleuchtende Fernlicht schenkte Till Hoffnung. Hatte Kern es bemerkt? Till hatte die Frontkamera des Handys auf sein Gesicht gerichtet. Vielleicht war es Kern gar nicht aufgefallen.

»Wieso Sankt Peter-Ording?«, fragte Till. Er erinnerte sich an einen alten Fall, der ebenfalls in dem Kurort in Schleswig-Holstein sein blutiges Ende gefunden hatte. Damals hatte er allerdings nicht an dem Polizeieinsatz teilgenommen. Diesmal steckte er mittendrin.

»Ich besitze dort ein Ferienhaus, das ich oft vermiete«, antwortete Kern. »Als zweites Standbein. Außerdem inspiriert mich die Nordseeumgebung, wenn ich mal selbst da bin.«

Das Navigationssystem meldete, die Route berechnet zu haben. Till blickte zuerst aufs Display und dann in den Rückspiegel. In gleichbleibender Entfernung folgte ihm ein Auto. Er konnte nicht lange genug in den Spiegel schauen, um den Fahrer zu identifizieren.

»Wenn du dich mit einer Geisel in deinem Ferienhaus verschanzt, findet dich die Polizei früher oder später. Die Adresse ist schnell ermittelt.«, sagte Till.

»Als wenn ich das nicht wüsste. Ich bin ziemlich gut darin, die einzelnen Schritte der Polizei vorherzusagen. Für meine Bücher habe ich regelmäßig recherchiert. Aber wann werden die Bullen kapieren, dass etwas nicht stimmt? Deine Miriam wird bei ihrer Rückkehr ein leeres Bett vorfinden. Falls sie nicht die ganze Nacht arbeiten muss. Was wird sie dann tun? Dich anrufen. Dank unseres Telefonats bekomme ich das mit. Du wirst nicht rangehen, und sie wird folgern, dass du in Gefahr schwebst. Aber selbst wenn sie dich über dein Handy orten lässt, wird sie zu spät kommen. Sie müsste dir schon jetzt folgen, um meinen Plan zu durchkreuzen. Und das wäre Clarissas Ende.«

Tills Herz machte einen Satz. Hatte Kern das Fernlicht bemerkt?

Das Navigationssystem empfahl ihm, an der nächsten Ampel rechts abzubiegen.

»Du solltest der Anweisung folgen«, sagte Kern.

Die Ampel stand auf Rot.

»Ich muss abbremsen. Kein grüner Pfeil.«

»Dann ist das so.«

Wenn die Ampel nicht gleich umspränge, würde er mit einem Blick in den Spiegel erkennen, ob Miriam ihm folgte. Genau in diesem Moment schaltete die Ampel auf Grün. Würde Kern das mitbekommen?

Till ging das Risiko ein. Trotz des Grünlichts hielt er an der Haltelinie. Nach ein paar Sekunden schaute er in den Spiegel. Miriam nickte ihm zu.

»Jetzt wird es grün«, sagte Till. Er fuhr los.

66

Ihr erster Anrufversuch bei Dorfer war nach einer halben Minute Freizeichen auf der Mailbox gelandet. Hatte er das Telefon nicht gehört? Niemals hätte er es stumm geschaltet, um ein paar Stunden zu schlafen.

Sie brauchte Unterstützung. Till hatte trotz grüner Ampelschaltung vor der Haltelinie gestoppt und ihren Blick im Spiegel gesucht. Leider hatte sie nicht erkennen können, mit wem er telefonierte.

Ihr Handy klingelte und übertrug die Nummer ihres Partners.

»Alles in Ordnung?«, fragte er.

»Leider nein.«

In aller Kürze berichtete sie, was vorgefallen war. »An der Haltelinie anzuhalten trotz Grün, war ein Zeichen für mich. Er hat auch meinen Blick gesucht. Ich befürchte, jemand hat ihn gezwungen, loszufahren. Wenn ich mich nicht täusche, führt er ein Videotelefonat.«

»Aber du hast nicht erkennen können mit wem?«, vergewisserte sich Dorfer.

»Leider nicht. Wenn ich raten müsste ...«

»... wäre das Kern«, beendete Dorfer den Satz.

»Allerdings fahren wir nicht zu Kerns Haus. Ich hab den Eindruck, Till steuert die Autobahn an. Er hat das Navigationssystem eingeschaltet.«

»Kern hatte sein Handy ausgeschaltet«, erinnerte sich Dorfer.

»Es könnte so konfiguriert sein, dass man bei einer besetzten Leitung direkt auf der Mailbox landet. Oder er hat eine Nummer, von der wir nichts wissen. Till biegt wieder ab. In ein paar hundert Metern erreicht er die Autobahn.«

»Bist du fit genug, um ihm zu folgen?«

»Du glaubst nicht wirklich, ich könnte jetzt einschlafen? Till schwebt in Gefahr. Was sollen wir tun? Die Kavallerie rufen?«

»Wenn ihn jemand zwingt, mitten in der Nacht von zu Hause aufzubrechen, muss derjenige ein Druckmittel in der Hand haben.«

»Mia Fürst liegt im Krankenhaus. Bewacht von einem Polizisten vor ihrem Zimmer.«

»Alexander Weber?«, warf Dorfer in den Raum.

»Könntest du ihn anrufen?«

»Lass uns erst mal weiter Ideen wälzen. Clarissa Fährenbach?«

Miriam nickte. »Till setzt gerade den Blinker. Er fährt auf die Autobahn. Fährenbach klingt logisch. Wir fanden es beide seltsam, dass sie ihr Telefon ausgeschaltet hat. Macht eine verantwortungsvolle Mutter so etwas an ihrem kinderfreien Wochenende? Sie wäre ein gutes Druckmittel.«

»Dann wäre der Anrufer Daniel Kern. Eine andere Lösung gibt es nicht«, sagte Bastian.

»Wir haben ihn falsch eingeschätzt.«

»Bist du an ihnen dran?«

»Till hält sich an die Geschwindigkeitsbegrenzung. Die

Autobahn ist leer. Ihm zu folgen, ist bislang nicht so schwer.«

»Ein mobiles Einsatzkommando könnte ihn stoppen«, sagte Dorfer.

»Aber damit bringen wir nur Till in Sicherheit. Wenn unsere Vermutung stimmt ...«

»Du hast recht. Wir müssen ihm heimlich folgen. Kern darf davon nichts mitbekommen. Ich fahre sofort los. Du musst mich auf dem Laufenden halten, wo ihr seid. Dann stoße ich schnellstmöglich zu euch. Euer Vorsprung ist noch nicht riesig. Das hole ich locker auf, wenn ihr lange genug unterwegs seid.«

»Es geht Richtung Norden.«

»Sobald ich hinter euch bin, kontaktiere ich Alexander. Vielleicht kann der uns Anhaltspunkte liefern, wo es hingeht.«

67

Till Buchinger schaute auf das Tachometer. Die Geschwindigkeit betrug genau einhundertzwanzig. »Was dagegen, wenn ich den Tempomat aktiviere? Ich fahre jetzt einhundertzwanzig.«

»Nichts dagegen«, sagte Kern.

Till schaltete das elektronische Hilfsmittel ein und nahm den Fuß vom Gaspedal. Er warf einen Blick in den Spiegel. Miriam folgte ihm in gleichbleibendem Abstand.

»Warum?«, wollte Till wissen. »Du bist ein erfolgreicher Autor und wirfst das jetzt alles weg. Das ist das Ende deiner Karriere.«

»Ich *war* erfolgreich«, korrigierte Kern ihn. »Die besten Zeiten liegen schon lange hinter mir.«

»Ist das ein Grund, ein Verbrechen zu begehen? Wohl eher nicht.«

»Erfolg ist wie eine Droge. Drogenabhängige tun alles, um einen Entzug zu vermeiden. Sie bestehlen Freunde, Familien, Fremde, prostituieren sich, machen Versprechungen, die sie gar nicht einhalten wollen. Nur für den nächsten Schuss.«

»Was hätte dir die Entführung von Mia gebracht?«

»Rampenlicht«, antwortete Kern. »Darüber wäre gesprochen worden. Im Gegensatz zu Alexander bin ich sehr wohl der Meinung, mein heldenhaftes Opfer für Mia hätte mir einen Popularitätsschub gegeben.«

»Und welche Rolle spielte Mias Entführer?«

»Der brauchte einfach bloß Geld. Er wäre untergetaucht und hätte sich ein Leben in Thailand erkauft. Es war alles vorbereitet. Sonntagmorgen hebt ein Flieger ab, für den ich ihm ein Businessclass-Ticket spendiert habe. Leider wird der Platz leer bleiben. Vielleicht sollte ich versuchen, mir den Ticketpreis erstatten zu lassen. Dumm nur, dass es nicht auf meinen Namen läuft.«

»Ich versteh's trotzdem nicht. Wieso?«

Diesmal antwortete Kern nicht sofort. Er starrte Till an, faltete die Hände und legte beide Zeigefinger auf die Lippen. Till ließ ihm die Zeit. Es verging fast eine halbe Minute, bis Kern seufzte.

»Warum sollst du es nicht erfahren?«, murmelte er. »Es gibt einen Gedanken von Nietzsche, den die meisten Thrillerautoren mindestens einmal in ihren Romanen einbauen. Zumindest, wenn sie genug Bücher veröffentlichen.«

»Wer mit Ungeheuern kämpft, mag zusehen, dass er nicht dabei zum Ungeheuer wird. Und wenn du lange in einen Abgrund blickst, blickt der Abgrund auch in dich hinein«, zitierte Till.

Kern applaudierte. »Sogar du kennst ihn. Viele beziehen das auf Polizisten oder Kriminalpsychologen. Aber soll ich dir etwas verraten? Für Thriller- oder Krimiautoren gilt das auch. Ich habe in der Pathologie recherchiert, mit Kriminalpsychologen gesprochen. An Waffenkursen teilgenommen. Mich mit einem Vergewaltigungsopfer unterhalten. Andere Verbrechensopfer getroffen.

Alles zu Recherchezwecken. Man hat mir Fotos von Leichen gezeigt. Als junger Mann hat mich das abgestoßen, aber irgendwann verspürte ich für diese Dinge eine krankhafte Faszination. Den Wunsch, der Verursacher solcher Wunden zu sein. Eine Frau beim Sex zu erniedrigen, ihr wehzutun, während ich in ihr stecke. Jahr für Jahr habe ich mir Antagonisten und ihre schlimmsten Taten ausgedacht. Ist es da ein Wunder, dass in mir eine Begierde wuchs? Dunkle Fantasien? Und ich schreibe nur ein Buch pro Jahr. Ich möchte nicht wissen, wie krank meine Kollegen sind, die jahrelang vier, fünf oder sechs Romane verfassen.« Er schmunzelte.

»Ich kann das nicht glauben.«

»Solltest du. Außerdem bin ich nicht der einzige Schriftsteller, dem das so geht. Ein passendes Beispiel ist Römling. Die Polizei wird bei ihm einen Raum mit Schaufensterpuppen finden, die Designerkleider tragen. Das war seine Fantasie. Frauen in schöner Kleidung. Er hat die hübschesten und teuersten Escortgirls dafür bezahlt, zu ihm in die Wohnung zu kommen, die Kleider anzuziehen und sie dann langsam abzulegen. Steckte dieser Trieb schon immer in ihm? Wenn er noch könnte, würde er das verneinen. Eine Buchrecherche hat ihn dazu gebracht. Harmloses Laster aus strafrechtlicher Sicht, leider sehr kostspielig. Um dieses Hobby zu finanzieren, war er bereit, mit mir zusammenzuarbeiten. Wie ein Drogenabhängiger.« Kern lächelte selbstzufrieden.

»Und deine dunkle Fantasie? Wonach bist du süchtig?«

Wieder antwortete er nicht sofort.

»Ich träume seit Langem davon, eine Frau zu zerstören. Als ich Clarissa kennenlernte, sah ich in ihr ein mögliches Opfer. Aber dann merkte ich schnell, dass sie nicht die Richtige wäre. Obwohl ich frisch verliebt war, wuchs in mir allmählich der Wunsch nach einem ganz anderen Erlebnis. Ich machte mich im Internet auf die Suche und fand die perfekte Kandidatin. Luzie Haas.«

Till wusste sofort, von wem Kern sprach. »Wieso war sie die Richtige?«

»Schön, wie du versuchst, mich zu täuschen.« Kern lächelte überheblich. »Glaubst du, ich wüsste nicht, wer die zuständigen Kommissare sind? Du hast von den Mordermittlungen gehört.«

»Ja.«

»Ich verzeihe dir dein dreistes Täuschungsmanöver. Meinetwegen kannst du deiner Süßen von meinem Geständnis erzählen, falls du unsere Begegnung überlebst. Luzie war jung, hübsch und unvorsichtig. Sie gab im Internet viel von sich preis und hatte eine selbstzerstörerische Ader. Am besten gefiel mir ihre Verbindung zu Wydra. Ich war unter einem weiblichen Pseudonym im selben Forum angemeldet und hatte großen Spaß daran, das zu beobachten. An ihrem Todestag hat sie mich leider sehr überrascht. Erst ging sie mir wie geplant in die Falle, aber sie beging Selbstmord, ehe ich ihr richtige Schmerzen zufügen konnte. Ein Jammer. Na ja. Zum Glück ist mir deine Liebste nie auf die Schliche gekommen. Die Angst vor den Bullen zähmte meine Gelüste nur ein paar Tage. Und Clarissas Verliebtheit half mir nach der Anfangsphase überhaupt nicht mehr. Aber es erschien mir sinnlos, mich auf die Suche nach einer neuen Kandidatin zu machen, die Luzies Platz hätte einnehmen können. Das hätte viel zu lange gedauert. Ich wollte Action.«

Till ließ sich die Erklärung durch den Kopf gehen. Kern hatte soeben gestanden, für den Tod an Luzie Haas verantwortlich zu sein. Seit jenem Tag befand er sich in einer selbstzerstörerischen Abwärtsspirale. Die Angst vor einem

Bedeutungsverlust durch die dahinsiechende Karriere und seine dunklen Fantasien hatten den Grundstein für die Ereignisse der letzten Tage gelegt.

»Die Zwischenfälle nach der Lesung ...«, fragte Till.

»... habe ich selbst inszeniert. Beziehungsweise Römling in meinem Auftrag. Er hat einen Studenten angeheuert, sich mit dem Buch in die Lesung zu setzen, in das er die Botschaft geschrieben hat. Dem Studenten gegenüber hat er das als Scherz unter Kollegen verkauft. Das war übrigens derselbe Student, der auf einem Skateboard nah an mir vorbeigefahren ist. Die Buchhändlerin hat das mitbekommen und nicht durchschaut, dass ich meine Beunruhigung nur vorgetäuscht habe. Herrje, nur ein Skateboardfahrer. Römling selbst hat während der Lesung den Aufkleber auf meine Windschutzscheibe geklebt.«

»Und dann kommst du zu mir ins Büro ...«

»Das war nicht eingeplant. Mir fiel allerdings kein Grund ein, wie ich Alexanders Vorschlag hätte ablehnen können. Das wäre verdächtig gewesen. Kannst du dir meine Begeisterung vorstellen, als ich kapiert habe, mit wem du liiert bist? Ausgerechnet mit der Kommissarin, die im Mordfall Luzie Haas nicht weiterkam. Das war so unfassbar geil! Wie ein Wink des Sch...«

Das letzte Wort übertrug das Handy nur noch verzerrt. Entsetzt schaute Till aufs Display.

»Ich höre dich nicht mehr«, rief er. »Daniel?«

Das Videobild war eingefroren. Im nächsten Augenblick brach die Verbindung ab.

»Oh nein«, stöhnte Till. »Bitte nicht!«

Fuhr er derzeit durch einen der Abschnitte, die Kern als kritisch eingestuft hatte? Die Versuchung, Miriam eine Sprachnachricht zu schicken, wurde übermächtig. Er griff zum Handy und öffnete das Chatprogramm. In diesem

Moment klingelte sein Telefon wieder und übertrug erneut die Worte *Videotelefonat, unbekannte Nummer*.

Er nahm das Gespräch entgegen, und im Display erschien Daniel Kern.

»Damit haben wir die erste kritische Passage hinter uns gelassen. Hattest du Angst?«

68

Bastian Dorfer fuhr einhundert Meter hinter Miriam. Er hatte zwanzig Minuten benötigt, um zu ihnen aufzuschließen. Ihr Ziel schien im Norden zu liegen.

Über die Freisprecheinrichtung wählte er Webers Rufnummer. Erleichtert atmete er auf, als das Freizeichen einsetzte. Würde Weber das Klingeln hören? Oder schaltete er das Handy nachts auf lautlos?

Die Sekunden verstrichen.

»Geh schon ran!«, beschwor Dorfer seinen Freund. »Schlafen kannst du später.«

Als Dorfer schon die Hoffnung aufgeben wollte, meldete sich eine verschlafene Stimme.

»Bastian?«

»Sorry fürs Wecken. Aber das ist wichtig.«

»Geht's um Kern?«

»Ja.«

»Gib mir einen Moment. Ich muss wach werden, bevor ich dir zuhören kann.«

Weber gähnte. Dann erklangen zwei leise, klatschende Geräusche. Gab er sich selbst Ohrfeigen?

»Was ist los?«, wollte der Agent wissen.

Dorfer berichtete von den jüngsten Ereignissen und ihrer Annahme, Kern würde Buchinger zu dem nächtlichen Ausflug zwingen. »Hast du eine Ahnung, wohin sie unterwegs sein könnten?«, fragte Dorfer.

»Fahrt ihr richtig Nordsee?«

»Könnte sein.«

»Daniel besitzt in Sankt Peter-Ording ein Ferienhaus.«

Volltreffer!, dachte Dorfer. »Hast du die Adresse?«

»Wenn du mitten in der Nacht anrufst, ist das wohl wichtig.«

»Sehr sogar.«

»Ich müsste die Adresse in meinen Unterlagen haben. Er hatte mir und Bekannten Sonderkonditionen eingeräumt. Ich muss nur an meinen Schreibtisch.«

»Beeil dich bitte«, drängte Dorfer seinen Freund.

Zwei Minuten später nannte der ihm die genauen Daten.

»Was weißt du über das Haus?«, fragte Dorfer.

»Ich hab da nie Urlaub gemacht. Ein normales Haus, für bis zu vier Personen geeignet. Nordseedurchschnitt. Also kein Luxusanwesen.«

»Frei stehend?«

»Weiß ich nicht. Hat mich nie interessiert. Ich verbringe Urlaube lieber in fremden Gefilden. Mit einer gewissen Wettersicherheit.«

»Wenn er sich bei dir meldet, sag ihm nichts von unserem Telefonat.«

»Versprochen. Ich versuche sowieso weiterzuschlafen. Weitere Horrormeldungen gerne erst morgen früh, es sei denn, es ist wichtig.«

Dorfer trennte die Verbindung und wählte Miriams Nummer.

»Was gibt's?«, fragte die.

»Kern besitzt ein Ferienhaus in Sankt Peter-Ording.«

»Also sind wir dorthin unterwegs.«

»Ziemlich sicher sogar. Weber konnte mir die Adresse geben. Soll ich vorfahren und die Lage sondieren, während du ihm weiter folgst, falls wir uns irren?«

»Oder müssen wir die örtliche Polizei ins Boot holen?«, fragte Miriam.

»Mitten in der Nacht lieber nicht. Sonst schicken die einen unerfahrenen, tollpatschigen Dorfpolizisten, der Kern vorwarnt. Ich fahre jetzt vor. Und du behältst weiter Till im Auge.«

»Viel Glück! Pass auf dich auf!«

Dorfer beendete das Telefonat. Er gab ins Navigationssystem die Adresse ein, die ihm Weber genannt hatte. Als die Route berechnet war, schaute er in den Außenspiegel. Die Autobahn hinter ihnen war momentan leer. Dorfer fuhr auf die linke Spur und beschleunigte. Zuerst überholte er Miriam und nur wenige Sekunden später Till. Ohne Blickkontakt aufzunehmen, raste er an ihm vorbei.

69

Aus dem Augenwinkel bemerkte Till den Wagen, der an ihm vorbeizog. Er schaute nach links und erkannte Dorfers Kennzeichen.

»Was ist los?«, wollte Kern wissen.

»Da ist ein Verrückter gerade mit zweihundert Sachen an mir vorbeigezogen.«

»Vielleicht ein Holländer, der mal Gas geben will.«

»Deutsches Kennzeichen. Jemand aus Bayern. Nürnberg.«

»Nicht unser Problem. Falls der in die Leitplanke rast, hältst du nicht an.«

»Was bezweckst du mit deiner Aktion?«, lenkte Till ihn ab. Kern sollte nicht zu lange über das überholende Auto nachdenken. »Die Buchhandlungen sortieren deine Bücher aus, sobald bekannt wird, was du getan hast. Egal, wie das ausgeht. Und dann verramschen die Verlage die Restbestände. Ist es das wert?«

»Kommt wohl drauf an, wie sich die nächsten Stunden entwickeln«, erwiderte Kern. »Mein Name wird sich jedenfalls ins Gedächtnis der Öffentlichkeit einprägen.«

»Selbst wenn es so wäre. Was hast du davon?«

»Unsterblichkeit«, sagte Kern. »Falls meine Bücher offiziell nicht mehr erhältlich sind, wird sich ein Schwarzmarkt entwickeln. Das wird mich zu einer Legende machen.« Der Autor grinste.

Meinte er das ernst? Till musterte das Gesicht des Mannes im Display. Wenn er das wirklich glaubte, hatte er eine starke Psychose entwickelt. Mit ihm darüber zu diskutieren, erschien ihm sinnlos.

»Du hältst mich für verrückt«, stellte Kern fest.

»Was ich denke, ist völlig egal.«

»Das stimmt. Du hast nur deine Rolle zu spielen. Welche Ankunftszeit zeigt dir das Navi an?«

»Achtundvierzig Minuten.«

»Ich fühle mich wie ein Kind vor der Bescherung. Gehen meine Wünsche in Erfüllung? Oder haut mich der Weihnachtsmann am Ende übers Ohr?«

»Ich kann nicht verstehen ...«

»Pst!«, unterbrach Kern ihn. »Ich glaube, ich habe gerade etwas gehört. Kommt jetzt Bewegung in die Sache?« Er klatschte in die Hände. »Das wird ja immer besser.«

70

Clarissa stöhnte. Schmerzen rissen sie aus einem traumlosen Schlaf. Beide Arme waren eingeschlafen. Sie wollte ihre Position ändern, doch etwas an den Handgelenken hinderte sie daran. Sie schüttelte den Schlaf endgültig ab. Es war stockdunkel im Raum.

»Daniel?«, fragte sie halblaut.

Jemand hatte sie ans Bett gefesselt. Ein Seil schnitt ihr tief in die Handgelenke und unterbrach die Blutzirkulation.

»Daniel?«, wiederholte sie.

Wo war er?

Ging der Albtraum in die nächste Runde? Waren sie in dem Ferienhaus überfallen worden? Aber von wem? Römling war doch tot, das hatte die Polizei zumindest gesagt.

Clarissa lauschte. Sie hörte ein leises Knarzen. Kam jemand die Treppe hoch? Am liebsten hätte sie nach Daniel gerufen, doch sie beherrschte sich.

Nun war außer ihrem flachen Atem nichts mehr zu hören. Ein schmerzhafter Stich durchzuckte ihre Schulter, ausgelöst durch die unnatürliche Haltung. Sie wimmerte leise. Die Tür zum Schlafzimmer öffnete sich, und einen

Sekundenbruchteil später ging die Deckenlampe an. Das Licht blendete sie, und Clarissa schloss instinktiv die Augen.

»Wer ist denn da erwacht?«, fragte Kern. »Ja, hallo. Mach die Äuglein auf.«

Wieso sprach er wie mit einem Kleinkind zu ihr? Das konnte nichts Gutes bedeuten. Clarissa blinzelte und wandte leicht den Kopf, um nicht in die Lampe zu schauen.

»Guck mal, Till. Jetzt ist mein Schatz wach.«

Kern hielt eine Pistole in der einen Hand und streckte ihr mit der anderen ein Smartphone entgegen. Auf dem Display erkannte sie Till Buchinger.

»Daniel? Wieso hast du mich gefesselt?«

»Um Till zu motivieren, mitten in der Nacht herzukommen. Das war die einzige Lösung. Er sitzt gerade im Auto und ist in einer Dreiviertelstunde hier.«

»Geht es Ihnen gut?«, fragte der Personenfahnder.

»Ich verstehe das ...«

Ohne Vorwarnung schlug Kern ihr auf den Oberschenkel. Der Schlag schmerzte nicht sonderlich, trotzdem wuchs ihre Angst. Sie stöhnte.

»Du redest nicht mit ihm, hast du das verstanden?«, zischte Kern.

»Daniel!«

»Du brauchst wohl eine Lektion.«

Er setzte sich auf die Bettkante und hielt ihr die Pistole vors Gesicht.

»Mach den Mund auf!«, schrie er.

»Lass sie in Ruhe!«, flehte der Mann am Telefon.

»Mund auf!«

Verängstigt folgte sie dem Befehl.

»Weiter!«, brüllte Kern. »Sonst verlierst du ein paar Zähne.«

Clarissa gehorchte. Er schob ihr die Pistole zwischen die

Lippen. Der ölige Geschmack der Mündung löste einen Brechimpuls aus, den sie mühsam unterdrückte.

»Mund zu. So, als würdest du mein bestes Stück verwöhnen. Wie gut du das kannst, hast du mir schon oft bewiesen.«

Tränen traten ihr in die Augen. Sie schluckte und schloss die Lippen.

»Herrlich. Wenn ich jetzt abdrücke, verteilt sich deine Gehirnmasse schön auf dem Bett. Das wäre eine Sauerei.« Er lachte wie verrückt.

»Hör auf!«, schrie sein Gesprächspartner. »Ich bin auf dem Weg. Lass sie in Ruhe.«

»Es tut mir so leid«, kicherte Kern. »Der Impuls, meine Ladung zu verschießen, ist übermächtig. Oh Gott! Wie soll ich das bloß kontrollieren?«

Clarissa schloss die Augen. Sie dachte an Leon. Nichts wünschte sie sich sehnlicher, als ihren Sohn in die Arme zu schließen. War das ihr letzter Wunsch, bevor ihr Leben endete?

71

Bastian Dorfer stellte seinen Wagen zweihundert Meter vor dem Ziel ab. Kern sollte nicht durch einen laufenden Motor gewarnt werden. Er stieg aus. Kalter Wind wehte ihm ins Gesicht. Dorfer tippte die Adresse des Ferienhauses in sein Handy und ließ sich die Fußgängerroute anzeigen, die er ohne Sprachausgabe aktivierte. Nach knapp der Hälfte der Strecke hatte er freie Sicht auf das Gebäude. Auf einem Parkplatz stand Kerns Auto. Im Haus brannten einige Lampen. Allerdings konnte Dorfer den Autor nirgendwo entdecken.

Nach ein paar Sekunden zog er sich bis zu einer Straßenbiegung zurück. Hier wäre er vom Haus aus nicht zu erkennen. Er wählte die Nummer seiner Partnerin.

»Hast du Neuigkeiten?«, fragte sie ihn.

»Kerns Auto steht auf dem Parkplatz, der zum Ferienhaus gehört. Im Haus brennt Licht.«

»Also stimmt unsere Vermutung.«

»Ich hab ihn nicht entdeckt, aber wo soll er sonst sein?«

»Dann überhole ich jetzt Till, damit wir beide vor Ort sind, wenn er bei Kern eintrifft. Hast du schon einen idealen Beobachtungsposten gefunden?«

»Darum kümmere ich mich.« Dorfer beendete das Telefonat.

72

Was ging da vor sich? Miriam setzte den Blinker und überholte Till. Der wich ein bisschen nach rechts aus, damit sie ihn auf der Bundesstraße besser passieren konnte.

»Du bist so still geworden«, sagte Kern.

»Ich habe Angst«, behauptete Till. Er wollte dem Autor das Gefühl geben, alles unter Kontrolle zu haben. Je sicherer er sich fühlte, desto leichtsinniger würde er hoffentlich werden.

»Ich habe Clarissa nichts angetan. Ich höre durch die Badezimmertür, dass sie schluchzt wie ein Baby.«

»Lässt du sie frei, sobald ich da bin?«

»Natürlich nicht. Ihr Leben ist der Preis, um den wir kämpfen. Gewinne ich, töte ich sie. Und habe zuvor noch richtig viel Spaß mit ihr. Gewinnst du, kannst du sie zu ihrem geliebten Sohn bringen.«

Warum ist Miriam an mir vorbeigefahren?, dachte Till. *Hat Bastian das Ferienhaus erreicht? Positioniert sie sich schon, um einzugreifen, sobald Kern die Tür öffnet?*

»Wo kann ich gleich parken?«, fragte Till.

»Zum Haus gehören zwei Parkplätze. Du stellst dich direkt neben meinen Wagen.«

»Und dann? Knallst du mich einfach ab?«

»Das wäre ein bisschen zu feige. Wo bleibt da der Spaß? Ich verspreche dir, du hast eine faire Chance. Wie lange brauchst du noch?«

»Vierzehn Minuten.«

»Ab sofort gibst du mir eine minütliche Statusmeldung«, befahl er.

Till folgte der Aufforderung und zählte die Zeit laut die Sekunden herunter. Kern schwieg. Als Till bei sieben Minuten angekommen war, lächelte der Autor diabolisch.

»Bis gleich!«

Das Videotelefonat brach ab.

»Scheiße!« War das ein Trick? Würde Kern schnell zurückrufen, um ihn zu prüfen? Oder wollte er keine Anhaltspunkte liefern, wo er sich aufhielt, wenn Till eintraf?

Till zählte weitere sechzig Sekunden ab. Die Netzbalken im Display blieben konstant bei vollem Ausschlag. An einem schlechten Netzausbau lag der Abbruch nicht. Till wählte Miriams Nummer.

»Ja!«, meldete sie sich.

»Ich bin in fünf Minuten vor Ort. Er hat gerade das Telefonat abgebrochen. Ich konnte ...«

»Ich muss auflegen. Am Haus passiert etwas.«

Es piepte in der Leitung.

73

Daniel Kern öffnete die Haustür. Der Eingang war windgeschützt. Ein Windstoß würde sie nicht einfach schließen. In wenigen Minuten hieße es Mann gegen Mann. Er schaute kurz hinaus. Von Till Buchinger war noch nichts zu sehen. Auch deutete nichts auf die Anwesenheit von Bullen hin. Selbst wenn der Personenfahnder seit dem Ende des Videotelefonats den Notruf gewählt hätte, wären die niemals rechtzeitig hier.

Kern schaute auf seine Uhr. Sollte sich Till um mehr als eine Minute verspäten, würde er Clarissa mit einem Kopfschuss hinrichten. Allerdings bezweifelte er, dass sich sein Gegner vor der Auseinandersetzung drücken würde. Er wollte Clarissas Leben retten. So handelten echte Helden, selbst wenn sie dabei die eigene Unversehrtheit riskierten. Als Kern ihm das erste Mal in die Augen gesehen hatte, hatte er Tills Qualitäten erkannt. Es war ein elektrisierender Moment gewesen. Das hier war viel aufregender, als gegen einen Polizisten im Duell anzutreten.

Kern ließ die Tür offen stehen. Dann trat er an den Sicherungskasten im Flur und legte die Hauptsicherung um.

Die wenigen Lampen, die er bislang angeschaltet hatte, gingen schlagartig aus.

Ihr Kampf würde im Dunkeln stattfinden. Wahrscheinlich käme der Personenfahnder auf die Idee, die Taschenlampenfunktion seines Handys zu nutzen. Aber das wäre für ihn kein Vorteil, sondern genau der Schachzug, der ihn ins Verderben stürzte.

Kern tastete nach dem kleinen Schalter in seiner Hosentasche, mit dem er eine batteriebetriebene Stereoanlage einschalten könnte. Sie funktionierte tadellos, auch durch die Wände. Das hatte er ausprobiert. Mit einem Knopfdruck spränge sie an.

Kern zog sich in das zweite Zimmer des Obergeschosses zurück und trat ans Fenster. Da er im Dunkeln stand, sollte er für seinen Gegner unsichtbar sein. Seine schwarze Kleidung tarnte ihn zusätzlich.

Wenn alles wie gewünscht abliefe, würde er den Personenfahnder aus dem Hinterhalt töten. Danach wäre Clarissa an der Reihe. Er würde ihr das Nachthemd mit einem Brotmesser zerfetzen und ihr dann zur Warnung die scharfzackige Klinge an die Kehle drücken.

Vielleicht würde er sie am Ende auch mit diesem Messer töten. Oder mit bloßen Händen. Das Wissen, den Kampf gegen den Helden der Geschichte gewonnen zu haben, würde ihm die Tat besonders versüßen.

74

Miriam rief Bastian Dorfer an. Sie lagen beide auf dem kalten Boden in fünfzig Metern Abstand zueinander – hoffentlich weit genug vom Haus entfernt, um nicht entdeckt zu werden.

»Was hat das zu bedeuten? Warum öffnet er die Tür?«, fragte sie ihn aufgeregt.

Noch war von Till nichts zu sehen. Bis zu seiner Ankunft würde es jedoch nicht mehr lange dauern. Sie mussten entscheiden, wie sie vorgehen würden.

»Das ist eine stumme Aufforderung für Till, das Haus zu betreten.«

»Das können wir nicht zulassen.«

»Duck dich!«, flüsterte Dorfer. »Ich hab Kern an einem Fenster in der zweiten Etage gesehen. Wenn wir uns bewegen, sieht er uns vielleicht. Wir kommen niemals rechtzeitig ins Haus, um Fährenbach zu retten.«

»Und jetzt?«, fragte Miriam.

»Schreib Till eine Nachricht. Er muss sich entscheiden. Sobald er im Haus ist, können wir es wagen, das Gebäude zu stürmen. Aber es bleibt riskant. Das sollte Till wissen.«

Miriam beendete das Telefonat. Sie schirmte das Licht

des Displays mit ihrem Körper ab und nahm mit ihrem Messenger eine Sprachnachricht auf.

»Kern hat gerade die Tür geöffnet. Er wartet in der oberen Etage auf dich. Ob du reingehst, ist deine Entscheidung. Wir können das Haus vorläufig nicht betreten, Kern schaut aus dem Fenster. Innen ist es vorhin schlagartig dunkel geworden. Vermutlich hat er die Sicherung rausgenommen. Wenn du das Haus betrittst, musst du die Tür für uns offen lassen, sonst kommen wir nicht rein. Wie schon gesagt: Du entscheidest. Eigensicherung geht immer vor Fremdsicherung. Falls du es tust, pass auf dich auf. Ich liebe dich.«

Sie schickte die Nachricht ab. Im nächsten Moment war sie davon überzeugt, einen Fehler zu begehen. Till war kein Polizist. Er musste sein Leben nicht riskieren. Sie schaute aufs Display. Er hörte ihre Nachricht ab. Sollte sie ihm eine zweite Mitteilung schicken und ihn zum Rückzug auffordern?

75

Till schaltete den Motor aus. Er hatte sich Miriams Nachricht zweimal angehört. In ihrer Stimme schwang Besorgnis mit. Trotzdem würde er das Haus betreten. Clarissa Fährenbach war die Mutter eines kleinen Jungens. Er musste alles für ihre Rettung unternehmen.

Till stieg aus dem Wagen. Miriam hatte erwähnt, dass Kern sich am Fenster in der oberen Etage gezeigt hatte. Absichtlich warf Till keinen Blick nach oben, um seinen Gegner nicht vorzuwarnen. Zielstrebig ging er auf den Eingang zu und blieb auf der Schwelle stehen. Im Haus war es stockfinster.

»Hallo?«, rief er. »Ich bin da.«

Eine Stimme ertönte, die nicht zu Kern gehörte.

»Komm rein und schließ die Tür.«

Was war das? Kam die Stimme vom Band? Aber hatte Miriam nicht gesagt, im Haus wäre der Strom abgeschaltet?

Till trat über die Schwelle. Die Stimme kam eindeutig aus der unteren Etage. Ein Trick, um ihn zu verwirren.

Till packte die Türklinke, schloss die Tür deutlich vernehmbar und öffnete sie dann vorsichtig wieder.

Um die Dunkelheit zu vertreiben, schaltete er an seinem Handy die Taschenlampenfunktion ein.

»Wo bist du?«

Kern antwortete ihm nicht.

76

Miriam konnte das nicht zulassen. Till durfte sich nicht in Lebensgefahr bringen. Das war nicht sein Job. Kaum war er ins Haus gegangen, rappelte sie sich auf und rannte los. Er schloss unterdessen die Tür – und öffnete sie zum Glück wieder einen Spalt. Sie erreichte das Vordach, drückte die Tür auf und huschte in den Flur.

Mit der Taschenlampenfunktion seines Handys sorgte Till für etwas Licht. Miriam hielt sich den Zeigefinger vor die Lippen, nahm sein Handy, damit er beide Hände frei hatte, und zog ihre Pistole.

Im selben Moment setzte Heavy-Metal-Musik ein. Gitarren kreischten, untermalt von lautem Schlagzeugdröhnen. Der Lärm kam aus einem Nebenraum. Ein Ablenkungsmanöver.

Schussbereit kniete sie sich zu Boden und zielte zum Treppenabsatz, der die beiden Stockwerke miteinander verband. Dann wurde ihr bewusst, wie verräterisch die kleine Handylampe war. Sie gab Till das Gerät zurück und deutete ihm an, dass er seine Position verändern sollte.

Zu ihrem Glück verstand er sofort, was sie von ihm wollte. Er huschte ins Wohnzimmer. Dort legte er das

Smartphone auf eine Sessellehne und versteckte sich hinter dem Möbelstück.

Wieder schwang die Haustür auf. Dorfer wollte zu ihnen stoßen. Im selben Augenblick erklang ein Schuss.

Kern war die Treppe heruntergerannt und hatte auf die Lichtquelle gefeuert.

Ohne zu zögern, schoss Miriam. Mit einem Schmerzensschrei stürzte der Autor zu Boden. Sie hatte ihn ins Bein getroffen. Noch hielt er allerdings eine Pistole in Händen.

»Waffe fallen lassen!«, schrie Miriam.

Kern drehte sich mühselig um, um sie ins Visier zu nehmen. Unterdessen kam Till aus seinem Versteck, und Dorfer betrat das Haus.

»Nein!«, rief Kern.

Till warf sein Handy. Das Gerät prallte Kern mit voller Wucht an den Kopf. Der stöhnte erneut vor Schmerz. Trotzdem gab er nicht auf. Doch aufgrund der vielen Gegner reagierte er zu langsam. Till sprang von hinten auf ihn zu und umklammerte seine Schusshand.

»Hilf mir!«, schrie er.

Dorfer war schneller als sie. Er erreichte den am Boden liegenden Mann zuerst. Ein Schuss löste sich, ging jedoch nur in die Decke. Dorfer warf sich auf Kern und drückte ihm mit dem Unterarm den Hals ab.

»Waffe fallen lassen!«, brüllte er über den Lärm der Musik hinweg.

Sekunden später glitt die Pistole aus Kerns Fingern und fiel zu Boden. Es war vorbei. Dorfer löste den Druck.

»Ich schau nach Clarissa«, rief Till.

»Sie ist oben«, sagte Kern leise. »Rechte Tür.«

77

Erschöpft kam Miriam eine Woche später nach einem langen Arbeitstag nach Hause, wo Till bereits auf sie wartete. Er saß an seinem Laptop und studierte Immobilienanzeigen. Die beiden küssten sich innig.

»Schon was gefunden?«, fragte sie neugierig.

»Vielleicht«, antwortete er. »Eine Wohnung in Rotherbaum. Dachgeschoss. Vier Zimmer. Liegt gerade noch in unserem Budget. Wird allerdings erst zum April frei.«

»Zeig mal!«

Er klickte für sie durch die Bilder.

»Sieht schön aus«, stimmte sie zu. »Läuft das über einen Makler?«

»Privat. Die Besitzer wohnen da derzeit. Sie bauen gerade im Grünen ein Haus. Eventuell ziehen sie Ende Februar um, spätestens Mitte März. Steht zumindest so in der Anzeige.«

»Wir sollten einen Termin mit ihnen vereinbaren. Im April umzuziehen, wäre für uns ja sogar ziemlich günstig. Dann kommen wir in Ruhe aus unseren Mietverträgen.«

Till klappte den Laptop zu. »War heute das Meeting mit dem Staatsanwalt?«

»Ja«, antwortete sie. »Er hat beschlossen, die Anklage zu verzögern. Um den Steuerzahlern die Kosten für einen Prozess gegen einen Mann zu ersparen, der die Urteilsverkündung wahrscheinlich nicht mehr erleben wird. Wir haben drei unterschiedliche Ärzte befragt. Keiner gibt Kern länger als sechs bis maximal neun Monate. Zwei von ihnen räumen ihm höchstens vier ein. Der Tumor in seinem Kopf wächst schnell und ist inoperabel. Die Ärzte stimmen darin überein, dass Kern nur noch wenige Wochen bei klarem Verstand sein wird.«

»Seid ihr deswegen enttäuscht?«, fragte Till.

Miriam zögerte. »Wir haben mit der Entscheidung des Staatsanwalts gerechnet.«

»Das beantwortet nicht meine Frage.«

Sie seufzte. »Die Neurologen, die ich konsultiert habe, sind sich uneinig. Einer hält es für ausgeschlossen, dass Kern die Taten aufgrund des Tumors begangen hat. Zwei andere schließen das nicht aus. Ein Gehirntumor wie der, an dem er erkrankt ist, kann zu gravierenden Wesensveränderungen führen.«

»Was glaubst du?«

»Als er vor einem halben Jahr die Diagnose bekam, hat er das nicht nur als sein Todesurteil angesehen, sondern auch als Freibrief. Er wusste, selbst wenn man ihn verhaftet, verbringt er nicht viel Zeit im Gefängnis. Ich glaube nicht, dass er *wegen* des Tumors so gehandelt hat. Nein. Dieses Monster steckte schon immer in ihm, und jetzt konnte er es ungesühnt freilassen. Deswegen wollte er Luzie Haas töten. Weil das nicht nach Plan lief, hat er etwas anderes ausgeheckt.«

»Deshalb würdest du ihn am liebsten vor Gericht sehen?«

Sie nickte. »Aber was bringt das, wenn ein Arzt ihn wenige Wochen nach Prozessbeginn dauerhaft für prozessunfähig erklären würde? Ich kann den Staatsanwalt verstehen. An seiner Stelle hätte ich genauso entschieden. Die Eltern von Luzie Haas tun mir leid. Sie werden vor Gericht keine Gerechtigkeit bekommen.«

»Aber dafür wird sie der Tod des Mörders hoffentlich trösten.«

»Das hoffe ich auch.« Sie kuschelte sich an ihn. »Ich kann mir nicht einmal eine Spontanheilung für ihn wünschen. Dann würde die Verteidigung auf Unzurechnungsfähigkeit plädieren und wahrscheinlich damit durchkommen.«

»Ich war heute in der Buchhandlung, in der er seine letzte Lesung hatte. Seine Bücher stehen noch immer im Regal. Als ich die Buchhändlerin darauf ansprach, hat sie sich verteidigt. Sie hätten die Bücher nicht aus dem Sortiment geräumt, weil Kunden nach den Thrillern fragen und sie sich sonst im Internet besorgen würden.«

»Erst das Geld, dann die Moral. Wundert mich nicht.«

»Was ist mit Römling? Seid ihr da weitergekommen?«

»Kern bleibt bei seiner Behauptung. Römling sollte Mia einen Tag lang festhalten. Danach hätte er sie ausgesetzt und wäre zum Flughafen abgehauen. Er sollte ihr kein Haar krümmen. Mia Fürst ist sich aber sicher, dass Römling sie vergewaltigen und töten wollte.«

»Wie erklärt ihr euch diese Diskrepanz?«

»Entweder lügt Kern, oder Römling hat seine wahren Absichten vor ihm verschwiegen. Keine Ahnung. Ich tendiere zur zweiten Annahme.«

Miriam seufzte erneut. Für eine Weile schwiegen sie. Till dachte an Kern. Hatte er die Taten bloß wegen des Tumors in seinem Kopf begangen? Er konnte sich das nicht vorstellen. Manches, was Kern unternommen hatte, erschien ihm irrational. Aber war es wirklich auf eine Krankheit zurückzuführen? Sie würden es niemals herausfinden. Wenigstens konnte Kern nie wieder jemandem schaden. Das war Till Trost genug.

»Sollen wir bei den Vermietern anrufen und einen Termin vereinbaren?«, fragte er.

»Das wäre großartig«, antwortete Miriam. Sie setzte sich aufrecht hin und griff zu ihrem Telefon. »Sagst du mir die Nummer?«

Er diktierte sie ihr. Sie hatten sich schon vor Wochen geeinigt, dass Miriam die Telefonate führen würde. Eine Beamtin war eine begehrte Mieterin.

Sie aktivierte den Lautsprecher, und das Freizeichen erklang. Till drückte ihr die Daumen. Hoffentlich konnten sie die Wohnung bald besichtigen. Eine gemeinsame Unterkunft wäre ein schöner Schritt in ihre Zukunft. Sie bemerkte seinen Blick und lächelte ihm zu.

»Ich liebe dich«, flüsterte er. Till freute sich auf das, was sie auf ihrem gemeinsamen Weg noch erleben würden. Und falls es mit dieser Wohnung nicht klappte, würde es eine andere werden. Bald könnten sie die nächste Etappe ihrer Beziehung einläuten. Für ihn war das nach all den einsamen Jahren ein großartiges Gefühl.

NACHWORT

Liebe Leserinnen und Leser,

als ich an der Geschichte zu *Zwischen den Seiten* arbeitete, ging mir eine Frage durch den Kopf. Werden Sie darüber grübeln, wie viel von Daniel Kern in mir steckt? Diese Frage hat mich amüsiert und dazu geführt, dass ich folgende Sätze in das Manuskript eingebaut habe:

Jahr für Jahr habe ich mir Antagonisten und ihre schlimmsten Taten ausgedacht. Ist es da ein Wunder, dass in mir eine Begierde wuchs? Dunkle Fantasien? Und ich schreibe nur ein Buch pro Jahr. Ich möchte nicht wissen, wie krank meine Kollegen sind, die jahrelang vier, fünf oder sechs Romane verfassen.« Er schmunzelte.

Beim Schreiben dieser Zeilen musste ich tatsächlich schmunzeln. Aber glauben Sie mir, ich bin trotz der Vielzahl der Toten, für die ich literarisch verantwortlich bin, ein Zeitgenosse geblieben, vor dem Sie keine Angst haben müssen, falls wir uns persönlich treffen. Mein Lektor, der mich sehr gut kennt, schrieb als Kommentar an diese Stelle: *Mit dir scheint noch alles in Ordnung zu sein.*

Aber vielleicht haben Sie Ihre eigene Meinung dazu.

Dann lassen Sie mich daran teilhaben und schreiben mir bitte.

Neben persönlichen Nachrichten freue ich mich über Rezensionen, die Sie auf der Produktseite von *Zwischen den Seiten* bei Amazon hinterlassen können. Dafür bedanke ich mich sehr herzlich!

Falls Sie es noch nicht getan haben, dann tragen Sie sich bitte in meinen Newsletter ein, durch den Sie immer auf dem neuesten Stand sind, was meine Veröffentlichungen anbelangt. So helfen Sie mir ganz besonders!

www.marcus-huennebeck.de/newsletter

Alle neuen Empfänger erhalten die Kurzgeschichte *Die Namen des Todes – Die Jagd beginnt* als Dankeschön geschenkt.

Per E-Mail kontaktieren Sie mich unter: kontakt@marcus-huennebeck.de

Per Facebook erreichen Sie mich wie folgt: www.facebook.com/MarcusHuennebeck

Vielen Dank und herzliche Grüße

Marcus Hünnebeck

LESETIPPS

Ich werde oft nach der richtigen Reihenfolge meiner Bücher gefragt. Diese finden Sie im Folgenden, auch wenn ich der Meinung bin, dass man jeden meiner Thriller unabhängig von den anderen lesen kann. Aber für alle Leser, die sich gern an der chronologischen Reihenfolge des Erscheinens orientieren, ist diese Auflistung gedacht.

Die KEG-Reihe:

Die Todestherapie
- Der Wundennäher
- Der Schädelbrecher
- Blut und Zorn
- Die TodesApp
- Muttertränen
- Todesschimmer
- Vaters Rache
- Rachekrieger
- Der Geisterfahrer
- Nesthäkchens Schrei
- Bittere Brut

Tödlicher Fake
Schreikind
Eiskalte Reue
Der Schattenbringer
Der Mädchenpflücker
Feuerqual
Totgeschlagen

Die Buchinger-Reihe:

So tief der Schmerz
Kein letzter Blick
Wundenherz
Zu viel gesehen
Zwischen den Seiten

Bei meinen übrigen Büchern finden Sie die Reihenfolge direkt auf den Produktseiten der Bücher.

Und da ich manchmal ebenfalls gefragt werde, welches Buch ich als Nächstes veröffentliche, kommt hier die aktuelle Antwort. Schon am 13. Dezember geht es mit der KEG-Reihe weiter. Das Buch heißt: *Böser Sandmann*

Seien Sie gespannt und schlafen Sie gut!

SO TIEF DER SCHMERZ

Eine traumatisierte Psychologin sinnt auf Rache. Jahre zuvor ist sie geschändet worden; nun bestraft sie nahestehende Personen ihrer Peiniger mit dem Tod. Als die Polizei durchschaut, nach welchem Muster die Opfer ausgewählt werden, verhindert sie im letzten Moment einen weiteren Mord. Doch der Täterin gelingt während des Zugriffs die Flucht, und sie taucht spurlos unter.

Hauptkommissar Krumm bittet den Personenfahnder Till Buchinger um Unterstützung. Buchinger kennt die Tricks, mit denen Menschen von der Bildfläche verschwinden. Obwohl er Krumm nicht vertraut, erklärt er sich mit der Zusammenarbeit einverstanden, denn die Mörderin hat auch einen seiner engsten Freunde brutal umgebracht. Aber seine Suche nach der skrupellosen Psychologin löst eine Kettenreaktion aus, die sein Leben und das vieler anderer Unschuldiger gefährdet.

DIE TODESTHERAPIE

Gero Ruppert kennt sich aus mit Trauer und Verzweiflung. Der Psychologe betreut Eltern, die ihre Kinder auf schmerzliche Weise verloren haben. Als ein 17-jähriges Mädchen brutal missbraucht und ermordet wird, kontaktiert Ruppert die verwaiste Mutter und bietet ihr an, sie psychologisch zu behandeln.

Drei weitere junge Frauen sterben, und Ruppert kümmert sich um die trauernden Hinterbliebenen. Für die Soko rund um die Kommissare Drosten und Sommer steht trotz wasserdichter Alibis der Hauptverdächtige fest: Der Mörder kann nur Gero Ruppert selbst sein. Hat er einen Helfer? Spielt er ein falsches Spiel mit traumatisierten Eltern? Doch die Polizisten ahnen nicht, dass der Psychologe bedroht wird. Er muss den Anweisungen eines Erpressers folgen, um nicht seine eigene Tochter zu verlieren. Je näher die Soko den wahren Hintergründen kommt, desto stärker gefährdet sie das Leben des Mädchens – wogegen Ruppert mit allen Mitteln kämpft.

Printed in Poland
by Amazon Fulfillment
Poland Sp. z o.o., Wrocław

28876274R00165